Mein Sommer als Heidi

Alexa Hennig von Lange wurde 1973 geboren und begann bereits mit acht Jahren zu schreiben. 1997 erschien ihr Debütroman Relax, mit dem sie über Nacht zu einer der erfolgreichsten Autorinnen und zur Stimme ihrer Generation wurde. 2002 bekam sie den Deutschen Jugendliteraturpreis. Es folgten zahlreiche Romane für Erwachsene wie für Jugendliche und Kinder, außerdem Erzählungen und Theaterstücke. Alexa Hennig von Lange lebt mit ihrem Mann und ihren Kindern in Berlin.

Mehr über unsere Bücher, Autoren und Illustratoren auf:
www.thienemann-esslinger.de

ALEXA HENNIG VON LANGE

Mein Sommer als Heidi

Thienemann

»Der Sommer
beginnt in unseren Herzen!«
sagt meine Mama.

»Nur manchmal taut
der Schnee echt langsam!«
sage ich.

Überflüssig zu erwähnen, dass ich Jana während dieser Zeit nicht anrufen darf, damit sie nicht erfährt, dass ich mich eigentlich mitten in den Alpen aufhalte. Als würde ich Jana verheimlichen, dass ich in die Schweizer Berge fahre! Hallo!? Sie ist meine beste Freundin! Sie kennt jedes Geheimnis von mir!

Aber das Besorgniserregendste an Mamas Lebenstraum ist, dass wir im nächsten Schritt unsere Wohnung aufgeben werden und ich auf Ibiza heimisch werden soll, wo ich keine Menschenseele kenne und alle katalanisch sprechen. Aber Mama meint: »Was machst du dir Sorgen, mein Stoppersöckchen? Ich habe dich schließlich nicht umsonst Isla genannt!«

Für alle, die es nicht wissen: Isla heißt Insel. Der Lieblingssong meiner Mutter in jungen Jahren war La Isla Bonita von dieser inzwischen hundertjährigen Sängerin Madonna. La Isla bonita ist Spanisch und heißt übersetzt: Die schöne Insel. Schon mal jemanden getroffen, der »Insel« mit Vornamen heißt? Ich nicht! Jedenfalls ist Mama sicher, dass ich mich auf der Insel Ibiza wohlfühlen werde, weil sie mich ja in weiser Voraussicht Insel getauft hat. Logisch, oder?

Ich hocke in meinem Zimmer auf dem rosa Lillifee-Rollkoffer, den mir gestern unsere Nachbarin Kathrin großzügig vermacht hat. Eigentlich stammt er von ihrer siebzehn Jahre alten Tochter Maja, die ihn vor ungefähr zehn Jahren aussortiert hat. Aber da ich keinen eigenen Koffer besitze und ich meine Klamotten schlecht in einer Papiertüte vom Bioladen mit mir herumschleppen kann, hat mir Kathrin den Koffer aus ihrem Keller geholt. Inklusive Pferdeaufklebern, rosa Duft-Radiergummis, Herzchen-Bleistiften und einer pinkfarbenen Haarbürste, die sich noch in der Innentasche vom Rollkoffer befanden. Obwohl ich für dieses Kleine-Mädchen-Zeug definitiv zu alt bin, habe ich Kathrin dankbar umarmt, weil ich mithilfe des Koffers Ordnung halten kann. Zumindest, was meine Klamotten anbelangt. Das erleichtert mich ziemlich. Ich mag nämlich keine Unordnung. Weswegen mein Zimmer auch der einzige Ort in unserer Wohnung ist, in dem nichts herumliegt.

Ich warte auf meinem Koffer, bis Mama ihren ganzen Kram zusammengesucht hat, den sie für Ibiza braucht. Seit heute Morgen um sieben flitzt sie in der Wohnung hin und her und ruft: »Hast du meinen Reisepass gesehen?« Oder: »Weißt du, wo ich die Sonnencreme hingelegt habe?« Außerdem müsste demnächst der »Student« von der Mitfahrzentrale unten an der Haustür klingeln und uns abholen. Mit dem fahren wir nämlich zusammen in die Alpen, um uns die Kosten für den Sprit zu teilen.

Mama rennt mit dem Handy in mein Zimmer. Sie hat noch ihr Schlaf-T-Shirt an und auch sonst ist sie noch nicht fertig. Sie guckt mich gehetzt an und drückt sich das Telefon an die Brust: »Isla-Schatz, der Student von der Mitfahrzentrale verspätet sich übrigens etwas.«

»Was heißt ›etwas‹?«

Aber da ist Mama auch schon wieder draußen und ich höre, wie sie ins Telefon sagt: »Und vergiss nicht, Papa! Isla ist Nichtschwimmerin. Das musst du der Lehrerin sagen, nicht, dass sie im Schwimmunterricht untergluckert ...«

Offenbar telefoniert Mama gerade mit meinem Opa, ihrem Papa. Den ich bisher nur ein einziges Mal in meinem Leben gesehen habe. Und zwar, als ich drei Monate alt war. Danach nie wieder, weil Mama und er sich bei der Gelegenheit dermaßen in die Haare gekriegt haben, dass danach Funkstille war. Soviel ich weiß, hat Opa noch ein paar Male versucht, Kontakt aufzunehmen, aber Mama fand, dass er jetzt mal alleine klarkommen muss. Von wegen »Ich bin nicht seine Babysitterin!«. Was ich nicht ganz verstanden habe. Schließlich ist Opa Mitte siebzig. Jetzt ist Mama jedenfalls der Ansicht, dass Opa sich mal dringend als mein Babysitter betätigen soll, bis Mama die Dinge auf Ibiza geregelt hat. Juhu! Das wird bestimmt richtig langweilig. Mama meint nämlich: »Dein Opa hat leider keine Ahnung vom Leben.«

Im Gegensatz zu Mama. Die hat ziemlich viele Erfahrungen in ihrem Leben gesammelt. Nicht nur gute. »Aber jetzt wird es aufwärts gehen!«, meint sie. Ich bin mir da nicht so sicher. Meine Mutter trifft permanent schlechte Entscheidungen. Sie sagt: »Werd erst mal so alt wie ich! Dann wirst du sehen, wie schwierig es ist, richtige Entscheidungen zu treffen.«

Mit dem Handy am Ohr läuft sie wieder an meiner offenen Zimmertür vorbei und sagt: »Keine Ahnung, warum ich meiner Tochter nicht das Schwimmen beigebracht habe? Vielleicht hatte ich einfach keine Zeit? Vielleicht musste ich Geld verdienen, damit der Kühlschrank voll ist? Ist doch toll, wenn Isla jetzt Schwimmunterricht in der Schule bekommt. Dann kann sie das Seepferdchen machen.«

Für alle, die jetzt denken, dass ich fünf Jahre alt bin: Ich bin es nicht. Ich bin elf Jahre alt und erschütternderweise tatsächlich Nichtschwimmerin. Was, wie schon eben mitgehört, daran liegt, dass meine Mutter keine Lust hatte, mit mir zum Schwimmkurs zu gehen oder es mir selber beizubringen. Ich habe ihr das neulich auch schon mal vorgeworfen, als wir mit der Klasse ins Spaßbad wollten und meine Lehrerin Frau Hase mich aus Sicherheitsgründen nicht mitnehmen wollte. Aber Mama meinte nur zu ihrer Verteidigung: »Für ein Mal Spaßbad willst du schwimmen können? Das lohnt doch überhaupt nicht! Oder siehst du hier sonst noch irgendwo Wasser?«

Rund um Ibiza wird es eine ganze Menge Wasser geben. Ich schätze, spätestens da werde ich ein Schwimmabzeichen brauchen. Das scheint Mama auch gerade klar zu werden, denn sie sagt ins Telefon: »Natürlich ist es mir wichtig, dass Isla schwimmen kann. Aber was soll ich machen? Ich bin eine alleinerziehende Mutter, die sich nun mal nicht um alles kümmern kann.«

Das ist Mamas Entschuldigung für alles. »Ich bin eine alleinerziehende Mutter und kann mich nicht um alles kümmern.« Dabei kümmert sich Mama vor allen Dingen um sich selbst. Dauernd geht es um ihre Probleme, ihre Träume und ihre Selbstverwirklichung. So nennt sie es, wenn sie wieder ein ganzes Wochenende niedergeschlagen im Bett liegt und überlegt, wie sie sich selbst verwirklichen soll. Während einer dieser Phasen ist ihr dann auch der Geistesblitz mit Ibiza gekommen. Ohne es vorher mit mir zu besprechen, hat sie einfach ihre Arbeit im Bioladen gekündigt. Um, wie sie sagt, Fakten zu schaffen!

Bevor ich jetzt auf meinem Lillifee-Koffer schon wieder richtig sauer werde, höre ich besser auf, über Mamas doofe

Selbstverwirklichung nachzudenken und stelle mir stattdessen vor, wie ich mit meiner neuen Schulklasse, die ich in den Alpen ersatzweise besuchen werde, Schwimmunterricht habe und die Einzige bin, die noch nicht schwimmen kann. Wer mit elf Jahren noch nicht schwimmen kann, hat richtig verloren.

Entschlossen erhebe ich mich von meinem rosa Kinder-Koffer, ziehe den Reißverschluss auf, hole meinen mit Bananen, Smileys und Palmen verzierten Badeanzug raus, den mir Mama gestern extra noch bei H&M gekauft hat, stopfe ihn zurück in meinen Kleiderschrank und mache den Koffer wieder zu. Leider werde ich am Schwimmunterricht nicht teilnehmen können. So was Dummes! Ich finde es sowieso übertrieben, dass ich bei meinem Opa zur Schule gehen muss. Aber das war seine Bedingung, damit ich nicht so viel verpasse und auf keinen Fall denke, dass es normal ist, die Schule zu schwänzen.

Hundert Stunden später klingelt es an der Tür und ich zucke auf meinem Koffer zusammen, weil ich vor lauter Langeweile eingenickt bin. Mama kommt mit einem Haufen blauer IKEA-Taschen ins Zimmer. Inzwischen hat sie ein bodenlanges, regenbogenfarbenes Sommerkleid an, obwohl es draußen noch ziemlich winterlich ist. »Jetzt aber zackig, Stoppersöckchen! Der Typ von der Mitfahrzentrale ist da. Es geht los!«

Ich rapple mich wieder auf, ziehe meinen Rollkoffer hinter mir her bis zur Zimmertür und drehe mich um. Andächtig lasse ich meinen Blick durch mein persönliches Reich schweifen. Hinüber zu meinem Bett mit der bunten Patchwork-Decke, die

Mama und ich letztes Jahr in den Sommerferien auf dem Balkon gemeinsam genäht haben. Solchen Handarbeitskram kann Mama echt gut. Leider kommen wir nur nicht so oft dazu. Was schade ist, weil Mama dann immer total fröhlich wird und sich mit mir unterhält. Sie fragt dann, wie es in der Schule läuft, was ich später mal werden möchte und wen ich zu meinem Geburtstag einladen will. Worüber Mütter und Töchter sich eben so unterhalten. An der Wand über meinem Bett kleben unzählige Selfies von Jana und mir, die wir mit unseren Handys gemacht und bei Rossmann ausgedruckt haben. Beweise für unsere unzerstörbare Freundschaft. Glücklicherweise haben wir schon einen Plan für die Osterferien. Bevor ich für immer nach Ibiza verschwinde, wollen wir noch mal zusammen zu ihrer Oma auf den Bauernhof fahren, Hühner füttern und auf den Ponys reiten. Ich werde Jana echt vermissen. Jetzt und immer.

Bevor mir die Tränen kommen, mache ich schnell die Tür zu und renne im Schweinsgalopp hinter Mama die Treppen runter, auf die windige Straße, wo Benno, der Student, in Kapuzenpulli und Jeans neben seinem Auto steht und mich mit so einem echt freundlichen Grinsen empfängt. Ich sage es gleich: Ich mag den Typen. Der sieht sportlich aus. Als würde der ständig wandern gehen mit seinen roten Wangen und dem hellblonden Haar. Zuerst reicht er Mama die Hand, dann mir. Er sagt: »Ich bin Benno. Toll, dass ihr bei mir mitfahrt.«

Ich grinse und sage: »Find ich auch toll, dass wir mit dir fahren.«

Ich finde es wirklich toll, weil ich eigentlich einen Studenten erwartet hatte, der die ganze Zeit nur nervös in mathematischen Formeln redet oder über anderen komplizierten Hirni-Kram, den keiner versteht. Außerdem bin ich froh, dass Benno hinterm Steuer sitzt. Denn: Es gibt keinen Menschen auf der ganzen Welt, der schlechter Auto fährt als meine Mutter. Und das meine ich nicht böse. Es ist einfach die niederschmetternde Wahrheit.

Jetzt nimmt Benno meiner Mutter die IKEA-Taschen ab und sagt: »Das ist ja mal eine sommerliche Stimmung.« Damit meint er wohl ihr regenbogenfarbenes Kleid mit den Spaghetti-Trägern, das sie mit Badelatschen kombiniert.

»Ich sage immer: Der Sommer beginnt in unseren Herzen!«, erklärt Mama und öffnet schon mal die Beifahrertür, um eilig einzusteigen. Ihr ist wohl trotz Herzenswärme ein bisschen kalt. Ich nehme meinen Koffer und stelle ihn neben mich auf die Rückbank. Benno verstaut die Taschen im Kofferraum und schon geht es los. Bis zum One-World-Café an der Straßenecke. Da fällt Mama ein: »Mist! Wir müssen umdrehen! Ich habe meinen Reisepass auf dem Küchentisch liegen gelassen.«

Hab ich's nicht gesagt? Meine Mutter ist mit ihren Gedanken immer woanders.

Also wendet Benno und hält wieder vor unserem Haus. Während Mama oben in unserer Wohnung ist, unterhalten wir uns ein bisschen. Benno dreht sich zu mir um. Er hat echt freundliche Augen. Er grinst breit und fragt: »Warst du schon mal in den Alpen?«

Ich schüttle den Kopf: »Nee, nur mal vor hundert Jahren, als Baby. Ich kann mich aber an nichts mehr erinnern.«

»Du wirst die Berge lieben, die Tannen und die frische Luft und nie wieder weg wollen.«

Ich sage: »Wir werden sehen. Ist ja nur ein Besuch bei meinem Opa. Meine Mutter sagt, er hat richtig viele weiße Ziegen.«

»Cool.«

»Er wohnt in einer Holzhütte.«

»Ein echter Alp-Öhi, was?« Benno zieht die Augenbrauen hoch. »Und wie lange bleibt ihr?!«

»Also, nur ich besuche ihn. Für zwei Wochen. Meine Mama fliegt solange nach Ibiza und sucht uns da eine Finca.«

»Auf Ibiza? Eine Finca? Was wollt ihr denn da?«

»Meine Mutter will da ein neues Leben anfangen und Muschelketten entwerfen.«

»Muschelketten?«

Dieser Benno wiederholt alles, was ich sage. So, als würde ich ihm Unglaubliches erzählen.

»Ja, Muschelketten. Mit Muscheln, die wir am Strand suchen. Die will sie dann im Internet verkaufen und reich werden.«

»Okay, klingt nach einem tollen Plan.« Benno guckt mich zweifelnd an, so als ob ich ihm leidtue. Oder als würde er nicht an Mamas Plan glauben.

Ich lächle freundlich und gucke aus dem Fenster, hinter dem meine Mutter aus dem Haus gerannt kommt und zurück zu uns ins Auto springt. »Okay, Leute. Ich hab alles. Wir können los.«

Benno dreht wieder und dann fahren wir noch einmal die

Straße mit den winterlich kahlen Bäumen hinunter und plötzlich habe ich das Gefühl, dass ich ewig nicht wiederkommen werde. Dass ich unsere Straße, das Café, den Bäcker und den Spielplatz für lange Zeit zum letzten Mal sehe. Was ja Quatsch ist. In zwei Wochen bin ich wieder da. Zur Sicherheit flüstere ich: »Auf Wiedersehen. Bis ganz bald!« In meinem Hals brennt es trotzdem, als müsste ich vor lauter Heimweh doch gleich losweinen.

Super peinlich!

»Und? Warst du schon mal auf Ibiza?« Meine Mutter bindet sich ihr langes blondes Haar zu einem Pferdeschwanz und sieht Benno interessiert von der Seite an, der jetzt mit uns über die Autobahn brettert. Über der Landschaft hängt ein grauer nebliger Schleier, als würde es gleich mächtig losregnen. Als meine Mutter mit ihrem Zopf fertig ist, legt sie ihre nackten Füße aufs Armaturenbrett. So, als sei das ihr Auto.

»Leider nicht.« Benno schüttelt seinen Kopf und überholt ein weißes Auto. Er fährt ziemlich schnell. Aber nicht unvorsichtig. Trotzdem habe ich mich erst einmal angeschnallt.

Meine Mutter hält mir eine Tupperdose mit Apfelspalten nach hinten. »Hier, Isla, was zu knabbern.«

Ich nehme mir ein Stück Apfel und dann kriegt Benno die Dose hingehalten. Er guckt in den Rückspiegel. »Du heißt wirklich Isla?«

»Jep.« Ich lächle freundlich. Wetten, er fängt gleich an zu singen? Jeder fängt an zu singen, wenn er meinen Namen hört.

»Wie La Isla Bonita von Madonna?«

Und hab ich's nicht gesagt?

Benno singt sofort los und macht so kreisende Bewegungen mit seiner Hand, als würde er einen spanischen Kastagnetten-Tanz aufführen. Ich rolle genervt mit den Augen und überlege, ob ich bei voller Fahrt aus dem Auto springen sollte. Vor allen Dingen weil meine Mutter jetzt auch noch übertrieben laut mitsingt und sich begeistert zu mir umdreht. »Sag ich's nicht? Jeder liebt den Song!«

Ich murmle: »Kein Mensch liebt den Song.« Jedenfalls niemand in meinem Alter. Der ist mindestens achtzig Jahre alt und super peinlich.

Benno guckt fröhlich in den Rückspiegel und sagt: »Hey, zu dem Song habe ich mal auf einer Schulparty getanzt! Das weiß ich noch genau, weil ich so was von verliebt in ein Mädchen aus meiner Klasse war, das sich aber geweigert hat, mit mir zu tanzen! Alina hieß sie! Witzigerweise erinnerst du mich irgendwie an sie.«

Das wird ja immer toller. Ich grinse gequält und meine Mutter meint: »Ich hab einfach gespürt, dass Isla der richtige Name für mein Baby ist. Ich meine, alle haben mich komisch angeguckt und gefragt: ›Leonie, bist du dir sicher? Isla heißt kein Mensch!‹ Aber ich habe gesagt: ›Genau das ist der Grund, warum ich mein Baby Isla nenne. Weil es eben auch ein ganz besonderes Baby ist.‹«

Ich will nicht übertreiben, aber diese Geschichte habe ich in meinem Leben bestimmt schon dreihundert Mal gehört und jedes Mal begeistert sie meine Mutter aufs Neue. Wenn ich wirklich so ein besonderes Baby war, frage ich mich, warum meine Mutter trotzdem ständig das Gefühl hat, dass ihrem Leben noch etwas fehlt und wir nach Ibiza auswandern müssen? Aber es bringt nichts, sich das zu fragen, weil die Antwort auf der Hand liegt: Ich bin nicht die Erfüllung. Ich bin ein Hindernis auf dem Weg zur Erfüllung. Und weil das so ist, werde ich jetzt zu meinem Großvater in die Holzhütte abgeschoben. Anschließend darf ich dann meiner Mutter auf Ibiza dabei zusehen, wie sie mit jeder Muschelkette ihrem Lebenstraum näher kommt.

Benno räuspert sich und blickt plötzlich ernst in den Rückspiegel. Er hat wohl gemerkt, dass sich hier gerade auf meine Kosten amüsiert wurde. Denn er meint total ruhig: »Ich finde deinen Namen toll! Er passt zu dir.«

Ich sage: »Danke.«

»Nee, wirklich! Du hast irgendwie so etwas Unabhängiges an dir.«

»Etwas Unabhängiges?«, frage ich und weiß echt nicht, was Benno meint.

Mama guckt ihn auch gleich ganz interessiert von der Seite an. »Was meinst du damit?«

»Na, wie eine stolze Insel. Unerschütterlich. Umgeben von tosendem Meer.«

Mama kratzt sich am Kopf. »Aha? Interessanter Gedanke.«

Im Stillen flüstere ich »Isla«. Und dann noch mal. »Isla.« Und zum ersten Mal in meinem Leben klingt mein Name nicht idiotisch, sondern richtig feierlich. Ich mag diesen Mitfahrzentrale-Studenten, weil er, im Gegensatz zu meiner Mutter, merkt, wenn der Zeitpunkt gekommen ist, sich mal ganz kurz zu konzentrieren und schlaue Dinge zu sagen.

Wir schweigen alle und sehen raus in die neblige Landschaft. Obwohl ich es nicht soll, schreibe ich ein paar WhatsApp-Nachrichten an Jana, die momentan im Matheunterricht sitzt und sich ohne mich extrem langweilt. Sie machen gerade Bruchrechnung. Ich schreibe: »Ich kann die Osterferien kaum erwarten!!!!« Sie tippt zurück: »Und ich erst! Dann gehen wir jeden Tag mit Omas Hund raus.« Wir tippen hin und her. »Ja! Und dann machen wir mit den Ponys einen Ausritt mit Picknick!« Bis unser Mathelehrer Herr Hänsel offenbar Jana bei unserem Urlaubs-Chat erwischt und ihr Handy einkassiert. Denn plötzlich kommen keine Nachrichten mehr von Jana. So ein Mist. Jetzt bin ich total allein und kann die Zeit hervorragend nutzen, mir auszumalen, wie ich bei meinem Großvater in der Holzhütte hocken und Däumchen drehen werde. Es ist ja wohl klar, dass er keinen Fernseher haben wird und auch kein Internet. Und zum Telefonieren steigt er jedes Mal ins Dorf runter. Weswegen Mama das meiste per Brief mit ihm klären musste. Überflüssig zu erwähnen, dass das mehrere Wochen gedauert hat. Mein Opa lebt wie die Leute zu Heidis Zeiten. Der hat nicht mal einen Wasserhahn. Zumindest behauptet Mama das. Ich kann mir das nicht so richtig vorstellen. Aber Mama meint: »Ihr holt euch eben frisches Wasser aus dem Bach.« So, als sei es das Normalste von der Welt. Für sie vielleicht, aber ich bin ein Großstadtkind!

Ich wünschte, ich hätte einen Papa, für den ich das Wichtigste in seinem Leben bin und der jetzt verhindert, dass ich diesen bekloppten Ausflug unternehmen muss. Aber leider habe ich keinen Papa. Mama ist mit mir damals auf Ibiza schwanger geworden und sie kann sich nicht mehr genau an alle Einzelheiten erinnern. Ich behalte diese Geschichte normalerweise für mich, weil sie ein echt seltsames Licht auf meine Mutter wirft. Andererseits kann ich ja nichts dafür, dass es ist, wie es ist. Meine Mutter war eben jung und unkonzentriert.

Ich ziehe mir meine Strickjacke an, die Mama für mich zu Weihnachten gestrickt hat. Langsam wird mir richtig kalt. Draußen sieht noch alles nach Matsch aus. Obwohl schon Mitte März ist. Kahle Bäume säumen die braunen Äcker. Ich befürchte, ich habe die falschen Klamotten eingepackt. Ich habe nur diese Strickjacke und eine Regenjacke dabei, weil ich dachte, es wird ja bald Frühling. Na ja. Ich lass mich überraschen. Jetzt fängt es auch noch an zu regnen. Die Scheibenwischer fliegen über die Windschutzscheibe und Benno fragt meine Mutter: »Und du willst also nach Ibiza auswandern und Muschelketten verkaufen?«

Meine Mutter lacht und sieht über die Schulter zu mir nach hinten: »Hat Isla das erzählt?«

Wer sonst? In der Zeitung stand es jedenfalls nicht.

Bevor Benno antworten kann, redet meine Mutter gleich weiter: »Ganz ehrlich. Ich hab die Nase voll von diesem grauen Winter hier in Deutschland. Ich will in die Sonne. Barfuß herumlaufen. Die Seele baumeln lassen. Nicht alles so ernst nehmen. Verstehst du?«

Benno guckt mich schon wieder im Rückspiegel an. Ich lächle.

Mama sagt: »Ich meine, dieses Wetter macht einem echt

richtig miese Stimmung. Ständig dieser Regen. Keine Sonne. Wir Menschen brauchen Sonne.«

»Und Regen, sonst gäbe es überall nur Wüste!«, gibt Benno zu bedenken.

Aber Mama meint: »Kann schon sein. Ich will trotzdem lieber auf Ibiza leben. Weg von diesen ganzen Spießern. Ich muss einfach nur noch eine bezahlbare kleine Finca für Isla und mich finden. Kann ja nicht so schwer sein.«

»Sprichst du denn Katalanisch?«, fragt Benno und sieht mich schon wieder so komisch im Rückspiegel an, als wollte er sehen, wie ich zu dem Plan meiner Mutter stehe. Aber wie soll ich dazu stehen? Mir bleibt ja nichts anderes übrig, als mitzumachen.

»Na ja, das Nötigste.« Mama wiegt den Kopf. »Aber das kann Isla ja schnell lernen. Ist sowieso gut, eine Fremdsprache fließend zu beherrschen. Wir sind eine Welt, verstehst du? Nieder mit den Grenzen! Es ist wichtig, sich überall auf dem Globus bewegen zu können, den Horizont zu erweitern, sich anzugucken, wie andere Völker leben und keine Angst vor dem Fremden zu haben.«

Benno nickt, aber er klingt nicht restlos überzeugt, als er »Okay« sagt.

Irgendwie habe ich das Gefühl, dass er meine Mutter etwas schräg findet. Da ist er nicht der Erste.

Sie sagt: »Man muss seine Träume leben. Koste es, was es wolle.«

Benno guckt wieder in den Rückspiegel und fragt ganz plötzlich: »Und was ist dein Traum, Isla?«

Ich bin so überrascht, dass mich jemand fragt, was mein Traum ist, dass ich vergesse zu atmen. Es ist ganz still im Auto. So, als hätten wir einen Unfall gebaut und ständen alle unter Schock. Soll ich wirklich sagen, was mein Traum ist? Was soll das bringen? Dass meine Mutter meinen Traum lebt? Hahaha! Der wäre: Zu Hause in unserer Wohnung zu bleiben, sie auszumisten, ein paar Wände zu streichen, jeden Tag etwas Vernünftiges zu kochen, mich mit meiner Mutter zu unterhalten. Und während sie nachmittags im Bioladen arbeitet, treffe ich mich, wie gehabt, mit Jana, mache mit ihr Hausaufgaben, gehe zum Sport oder in den Chor. Außerdem findet Mama raus, wer mein Papa ist und dann schreibe ich ihm einen Brief und sage, dass ich ihn gerne kennenlernen möchte. Wenn er vernünftig ist, frage ich ihn, ob er es noch einmal mit Mama versuchen möchte, weil ich davon träume, eine richtige Familie zu haben. Und wenn das alles geklärt ist, hätte ich gerne ein Meerschweinchen. Oder eine Katze. Oder eine kleine Schwester.

Meine Mutter dreht sich zu mir um und guckt mich abwartend an. Damit ich endlich sage, dass ihr Traum auch mein Traum ist. Sie sieht etwas verunsichert aus, weil ich sie auch nur angucke und nichts sage. Niemals kann ich ihr meinen wirklichen Traum verraten. Der würde sie ganz schön aus der Bahn werfen. Zumindest, wenn sie ihn erfüllen wollen würde. Denn dann könnte Mama ihren Ibiza-Traum direkt zu den Akten legen. Wir würden an der nächsten Tankstelle aussteigen, uns bei Benno bedanken und versuchen, irgendwie wieder nach Hause zu kommen. So, wie ich Mama kenne, würde sie einen Lastwagenfahrer ansprechen und fragen, ob er uns mitnimmt. Schon allein wegen dieser Aktion halte ich lieber den Mund. Ich will definitiv in keinem Lastwagen mitfahren. Was Mama wiederum nicht verstehen würde. Sie würde sagen: »Sei doch nicht so spießig! Ist doch witzig!« Mama findet eine ganze Menge Sachen witzig, die ich überhaupt nicht witzig finde. Sie meint: »Das liegt vermutlich an deinem Vater. Wahrscheinlich war der auch richtig spießig!«

Ich räuspere mich und sage eilig: »Ich finde die Idee mit Ibiza toll! Sonne! Juhu!«

Danach habe ich keine Kraft mehr. Ich fühle mich wie ein labberiger Luftballon, aus dem die Luft rausgelassen wurde. Mama dreht sich zufrieden wieder um, stupst Benno an und fragt: »Und was ist dein Traum?«

»Meine Freundin zu heiraten.«

»Echt?« Mama guckt Benno von der Seite an, als hätte er gesagt, dass er vom Hochhaus springen will. »Hast du dir das gut überlegt? Die Ehe ist ein Gefängnis!«

Benno überholt einen Wagen und meint ganz entspannt: »Nicht, wenn man sich liebt! Sobald ich wieder zu Hause bin, mache ich ihr einen Heiratsantrag.«

Ich schnalle mich ab und rutsche nach vorne, zwischen die Vordersitze. »Mit einem echten Ring?«

»Mit einem echten Ring. Hab ich extra in Berlin gekauft!«

Mama fragt: »Und willst du auch Kinder haben?«

»Na klar! Mindestens drei!«

»Weiß deine Freundin schon davon?« Mama guckt Benno immer noch fassungslos an, als sei er wirklich dumm. »Woher wollt ihr denn wissen, ob ihr euch ein Leben lang lieben werdet?«

Benno gibt ein bisschen Gas und meint jetzt so richtig, richtig entspannt: »Eine Familie zu haben ist unser gemeinsamer Traum!«

Und dann wird es draußen auch schon langsam dunkel.

Ich will hier weg!

»Seid ihr sicher, dass ihr den Weg findet?« Benno sieht meine Mutter zweifelnd an, als er die blauen IKEA-Taschen aus dem Kofferraum holt.

»Klar. Wieso nicht? Gibt ja nur diesen einen Fußweg den Berg rauf.« Mama zieht ihren Mantel fest vor der Brust zusammen. Ihre Zähne klappern, was sie mit aller Kraft zu unterdrücken versucht. Ich hole meinen Rollkoffer von der Rückbank und gleich wird mir kalt.

Es ist noch ziemlich früh am Morgen, die Sonne kommt gerade erst hinter den Berggipfeln hervor und überzieht die weiße Winterlandschaft mit goldenem Licht. Die Berge sehen wie seltene Wesen aus. Wie große, geheimnisvolle Kristalle. Unten im Tal erkenne ich ein paar Häuser und einen Kirchturm. Und über uns ist einfach nur sehr viel Himmel. Ich wusste gar nicht, dass es so viel Himmel gibt. Mit ein paar zarten Wolkenfedern durchzogen, auf denen gleißend das Licht reflektiert. Um uns herum liegt eine Menge weißer, unberührter Schnee. Dann stehen da noch hohe, schwarze Tannen die gewaltigen Felshänge hinauf und dazwischen fädelt sich der schmale, freigeschaufelte Pfad, den Mama und ich gleich gemeinsam hinaufsteigen werden. Ich in meinen Turnschuhen und Mama in ihren Stiefeletten, die sie inzwischen statt ihrer Badelatschen trägt.

Benno nickt und zwingt sich ein Lächeln ab. »Na, dann!« Er reicht mir die Hand und hält meine kurz fest. Er sieht mir direkt in die Augen: »Es war mir eine Ehre, dich in die Alpen fahren zu dürfen, La Isla Bonita. Pass gut auf dich auf.«

»Danke, dass du keinen Unfall gebaut hast«, sage ich und drücke Bennos Hand. »Und viel Glück für die Hochzeit.«

»Danke.« Benno grinst und dann reicht er Mama auch noch die Hand. »Alles Gute für Ibiza.«

»Gràcies.«

Benno steigt wieder in sein Auto ein, Mama schultert ihre vollgestopften IKEA-Taschen und ich schleife meinen Rollkoffer hinter mir her durch den Schnee. Die Sohlen meiner Schuhe sind viel zu glatt. Bei jedem Schritt rutsche ich weg und die Rollen vom Lillifee-Koffer verkeilen sich ständig auf dem holprigen, vereisten Pfad, der jetzt immer mehr ansteigt.

Mama geht vor mir. Immer wieder muss sie sich an den tief hängenden Tannenzweigen festhalten, um in ihren Stiefeletten nicht wegzurutschen. Was nicht leicht ist mit den drei IKEA-Taschen über den Schultern. Mama flucht ununterbrochen. Ich will die Worte im Einzelnen nicht wiederholen. Aber es kommt ziemlich häufig »Verdammte Scheiße!«, »Ich hasse es!« oder »Wie kann man so bekloppt sein, auf einem Berg zu wohnen?« Und: »Genau darum bin ich von hier weg!«

Auf meine Frage, wie weit es noch ist, antwortet Mama nur:

»Wenn ich das wüsste. Von dieser Seite bin ich noch nie aufgestiegen.«

Die Auskunft ist nicht gerade beruhigend. Mama ist zuzutrauen, dass sie nur so eine ungefähre Ahnung hat, auf welchem Berg Opas Hütte steht. Ich will hier auf keinen Fall den ganzen Tag in meinen Turnschuhen und dem Rollkoffer herumkraxeln und womöglich noch in freier Natur unter einer Tanne übernachten und erfrieren. Um keine Panik zu kriegen, konzentriere ich mich voll darauf, ruhig zu atmen und kleine überlegte Schritte zu machen. Es ist still – mal abgesehen von Mamas Fluchen. Manchmal hören wir einen Vogelruf, der im Tal widerhallt. Oder der Schnee knirscht. Aber ansonsten ist es still.

Die letzte Nacht haben wir im Auto verbracht. Eigentlich hatte Benno vor, von Berlin bis in die Alpen durchzufahren. Aber unterwegs gab es einen riesigen Stau, weswegen Benno irgendwann meinte: »Tut mir leid. Ich kann nicht mehr. Ich muss schlafen, sonst baue ich einen Unfall.«

Mama hat sofort angeboten: »Ich kann doch fahren!« Aber als Benno seinen prüfenden Blick in den Rückspiegel geworfen hat und ich ihm mit so einem entsetzten Blick geantwortet habe, hat er gemeint: »Lasst uns besser auf einem Parkplatz übernachten. Mitten in der Nacht könnt ihr sowieso nicht zur Hütte hinaufsteigen.« Und damit war die Sache entschieden.

Wir sind auf einen Parkplatz von einer Raststätte gefahren, wo schon lauter LKWs herumstanden. Dazwischen hat Benno sein Auto abgestellt und als der Motor aus war, wurde es ziemlich schnell richtig kalt da drinnen. Benno hat sich mit seiner Winterjacke zugedeckt und Mama und ich haben uns in mehreren Schichten unsere Klamotten angezogen, bis wir nicht mehr gefroren haben. Außerdem hat Benno mir seinen Schal gegeben. Was echt nett war. Ich habe mich auf der Rückbank gegen meinen Koffer gelehnt und eigentlich war es ganz gemütlich, da im Auto zu schlafen. Ich habe mir vorgestellt, ich lebe am Nordpol in einem Iglo und draußen tobt ein superheftiger Schneesturm, während ich mich drinnen in meine Felle einkuschle. Als es dämmerte, sind wir alle wieder aufgewacht und in die Tankstelle rein. Mama und Benno haben sich am Automaten einen Kaffee geholt, ich bin aufs Klo gegangen und dann sind wir weitergefahren und haben jeder eine Butterbrezel gegessen. Scheint hier in den Bergen so eine Art Spezialität zu sein.

Als Mama und ich ungefähr eine Stunde lang bergauf gestolpert sind und meine Hand, die den Koffer hinter mir herschleift, vor Kälte fast erfroren ist, bleibt Mama plötzlich stehen und zeigt mit ihrem Finger schräg nach oben: »Stoppersöckchen! Siehst du den Rauch? Da wohnt dein Opa!« Meine Mutter strahlt mich an und – ich schwöre es – ich habe sie noch nie so glücklich gesehen. Ihre Augen glänzen, sie lächelt und ich kriege am ganzen Körper Gänsehaut. Sie lässt ihre IKEA-Taschen von den Schultern in den feinen Pulverschnee plumpsen und umarmt mich. »Ich kann's nicht fassen! Wir haben es geschafft!«

Ich umarme meine Mama und fühle ihren warmen Atem an meiner Wange. Sie gibt mir einen Kuss und sieht mich voller Stolz an. »Wow! Wir sind echt tolle Girls!«

Ich grinse schief. Ich find's schön, wenn meine Mama so fröhlich ist. Darum sage ich: »Ja, wir sind echt tolle Girls!«

Mama sieht mich noch für einen Moment verzaubert an, so, als würde sie sich doch ein bisschen freuen, dass wir in ihrer Heimat sind. Dann nickt sie und sagt: »Das soll uns mal einer nachmachen! Mit Turnschuhen, Stiefeletten, drei IKEA-Taschen und einem Rollkoffer durch die schneebedeckten Alpen. Da kann sich der gute, alte Hannibal mal ein Scheibchen von abschneiden!«

Ich frage: »Wer?«

»Na, Hannibal!«, sagt Mama, als müsste ich den kennen. Mit Schwung schultert sie wieder ihre Taschen und ich ziehe den Griff von meinem Rollkoffer aus dem Schnee und stolpere hinter ihr her. »Wer war das?«

»Ein großer Feldherr. Mit seinem riesigen Heer aus Tausenden Soldaten und einer Herde Kriegselefanten. Mit allen zusammen ist er einfach aus Afrika über die verschneiten Alpen gewandert. Quer rüber! Vermutlich in ganz normalen Sandalen. Um Rom plattzumachen.«

»Wann denn?«

»Keine Ahnung. Irgendwann, als Cäsar gelebt hat.«

»Und wann hat Cäsar gelebt?«

»Woher soll ich das wissen? Hattet ihr das nicht in der Schule? Das Römische Reich und so weiter?«

»Nee, noch nicht.«

Mama keucht und der Pfad wird immer schmaler und steiler. »Dann musst du deinen Opa noch mal fragen. Der weiß das bestimmt. Ich schätze aber, das war vor mehr als zweitausend Jahren. Aber im Grunde genommen ist es auch egal. Die Alpen sahen damals genauso aus wie heute und sie waren mindestens genauso verschneit und jetzt stell dir den Wahnsinn vor, mit Elefanten hier hochzuklettern. Mit Elefanten aus Afrika! Ich meine, die sind Hitze und Sand gewöhnt! Nicht Felsen und Schnee! Aber der große Hannibal hat es geschafft. Und wir haben es auch geschafft.«

Vor uns taucht eine kleine Holzhütte im Schnee auf. Aus dem Schornstein steigt Rauch auf. Mama und ich werden schneller. Meine Füße sind inzwischen regelrecht gefroren und fühlen sich wie Eisklumpen an. Wie muss es erst den armen Elefanten ergangen sein? Die hatten ja nicht mal Schuhe an. Oder hat Hannibal denen vielleicht Kartoffelsäcke oder so was umgebunden? Oder warme Decken übergeworfen? Vielleicht frieren die aber auch nicht so schnell, weil sie so dick sind. Bevor ich noch etwas zu den Elefanten fragen kann, klopft Mama an die Holztür. Dann dreht sie sich zu mir um und ihre Zähne klappern wieder aufeinander. »Jetzt wirst du gleich deinen Opa kennenlernen. Bist du aufgeregt?«

Ich nicke und meine Zähne klappern auch. Das alles kommt mir so unwirklich vor. Diese Hütte. Dieser Hannibal. Dieser Schnee, meine kalten Füße, meine eisigen Hände. Die Tür geht auf und ein großer Mann mit weißem Haar und weißem Bart steht vor uns. Er hat eine grüne Strickjacke mit Holzknöpfen an. Genau so eine, wie ich auch anhabe. Mama sagt: »Hallo, Papa! Da wären wir.« Dann stellt sie sich auf die Zehenspitzen und gibt ihm einen Kuss auf die Wange.

Mein Opa nickt aber nur und meint: »Das sehe ich.« Dabei zieht er die Augenbrauen hoch, so, als hätten wir schon irgendwas falsch gemacht.

Ich lächle hilflos und piepse: »Hallo, Opa.«

Dann geht hinter uns die Tür zu und wir stehen zu dritt in der Hütte, in einem kleinen, angenehm warmen Raum, in dem ein Holztisch mit zwei Stühlen steht. Außerdem noch ein Ofen, ein Regal mit ein bisschen Geschirr, ein paar Töpfen, ein schmales Bett und auf dem Boden liegt ein gestreifter Webteppich.

»Tja«, sagt Mama und ihre Wangen leuchten rot. »Wie geht es dir? Ist ja tolles Wetter. Schöner Himmel. Hat es gerade erst geschneit? Ich hätte nicht gedacht, dass es noch so kalt und winterlich ist.«

»Mitte März? Was hast du erwartet? Dass hier der Sommer ausgebrochen ist?«, fragt mein Opa und fährt sich so ein bisschen nervös durch sein weißes Haar.

Mama lächelt tapfer: »Ich dachte, wegen dem Klimawandel, da liest und hört man ja so einiges und ...«

»Auf den Pisten tummeln sich nach wie vor die Skitouristen«, unterbricht mein Opa sie und sein Blick bleibt unwillig an unseren Füßen hängen. »Zieht eure Schuhe aus, damit ihr mir hier nicht alles nass macht.«

Der ist echt kein freundlicher Großvater! Mama gibt sich total Mühe, fröhlich zu sein! Ich meine, sie hat ihren Papa das letzte Mal vor mehr als zehn Jahren gesehen. Da umarmt man sich doch normalerweise, oder nicht? Und mich sieht mein Opa heute zum zweiten Mal im Leben. Da könnte man sich meinetwegen auch umarmen. Aber mein Opa guckt nur grimmig. Ist er etwa immer noch sauer wegen ihrem Streit vor zehn Jahren? Das wäre ja total beängstigend! Auf der anderen Seite soll es ja Leute geben, die nur ganz schwer vergessen und verzeihen können.

Um Opa nicht weiter zu reizen, ziehen Mama und ich schnell unsere Schuhe aus und stellen sie dicht neben die Tür. Meine Füße tun von der Kälte weh und meine Hände fangen an zu brennen und zu kribbeln. Sie sind knallrot und vielleicht sind mir schon einzelne Finger erfroren. Zumindest kann ich sie nicht mehr bewegen. Mein Opa schiebt zwei Stühle an den Ofen. »Setzt euch da hin und wärmt euch auf. Gibt's in Berlin keine Wanderstiefel und Handschuhe?«

»Nicht direkt«, murmelt Mama und ich sage: »Leider nicht.«

Mama benimmt sich plötzlich ganz seltsam. Sie wirkt richtig eingeschüchtert und guckt eigentlich die ganze Zeit zu Boden. So kenne ich sie gar nicht. Normalerweise ist Mama durch niemanden einzuschüchtern. Was ich persönlich echt bewundernswert finde. Aber mein Opa scheint da eine Ausnahme zu sein. Anstatt unser Wiedersehen zu feiern, reicht er uns nur zwei Becher mit heißem Tee und meint: »Joseph kommt in einer halben Stunde, um dich zum Bahnhof zu bringen.«

»Danke, Papa.« Mama nippt an dem heißen Tee und sieht mich aus dem Augenwinkel an. Ich nippe auch am Tee, weil mein Kopf ganz leer ist und ich nicht weiß, was ich sagen soll. Außer: »Ich will nicht hierbleiben.« Aber das kann ich ja schlecht bringen. Erstens wäre das total unhöflich vor meinem Opa und zweitens sind wir ja hergekommen, damit ich hierbleibe und Mama nach Ibiza kann, um für uns ein neues Zuhause zu finden. Ich muss sagen, eine halbe Stunde ist nicht viel, um sich hier einzuleben. Was ich allerdings gerne machen würde, bevor Mama von diesem Joseph zum Bahnhof gebracht wird, um von dort mit dem Zug zum Flughafen zu fahren.

»Ich dachte, ihr wolltet schon früher hier sein«, sagt mein Opa plötzlich mit etwas freundlicherer Stimme.

»Es war Stau und wir mussten im Auto übernachten«, erklärt Mama und macht gleich wieder ein fröhliches Gesicht. Als wäre sie dankbar, dass jetzt offenbar doch ein Gespräch stattfinden soll.

»Du hättest einfach anders planen müssen«, meint mein Opa aber nur und knallt zwei Teller auf den Tisch. »Es ist doch klar, dass es auf so einer langen Strecke zu Stau kommt.«

Mama verdreht die Augen und sieht mich an. Als wollte sie sagen, dass es ihr leidtut, dass sie mich hier bei diesem alten, oberschlauen Mann zurücklässt. Ich muss nicht sagen, dass mir das alles wie ein schlimmer Albtraum vorkommt. Ich kann nicht glauben, dass das alles in echt passiert. Und Mama wirkt leider auch so, als hätte sie gewisse Zweifel, ob ihre Idee, mich hierzulassen, wirklich so klasse ist. Gerade als ich Hoffnung schöpfe und denke, vielleicht überlegt es sich Mama noch mal und wir dampfen einfach wieder zusammen ab, seufzt sie und meint mit so einem beschwingten Tonfall: »Ich freue mich jedenfalls, dass wir hier sind und noch gemeinsam einen Tee trinken können.«

»Habt ihr Hunger?«, fragt mein Opa, ohne auf Mamas Freude einzugehen.

»Ja, ein bisschen«, sage ich. Um auch mal was von mir zu geben.

»Das ist übrigens deine Enkeltochter Isla«, erklärt Mama begeistert, als hätte ich mich gerade erst materialisiert, und legt feierlich ihre Hand auf meine Schulter.

»Ich dachte, es ist der Weihnachtsmann«, brummt mein Opa und knallt auch noch einen Teller mit einem riesigen Käsestück auf den Tisch. Dazu ein Brot und Butter. Ich sehe, dass seine Hand ganz leicht zittert. Scheinbar ist er auch etwas gestresst. »Esst, bevor Joseph kommt.«

Mama und ich rücken unsere Stühle an den Tisch und mein Opa schneidet mit einem riesigen Messer eine dicke Scheibe Brot ab und reicht sie mir. »Hier. Ist von unten aus dem Dorf. Das kannst du ab jetzt immer holen.«

Mama schneidet mir Scheiben von dem Riesenkäse ab und dann esse ich mein Brot. Obwohl ich Hunger habe, schaffe ich es kaum, die Bissen herunterzuschlucken. So einen dicken Kloß habe ich im Hals. Ich befürchte, ich werde es hier nicht mal bis heute Abend aushalten. Ich befürchte, dass ich sehr bald von hier verschwinden werde. Ich schätze, ich werde mit dem Zug abhauen. Sobald ich das erste Mal im Dorf Brot hole.

Ich frage: »Wo ist denn der Bahnhof? Unten im Dorf?«

Mein Opa lacht. Und obwohl ich ihn richtig blöd finde, klingt sein Lachen schön. Heißt das, der Bahnhof ist noch weiter weg?

»Mit dem Auto mindestens eine Stunde. Bei diesem Wetter noch länger.« Mein Opa sieht mich durchdringend an, wobei sich seine weißen Augenbrauen beinahe über seiner Nase treffen. Als hätte er gemerkt, dass ich damit liebäugle von hier zu verschwinden. Na, großartig! Ich sage leise zu Mama: »Lässt du mir noch Geld hier?«

»Nein, aber Opa gibt dir welches, wenn du Brot holen gehst.«

Doch nicht fürs Brot! Für meine Fahrkarte nach Hause! Ich stiere Mama wütend an. Macht sie das mit Absicht, dass sie so tut, als würde sie mich nicht verstehen? Sie kann doch nicht ernsthaft glauben, dass ich hierbleibe! Bei diesem schlecht gelaunten Mann! Aber sie lächelt weiter fröhlich herum und meint zu meinem Opa: »Ich bin dir unendlich dankbar, dass du dich in den nächsten zwei Wochen um Isla kümmerst. Ich bin sicher, dass ihr euch blendend verstehen werdet.«

»Wenn sie macht, was ich sage.« Mein Opa guckt Mama streng an. »Damit hattest du ja immer deine Probleme.«

Jetzt läuft Mama rot an und blickt auf ihren Teller. Ehrlich! So geknickt habe ich meine Mama noch nie erlebt. Sie tut mir richtig leid. Wie ein kleines Mädchen sitzt sie auf ihrem Stuhl. Als hätte sie einen schlimmen Fehler gemacht, wegen dem mein Opa sie gerade geschimpft hat.

Bevor noch irgendjemand etwas sagen kann, klopft es an der Tür. Mama und ich zucken erschrocken zusammen und fassen uns beschützend an den Händen. Das haben wir noch nie gemacht. Jedenfalls kann ich mich nicht erinnern. Irgendwie schön! Mein Opa geht über die knarrenden Dielen zur Tür und ich flüstere: »Mama, bitte geh nicht.«

Sie sieht mich an und drückt meine Hand: »Ich bin in zwei Wochen wieder da. Versprochen.«

Dann steht sie auf und ist schon wieder irre vergnügt. »Hallo!« Sie geht auf diesen Joseph zu, der jetzt in so einer voluminösen, roten Bergretter-Jacke mitten in der Hütte steht. Er ist ungefähr so alt wie Mama, hat ein breites Grinsen und – genau wie Benno – rosige Wangen. Er nimmt seine Mütze ab und hat auch noch – wie Benno – hellblonde Haare. Wenn man es genau nimmt, sieht er aus wie Benno, nur älter. Vermutlich ist das der klassische Alpen-Typ. Rosige Wangen, hellblonde Haare, breites Lächeln.

Er sagt: »Grüezi!« Und reicht Mama seine Hand, die echt riesig ist. Wie eine Bärenpranke oder so. Dann zieht er Mama an sich, als seien sie dickste Freunde, und umarmt sie fest. »Hast dich gar nicht verändert! Immer noch die junge Leonie!«

»Ach ja«, kichert Mama verlegen und macht sich frei. »Und du bist wohl immer noch bei den Bergrettern, was?«

»Aber sicher! Einmal Retter – immer Retter!«

Mama kichert wieder so komisch und zieht sich dann schnell ihre Jacke an. »Müssen wir schon los?«

»Keine Eile, ich bin ein bisschen früher raufgekommen, damit keine Hektik ausbricht.«

»Das ist lieb.« Mama und Joseph strahlen sich irgendwie seltsam an.

»Ist lange her«, meint dieser Joseph plötzlich mit so einem besinnlichen Unterton. »Sehr, sehr lange.«

»Ja, sehr lange«, sagt Mama und macht auch ein ganz besinnliches Gesicht. »Über zehn Jahre.« Dann dreht sie sich zu mir und meint mit so einer präsentierenden Handbewegung:

»Das ist übrigens mein Töchterchen.« Meinen Namen spart sie sich dankenswerterweise, sonst müsste dieser Joseph jetzt auch noch La Isla Bonita anstimmen.

Ich hebe die Hand zum Gruß: »Hi.«

»Wahnsinn!« Joseph kommt auf mich zu und fasst mich an den Schultern, als seien auch wir alte Kameraden. »Als ich dich das letzte Mal gesehen hab, warst du so winzig wie ein Schuhkarton! Jetzt bist du schon so ein großes Mädchen! Lass dich umarmen!« Dieser mir vollkommen fremde Mann drückt mich fest an sich und tut damit das, was mein Opa eigentlich hätte tun sollen. Ich bin heilfroh, dass dieser Joseph hier aufgetaucht ist, denn er ist geradezu ein Lichtblick für mich. Auf einmal ist es gleich viel heller in der dunklen Hütte. Wenn dieser freundliche Mensch für die nächste Zeit in meiner Nähe bleibt, wird es vielleicht nicht ganz so schlimm.

Ich frage also gleich: »Wo wohnen Sie?«

»Unten im Dorf. Mein Sohn Peter wollte auch noch hochkommen, damit du gleich jemanden kennst, wenn du ab morgen hier in die Schule gehst.« Er klopft mir noch mal auf die Schulter und sagt: »Dann will ich mal deine Mama zum Bahnhof fahren.«

Meine Mutter schlingt ihre Arme um mich und flüstert in mein Ohr: »Ich hab dich lieb, Stoppersöckchen. Vergiss das nie!«

Sie lächelt mich an, aber ich sehe Tränen in ihren Augen. Sie kämpft richtig damit, nicht losweinen zu müssen. Dann reicht sie meinem Opa die Hand. »Danke, Papa. Ich melde mich gleich bei Joseph, wenn ich auf Ibiza angekommen bin.«

Mein Opa nickt: »Hoffen wir's!« Und stellt sich neben mich. Zum Zeichen, dass ich nicht alleine bin, was ja irgendwie nett ist. Joseph zwinkert mir zu. »Man sieht sich!«

Die Hüttentür geht hinter ihm und meiner Mutter zu. Durchs kleine verschneite Fenster sehe ich sie hintereinander mit den dicken, blauen IKEA-Taschen den schmalen Pfad hinunter zum Auto wanken, das Jospeh offenbar hinter einem Schneehügel geparkt hat. Immer wieder muss Joseph Mama am Arm packen, damit sie in ihren Stiefeletten nicht ausrutscht. Als sie hinter dem riesigen Schneehügel verschwunden sind, blickt mich mein Opa an und sagt: »Willst du sehen, wo du schläfst?«

Vom Blitz getroffen!

Ich steige hinter meinem Opa eine steile, schmale Holztreppe zum Heuboden hinauf. Da oben im Dunklen soll ich schlafen? Auf einem alten Strohsack? Wie Harry Potter unter der Treppe, oder was? Als mein Opa in der Luke verschwunden ist, krabble ich hinterher. Das kann ja was werden! Als ich mich wieder aufrichte, stehe ich in einem niedrigen Raum mit Dachschräge und kleinem Fenster mit roten Vorhängen. Davor steht ein Holztisch mit Stuhl, gegenüber ein Bett mit rot-weiß karierter Bettdecke. Auf dem Bord über dem Bett stehen noch ein paar Bücher und daneben thront ein abgeschräbbelter Teddybär.

Ich sage ehrlich überrascht: »Das ist aber hübsch hier. Ein bisschen wie in einer Puppenstube.«

Mein Opa verzieht keine Miene: »Gefällt es dir?«

»Ja! Es ist richtig hübsch!«

»Da habe ich ja Glück.« Mein Opa seufzt, als hätte ich ihn schon ein paar Male schwer enttäuscht, und die Vormittagssonne fällt durch das Fenster und breitet sich warm über den Tisch, den Stuhl und den Holzboden.

Um ein bisschen für gute Stimmung zu sorgen, sage ich: »Das sind sehr schöne Möbel. Sie sehen so gemütlich aus.«

Mein Opa guckt tatsächlich gleich ein bisschen freundlicher und brummt: »Die habe ich mal für deine Mama gemacht.«

»Du alleine?«, rufe ich echt erstaunt. »Wie denn?«

»Aus Holz, ein paar Schrauben und Leim.« Und schon guckt mein Opa wieder so, als ginge ihn das alles nichts an. Soll er doch! Ich mache bei seiner Muffellaune nicht mit!

»Danke für das schöne Zimmer!« Ich lasse mich auf mein Bett fallen. Die Bettdecke ist wie frisch geschlagene Schlagsahne. Kühl und weich. Mein Opa kommt zögernd neben das Bett und nimmt den Teddybär vom Bord. Scheint so, als hätte er auch keine Lust mehr zu muffeln. »Hier. Der hat mal deiner Mutter gehört. Als sie ausgezogen ist, wollte sie ihn nicht mehr haben. Aber ich dachte, ich hebe ihn besser auf. Vielleicht freut sich noch mal jemand über Herrn Bär.«

Ich nehme Herrn Bär in den Arm und streiche über sein dünnes Fell. An den Pfoten ist der Stoff kaputt und die hellbraune Füllung kommt etwas heraus. Den hatte also mal meine Mama.

»Als kleines Mädchen hat deine Mutter den Teddy ständig mit sich herumgetragen«, murmelt mein Opa und setzt sich neben mich auf die Bettkante. »Egal wohin sie gegangen ist. Er war immer mit dabei. Dabei hat sie ihm leise erzählt, was sie gerade macht und was sie als Nächstes vorhat. Sie hatte immer etwas vor, deine Mutter.«

Wir gucken beide auf den Teddy, der ganz leicht muffig riecht, und jetzt finde ich meinen Opa zumindest nicht mehr ganz so bescheuert. Vielleicht ist er hier oben so viel allein, dass er sich erst mal daran gewöhnen muss, dass plötzlich auch noch andere Menschen in seiner Hütte sind?

Überhaupt habe ich so viele Fragen. Wie war Mama früher als Kind? Warum ist mein Opa aus dem Dorf auf diesen einsamen Berg gezogen? Und was ist eigentlich mit meiner Oma? Mir fällt auf, dass ich das alles gar nicht weiß! Ich kann mich nicht erinnern, dass Mama jemals von ihrer Mutter gesprochen hätte. Dass sie keine Mutter hat, war für mich irgendwie normal, so, wie es für mich irgendwie normal war, dass ich keinen Vater habe. Aber eigentlich ist es gar nicht normal, keine Mutter zu haben. Genau wie es nicht normal ist, keinen Vater zu haben. Aber es gibt so bestimmte Geschichten, über die Erwachsene nicht gerne sprechen. Und bei Mama war es immer das Thema »Mein Papa«. Ich habe mehrmals nach ihm gefragt, aber Mama hat immer gleich so komisch geguckt und gemeint: »Tut mir leid. Ich erinnere mich nicht.« Und irgendwann habe ich sogar mal deswegen geweint, weil klar war, dass ich nie eine vernünftige Antwort darauf kriege. Und vielleicht will Opa genauso wenig nach seiner Frau gefragt werden? Gleichzeitig würde es mich schon mal interessieren, was mit meiner Oma ist. Also streiche ich mit dem Finger noch ein bisschen weiter über das Fell vom Teddybär und frage so nebenbei wie möglich: »Was ist eigentlich mit Oma?«

»Du meinst, die Mama von deiner Mama?« Mein Opa räuspert sich und reibt mit seinen Händen nervös über seine Knie.

Ich nicke. »Jep.«

»Tja, deine Großmutter ...«, sagt mein Opa ganz langsam und auch ein bisschen nachdenklich. »Meine Frau ...«

Ich sitze bewegungslos da. Unter der Dachschräge ist es still. Das Berglicht kommt zu uns herein und gerade fühle ich mich irgendwie so, als sei ich auf dem Mond gelandet. Es ist, als gäbe es keine Menschen, außer meinem Opa und mir. Und natürlich Herrn Bär. Mein Opa sieht mich mit seinen dunklen Augen an und murmelt durch seinen weißen Bart: »Deine Großmutter ist vor langer Zeit gestorben.«

»Und wie?«, frage ich vorsichtig.

»Sie wurde vom Blitz getroffen.«

»Vom Blitz?« Ich reiße die Augen auf.

Mein Opa sieht mich immer noch an.

Nach einer kurzen Pause flüstere ich: »Das tut mir leid.«

»Ja«, seufzt mein Opa. Und dann macht er ganz plötzlich so eine schnelle Bewegung mit der Hand und meint: »Schluss! Aus! Ist lange her!«

Ich nicke, weil mich die Geschichte richtig fertigmacht.

»Hier oben in den Bergen musst du gut aufpassen«, sagt Opa.

»Ja«, flüstere ich.

Mein Opa seufzt noch mal und sein Blick geht ins Leere. Als ich schon denke, dass er vielleicht vergessen hat, dass ich hier auch noch sitze, sieht er mich wieder an und legt seine Hand auf meine: »Versprich mir, dass du nicht auf eigene Faust draußen herumläufst. Die Berge sind voller Gefahren!«

»Okay«, sage ich und lächle hilflos, weil ich mir nach der Geschichte nicht mal vorstellen kann, drei Schritte allein aus der Hütte hinaus zu machen. Ich meine, was soll ich überhaupt da draußen? Da ist nichts als Schnee, ein paar Felsabhänge, schwarze Tannen und darüber der Himmel. Hinterher werde ich noch von einem Bären zerfleischt oder falle kopfüber in eine Gletscherspalte. Gerade als ich fragen will, wo eigentlich seine weißen Ziegen sind, klopft es unten an der Tür.

»Das ist Peter!«, sagt mein Opa und steht auf. »Der Sohn von Joseph. Komm mit runter.«

Mein Opa verschwindet in der Dachluke und ich bleibe auf dem Bett sitzen. Mir ist kalt. Ich bin ganz durcheinander. Außerdem fühle ich mich immer noch fremd. Auch wenn mein Opa jetzt schon etwas freundlicher ist. Ich ziehe mein Handy aus der Kapuzenjacke, um Jana eine Nachricht zu schreiben. Dass ich in einer einsamen Berghütte feststecke und viel lieber bei ihr wäre. Aber ich habe hier überhaupt keinen Empfang. Kein Fitzelchen! So ein Mist. Dann kann ich ja nicht mal Mama anrufen. Und auch nicht Jana, wenn ich ganz großes Heimweh habe. Ich bin richtig am Arsch!, wie Mama manchmal sagt, wenn wieder mal nichts klappt.

Ich stecke mein Telefon unters Kopfkissen und lausche. Ich höre, wie mein Opa diesen Peter begrüßt und sagt, dass ich gleich runterkomme. Aber ich will nicht runterkommen und noch einen Fremden kennenlernen. Gerade würde ich am liebsten nur weinen. Die Vorstellung, dass Mama jetzt von Joseph durch die Winterlandschaft zum Bahnhof gefahren wird, am Flughafen aus dem Zug steigt und mit dem Flugzeug um die halbe Welt nach Ibiza fliegt – ohne mich! –, gibt mir echt den Rest.

»Isla!«, ruft mein Opa von unten. »Wo bleibst du denn?«

Ich kann mich nicht rühren. Irgendwie bin ich am Bett festgewachsen. Zumindest fühlt es sich so an. Ich mag jetzt nicht diese bekloppte Leiter runterklettern und diesem Ziegen-Peter »Hallo!« sagen. Ich meine, was haben wir schon gemeinsam? Der hat in seinem Leben bestimmt noch nie ein Handy gesehen.

»Grüezi!« Ein Junge in meinem Alter steckt seinen Kopf durch die Luke im Dachboden und grinst mich an. »Darf ich hochkommen?«

»Von mir aus.« Schnell lege ich den Teddy hinter mich und schlage die Beine übereinander. Der Junge kommt durch die Luke gekrabbelt und baut sich vor mir auf. An den Füßen hat er dicke Wollsocken und obenrum einen dicken selbst gestrickten Pulli. »Ich bin der Peter.«

»Ich bin Isla.«

»Ich weiß. Hat mir schon mein Vater gesagt.«

Ich gucke Peter an und warte, dass er anfängt La Isla Bonita zu singen. Aber er tut es nicht. Pluspunkt für ihn. Vermutlich kennt er nicht mal Madonna. Er setzt sich zu mir auf die Bettkante. »Und? Schon eingelebt?«

»Na ja«, sage ich und gucke ihn an. »Ich bin erst seit heute Morgen hier.« Er hat richtig viele Sommersprossen auf der Nase. Richtig viele! Außerdem ist er ziemlich braun gebrannt. Der Junge scheint viel an der frischen Luft zu sein. Bergsteigen. Ziegen hüten. Blumenkränze flechten. Eisblöcke aus dem zugefrorenen Bach holen. Was weiß ich, was man in dieser Einöde den lieben langen Tag so treibt.

»Ist anders hier als in der Großstadt, was? Keine Geschäfte, keine Kinos, keine Autos, kein Handyempfang …«

»Allerdings.«

»Langweilst du dich schon?« Der Junge mustert mich interessiert. Als hätte er so jemanden wie mich noch nie gesehen.

»Ich weiß nicht«, sage ich matt und es stimmt. Gerade weiß ich gar nichts. Ich glaube, ich will hier einfach nur auf der Bettkante sitzen und warten, bis die zwei Wochen vorbei sind und Mama mich endlich holen kommt.

»Hast du Lust, mit zu mir nach Hause zu kommen? Ich kann dir meine Aquarienfische zeigen. Ich hab sogar Neonsalmler …«

»Ist das weit?«

»Wir fahren mit dem Schlitten runter. Das geht ganz schnell. Nur rauf dauert es halt ein bisschen länger.«

»Wie lange?«

»Eineinhalb Stunden vielleicht?«

»Eineinhalb Stunden?« Schon wieder den Berg rauf, durch den Schnee?! Ich bin doch kein Bergsteiger! Meine Beine tun jetzt schon total weh! Außerdem habe ich keine Ahnung, was mein Opa dazu meint! »Leider habe ich keine richtigen Schuhe. Nur Turnschuhe und die sind schon durchnässt.«

»Du kannst von mir oder meiner großen Schwester welche haben. Du brauchst ja morgen sowieso richtige Stiefel, wenn du mit mir in die Schule gehst.«

»Ist die Schule weit weg?«

»Von hier oben? Tja …« Peter nickt und macht so ein bedenkliches Gesicht. »Die ist ebenfalls unten im Dorf. Musst du halt morgens immer mit dem Schlitten runterkommen … Wenn dein Opa das erlaubt.«

Ich nicke. Das Ganze kommt mir so schräg und unwirklich vor. Wenn Mama wieder da ist, werde ich sie richtig anbrüllen und ihr um die Ohren hauen, dass sie die schlechteste Mutter aller Zeiten ist und dass ich ihr nie verzeihen werde, was sie mir angetan hat. Ich werde mich nie wieder von dieser schlimmen Erfahrung erholen! Ich will nicht nach Ibiza! Und ich wollte auch nie hierher, in diese schaurige Einöde, wo so wenig los ist und niemand weiß, wer ich bin. Natürlich könnte ich jetzt diesem Peter lang und breit mein Leben in allen Einzelheiten erzählen. Aber was bringt es, außer, dass er weiß, dass ich nach einem Madonna-Song benannt wurde und sich meine Mutter nicht erinnern kann, wer mein Vater ist?! Diesen Peter werde ich sowieso nie wiedersehen. Auf der anderen Seite wäre es gut, sich mit ihm anzufreunden, damit ich irgendjemanden für meine Freizeit habe. Ich räuspere mich und frage: »Weißt du eigentlich, woher meine Mutter und dein Vater sich kennen?«

»Ich glaube, sie sind früher zusammen in die Schule gegangen.«

»Hmhm.«

»Außerdem hat mein Vater deine Mutter mal gerettet.«

»Wieso hat er meine Mutter gerettet? Wobei denn?«

»Kann ich dir nicht sagen. Ich war nicht dabei.« Peter macht ein vielsagendes Gesicht.

»Und woher weißt du das dann?« Ich werde minimal ungeduldig.

»Keine Ahnung?« Peter zuckt lässig mit den Schultern und tut total ahnungslos. Aber ich sehe ihm an, dass er mehr weiß, als er zugeben will.

»Hatte meine Mutter einen Unfall, oder was?«

»Keine Ahnung!« Peter hebt die Hände. »Ist schon lange her. Da waren wir beide noch nicht mal geboren.«

»Und wer hat dir das alles erzählt?«

»Dein Opa. Aber frag ihn bitte nicht danach.«

»Wieso nicht?«

»Weil ich ihm versprechen musste, dass ich es dir nicht erzähle.«

»Und warum erzählst du es mir dann?«

»Weil ich vergessen habe, dass ich es dir nicht erzählen soll.«

»Wie kann man so was vergessen?« Ich blicke Peter entrüstet an und schimpfe: »Du hast mir eine viertel Geschichte erzählt und jetzt habe ich tausend Fragen im Kopf, die du mir nicht beantworten willst und gleichzeitig soll ich nicht meinen Opa danach fragen. Ganz toll!« Ich bin echt sauer!

Peter zieht die Augenbrauen hoch: »Vergiss die Geschichte doch einfach wieder. Wie gesagt: Ist schon lange her.«

Ich werde gar nichts vergessen. Ich werde schon noch rauskriegen, wobei Joseph meine Mutter gerettet hat. Ich habe hier ja sonst nichts zu tun. Ich mache ein freundliches Gesicht und sage mit lieber Stimme: »Na gut.« Und dann, um vom Thema abzulenken: »Ich vermute, wir sind ungefähr gleich alt.«

Peter verschränkt die Arme vor der Brust und klingt etwas beleidigt. »Du bist älter als ich.«

»Wieso, wie alt bist du denn?«

»Elf.« Peter guckt mich muffelig an.

»Ich bin auch elf«, sage ich noch freundlicher. Weil ich ihn ja eigentlich gar nicht so angreifen wollte. Ich bin gerade nur etwas gestresst. Wegen diesem ganzen Wahnsinn hier.

»Ja, aber du bist im August geboren und ich im Oktober.«

»Woher weißt du das jetzt schon wieder?« Ich gucke diesen Peter an und finde echt seltsam, was der für Informationen abgespeichert hat und – vor allen Dingen – woher er die hat?

»Das hat mir alles mein Vater erzählt.«

»Wieso?«

»Keine Ahnung. Weil ich ihn gefragt habe? Schließlich muss ich ja wissen, wen ich ab morgen mit zur Schule schleppen muss.« Peters Blick wird immer düsterer. Ich schätze, er wartet darauf, dass ich mich bei ihm für meinen kleinen Ausraster entschuldige.

Ich nicke und quetsche hervor: »Tut mir leid, dass ich eben so rumgeschimpft habe. Ist für mich gerade alles etwas neu hier. Und danke, dass du mich morgen mit zur Schule nimmst.«

Er hebt minimal die Hand und murmelt: »Kein Ding.«

Außerdem hat Peter echt recht. Man sollte sich über die Leute informieren, mit denen man zusammen zur Schule geht. Also frage ich: »Du hast also eine große Schwester?«

»Ja, und noch zwei weitere Geschwister.«

»Deine Mama hat vier Kinder gekriegt?« Mir fallen fast die Augen aus dem Kopf. »So viele?!«

Jetzt strahlt Peter übers ganze Gesicht. »Meine Schwester

Pauline ist siebzehn, mein Bruder Ludwig ist vier und meine kleine Schwester Emmi ist drei«

»Krass. Ich kenne niemanden, der so viele Geschwister hat.«

Peter nickt und sieht richtig stolz aus. Obwohl er meint: »Ja, voll nervig, wenn du mich fragst. Die schreien den ganzen Tag rum. Na ja, kleine Kinder eben.«

»Und was machst du so den ganzen Tag? Ich meine, nach der Schule?«

»Fernsehen, meine Fische füttern, schnitzen.«

»Was schnitzt du denn? Flöten?«

»Nee, mehr so Tiere.«

»Schafe, oder was?«

Peter schüttelt empört den Kopf. »Nee, eher Elefanten ...«

»Wegen Hannibal?«

»Was?«

»Wegen dem Typen, der hier mit seinen Elefanten langgeklettert ist, um das alte Rom plattzumachen?«, frage ich, als würde ich mich mit dieser Hannibal-Geschichte bestens auskennen.

»Hä?«

»Ach, nicht so wichtig.« Bevor er genauer nachfragt, mache ich schnell so eine wegwerfende Handbewegung und frage: »Okay, und was noch für Tiere?«

»Na, alle, die in Afrika leben: Löwen, Krokodile. Manchmal auch Dinosaurier.«

»Die leben nicht in Afrika«, bemerke ich oberschlau und wünschte schon im nächsten Moment, ich hätte mir die Bemerkung gespart, um die Stimmung nicht zu gefährden.

Peter guckt mich auch gleich ein bisschen strafend an. »Ist mir schon klar. Ich meine ja nur, dass ich eher Tiere aus wärmeren Gebieten schnitze.«

»Und warum?«

»Was weiß ich. Die haben interessantere Körper. Was machst du so in deiner Freizeit?«

Ich seufze: »Mit meiner besten Freundin Jana was unternehmen. Ins Shoppingcenter fahren oder mit ihrem Kaninchen spielen oder zum Sport gehen.«

»Was für Sport?«

»Turnen.«

»Aha.«

»Auf dem Schwebebalken. Kennst du Schwebebalken?«

»Ja, was denkst du denn? Kennst Du Streichhölzer? Das sind so kleine Holzteile, die am Ende einen kleinen roten Knubbel haben und wenn man sie über die Reibefläche von dieser kleinen Schachtel rubbelt, fangen sie an zu brennen. Damit kann man im Kamin ein Feuer anmachen.« Peter spricht mit mir, als sei ich ein Neandertaler.

Der Typ ist echt schnell zu beleidigen. Ich sage besser nichts mehr. Woher soll ich denn wissen, dass er weiß, was ein Schwebebalken ist? Ich meine, was wollen die Leute hier in den Bergen mit einem Schwebebalken? Und während ich über Schwebebalken nachdenke, sehe ich Jana vor mir, und die Sporthalle. Ich sehe, wie wir uns in unseren Turnanzügen warm laufen und Stretching machen. Wie wir einen Radschlag auf dem Schwebebalken üben, uns in der Umkleidekabine unterhalten und ich stelle mir vor, wie ich ihr von meiner

Oma, die vom Blitz getroffen wurde, der Hütte und Peter erzähle und auch, dass Joseph angeblich mal meine Mama gerettet hat. Ich merke, dass ich Jana schon richtig viel zu erzählen hätte, obwohl es mir gerade so vorkommt, als würde hier ganz und gar nichts passieren. Aber offenbar passiert in Wahrheit so viel, dass mir Jana und die Sporthalle und der Schwebebalken so vorkommen, als würden sie zu einem längst vergangenen Leben gehören.

Pass auf!

Okay, Leute! Ich sitze hinter Peter auf einem Schlitten. Wir rasen diesen steilen Berg hinunter. Ich kreische und klammere mich an einem Jungen fest, den ich gerade mal seit einer Stunde kenne. Hoffentlich krachen wir nicht gegen die nächste Tanne. Der eisige Wind pfeift über uns hinweg. Ich habe eine Pudelmütze von meinem Opa auf dem Kopf, die mir bis in die Augen rutscht. Was nichts macht, weil ich sowieso die Augen fest zusammenkneife. Ich wimmere und kreische und zwischendurch versuche ich auch noch zu atmen. Wir schießen immer weiter steil bergab und diese Fahrt ist definitiv heftiger als die Achterbahnfahrt, die ich im Sommer mit Mamas bester Freundin Ulli unternommen habe. Zusammen mit ihren beiden Kindern Theo und Elisa sind wir in den Freizeitpark gefahren, weil Mama im Bioladen das ganze Wochenende Inventur machen musste. Inventur heißt: Alles, was in den Regalen steht, muss notiert werden, damit der Bioladen weiß, was nachbestellt werden muss. Jedenfalls war diese Achterbahnfahrt nichts gegen das hier, obwohl die Achterbahnfahrt schon schlimm war und ich damals dachte, dass ich sterbe.

Ich klammere mich an Peter fest. Der lacht und findet es unheimlich witzig, dass ich so kreische. Eins kann ich sagen: Morgen früh werde ich nicht alleine mit dem Schlitten ins Dorf brettern. Ich würde niemals unten im Tal ankommen. Peter scheint ständig mit dem Schlitten zu fahren, ist vermutlich so was wie ein Fahrrad für ihn. Total selbstverständlich. Er weiß, wie man lenkt und abbremst. Aber ich? Ich würde direkt über die nächstbeste Felskante fliegen.

Der Schnee bleibt in dicken Klumpen an meinen Hosenbeinen hängen, ich fühle die Kälte, die durch meine Jeans sickert. Ich habe eiskalte Füße in meinen Turnschuhen. Gut, dass mir Opa wenigstens seinen Parka ausgeliehen hat. Ich vermute nur, ich werde es heute nicht mehr wieder rauf schaffen. Ich bin jetzt schon total erledigt. Dabei sitze ich auf einem Schlitten und muss nicht mal selbst durch den Schnee stapfen. All diese neuen Sachen, die ich in den Bergen mache, sind so was von anstrengend. Ich kann nur sagen: Gut, dass ich nicht hier lebe! Das ist ja echt wie zu Hannibals Zeiten.

»Gleich sind wir da!«, schreit Peter und ich gucke vorsichtig über seine Schulter. Unter uns im Tal taucht ein ganzes Dorf aus lauter Häusern mit Spitzdächern und grünen Fensterläden auf. Aus der Mitte ragt ein spitzer Kirchturm hervor. Dahinter erhebt sich ein gigantischer schneebedeckter Fels bis in den blauen Himmel, dessen zerklüftete Spitze in den Wolken verschwindet. So etwas habe ich wirklich noch nie gesehen! Fast wirkt es so, als würde sich der Fels bewegen.

Peter bremst mit seinen dicken Stiefeln unseren Schlitten ab. Langsam schlittern wir die vereiste Straße hinunter, bis wir vor so einem hellrosa angestrichenen Haus mit grünen Fensterläden anhalten, das direkt an den Hang gebaut ist. Peter springt sofort auf und ruft in die kalte Luft: »Absteigen!«

Ich stehe auf und in meinen Beinen kribbelt es. Alles ist ganz steif an mir. Ich stolpere, als ich versuche, mein Bein über den Schlitten zu heben und falle der Länge nach in den geschippten Schnee, der rund ums Haus angehäuft wurde.

»Was machst du denn da?« Peter zieht mich am Arm wieder hoch. »Los, steh auf. Nie liegen bleiben. Sonst erfrierst du auf der Stelle. Alte Bergsteigerregel.«

Ist mir egal. In zwei Wochen bin ich sowieso wieder weg. Ich blinzle in die Sonne und lasse mich von Peter zur Haustür schleifen, die über und über mit Schnitzereien verziert ist. Er drückt die Klinke runter und schon stehe ich in dem nächsten fremden Haus, in dem es nach Käsespätzle duftet, die Mama und ich manchmal bei uns in dem One-World-Café essen, wenn wir zu müde zum Kochen sind.

Peter ruft: »Mama! Wir sind da!« Dann dreht er sich zu mir und sagt: »Los, gib mir deine Jacke oder willst du einen Hitzschlag kriegen?«

Ich ziehe den schweren Parka aus und reiche ihn Peter mit meinen rot gefrorenen Händen. Er nimmt ihn und trägt ihn weg. Jetzt stehe ich alleine im Flur herum. Hier ist alles komplett aus Holz! Die Wände, die Decke! Mit den schneebedeckten Turnschuhen stehe ich auf einem roten Teppich, der über dem Holzfußboden liegt. Neben mir geht eine Holztreppe ins Obergeschoss. Vor mir ist ein Durchgang ins Wohnzimmer, in dem mir eine rot-grün karierte Sofalandschaft entgegenstrahlt.

So eine, von der Mama immer träumt, aber meint, dass wir uns die niemals leisten können. Ganz davon abgesehen, dass unser Wohnzimmer in Berlin dafür viel zu klein wäre. Außerdem: Wozu brauchen Mama und ich eine Sofalandschaft? Für uns beide reicht unser altes Sofa. Peter taucht wieder neben mir auf und hält mir dicke, gestrickte Socken hin: »Zieh besser die Schuhe aus. Sonst wird der Teppich nass.«

Schnell schlüpfe ich aus meinen Turnschuhen, nicht, dass Peters Mutter sauer auf mich wird, und reiche sie ihm. Im Tausch nehme ich die Socken und ziehe sie mir an die kalten Eisblock-Füße, die langsam wieder auftauen. Was richtig wehtut. Das ist jetzt schon das zweite Mal heute, dass ich meine Füße auftauen muss. Wäre ich alleine, würde ich vermutlich vor Schmerz »Aua!« schreien. Es fühlt sich an, als würde ich in kochendem Wasser stehen.

»Hallo!« Von oben kommt eine Frauenstimme. Ich gucke hoch. Da steht Peters Mutter an der Treppe und kommt runter. Mann! Ist die dick! Ehrlich! Ich versuche, mir nichts anmerken zu lassen. Sie kommt langsam die Stufen heruntergewankt, wobei sie sich am Geländer festhält, damit sie nicht hinunterpurzelt. Ist bestimmt nicht leicht, mit so einem dicken Bauch das Gleichgewicht zu halten. Als sie unten ist, reicht sie mir die Hand: »Ich bin Susi. Du bist Isla, was?«

Ich nicke. »Jep.«

»Wie La Isla Bonita von Madonna?« Peters Mutter strahlt mich an. »War früher mein Lieblingslied. Ich singe es jetzt aber nicht, obwohl ich am liebsten würde. Das machen vermutlich alle, oder?«

»Jep«, sage ich und mag Peters Mutter sofort gern. Sie atmet tief ein und aus und streicht sich über ihren Bauch. Jetzt erst fällt mir auf, dass sie nicht einfach nur dick ist – sondern schwanger! Ich gucke mit großen Augen zu Peter und frage direkt: »Du kriegst noch ein Geschwisterchen?« Vielleicht sollte man so etwas nicht unverblümt fragen, aber ich bin so erstaunt, dass mir die Frage einfach so rausrutscht.

»Ja, leider«, sagt Peter und flutscht mit grimmigem Blick an seiner Mutter vorbei, Richtung Treppe. Seine Mutter schafft es trotzdem, ihm durchs Haar zu wuscheln und meint: »Sag so etwas nicht! Du liebst doch deine Geschwister.«

»Ja, wenn sie schlafen!«

»Peter!«

»Ist doch wahr! Die kreischen den ganzen Tag rum. Wegen jedem bisschen. Sobald ich kann, suche ich mir eine eigene Wohnung.«

Peters Mama zieht die Augenbrauen hoch und seufzt: »Niemand kann besser mit kleinen Kindern umgehen als Peter.«

»Blablabla.« Peter ist schon fast die Treppe hinauf verschwunden.

Ich frage: »Soll ich mit hochgehen?«

Seine Mutter nickt. »Wenn ihr Hunger habt, gebt Bescheid. Ich hab Käsespätzle gemacht.«

»Danke!« Ich renne jetzt auch die Treppe hinauf, wo Peter schon im Flur auf mich wartet. »Los, komm!«

Ich gehe hinter ihm in sein Zimmer, in dem ein Bett aus dicken Holzbalken steht und ein Fernseher. Auf dem Nachttisch liegt ein roter Nintendo 3DS. An den Wänden kleben Poster mit Leuten, die auf Snowboards loopingmäßig durch die Luft fliegen. Und seine weiße Schreibtischplatte ist mit blauem Lackstift vollgeschrieben. Neben ein paar ziemlich zerfledderten Schulheften liegen Silvesterböller und Knallfrösche. Und sogar ein Feuerzeug. Auf einem Bord an der Wand erstrahlen gleich zwei Taschenmesser. Daneben steht ein Fernglas. Ich drehe mich etwas weiter herum. Im Regal neben dem Fenster ist ein ganzer Haufen geschnitzter Tiere aufgebaut. Tatsächlich ziemlich viele Dinosaurier. Eigentlich nur Dinosaurier. Dazwischen mal ein einzelner Elefant oder ein Krokodil. Aber der Rest: Dinosaurier. Bestimmt so an die vierzig Stück. Ich sage: »Wow! Echt heftig!«

Peter lässt sich ohne Reaktion in seine blau-weiß karierte Bettwäsche fallen und schaltet den Fernseher ein. Ich bin so überrascht, dass ich gar nicht weiß, was ich sagen soll. In Berlin fragen wir uns erst einmal gegenseitig, ob wir fernsehen wollen, bevor wir den Fernseher einschalten.

Peter starrt weggetreten auf den Bildschirm und ich habe das dumpfe Gefühl, er hat vergessen, dass ich da bin. Oder er wünscht sich, dass ich nicht da wäre. Nur weiß er nicht, wie er mich hier wieder wegkriegen kann, weil ich ja in meinen Turnschuhen nicht alleine den Berg raufkomme. Wir müssen also warten, bis sein Vater von der Bergretter-Station wieder da ist, damit er mich mit dem Auto zu meinem Opa fahren kann.

Ich setze mich auf die Bettkante und glotze nun ebenfalls auf den Fernseher, ohne richtig mitzukriegen, was da eigentlich läuft. Ich überlege die ganze Zeit, ob ich zu Peter was sagen soll. Ich dachte ja, er erzählt mir ein bisschen was von der Schule oder wir gehen da mal vorbei oder so. Damit ich weiß, wo ich morgen hinmuss. Peter schiebt sich sein Kissen im Nacken zurecht und schlägt entspannt die Beine übereinander. So, als würde er sich für die nächsten Stunden einrichten. Das finde ich jetzt doch einigermaßen daneben. Also sage ich: »Hallo! Ich bin auch noch da!«

Peter nickt nur abwesend. »Ich weiß.«

Ich sage: »Können wir den Fernseher wieder ausmachen?«

Jetzt guckt mich Peter endlich an, allerdings vollkommen weggetreten. »Was?«

»Ob wir den Fernseher vielleicht wieder ausmachen können?«, frage ich hilflos. »Ich will nicht fernsehen.«

Peter streckt seinen Arm mit der Fernbedienung aus und schaltet den Fernseher ab. »Okay. Was dann?« Er setzt sich aufrecht hin und macht ein echt ratloses Gesicht. Vielleicht hat er nicht so oft Besuch.

Ich frage: »Wo sind deine Geschwister gerade?«

»Keine Ahnung. Wahrscheinlich mit meiner Tante beim Kindertöpfern. Die macht dauernd so einen Käse mit denen. Oder die sind bei meiner Oma. Die ist blind und freut sich, wenn ihr Kleinkinder die Ohren vollheulen.«

»Hmhm ... Und wo sind deine Fische?«

»Ich hab keine.«

»Hä? Du hast doch gesagt, du hast Fische?«

»Mann! Hab ich doch nur gesagt, damit du mitkommst! Sehe ich aus wie einer, der kleinen bunten Fischen stinkendes Futter ins Wasser streuselt?«

»Toll!« Ich stehe von der Bettkante auf und stelle mich rüber ans Regal mit den ganzen geschnitzten Tieren. Dieser Peter hat echt einen an der Waffel. Aber er kann leider ziemlich gut schnitzen. Die Dinosaurier sind geradezu perfekt geworden. Das muss ich sagen. Nicht direkt naturgetreu. Dafür sehr charakterstark – wie Mama sagen würde. Das bedeutet, dass sie irgendwie künstlerisch aussehen.

»Du hast echt Begabung«, sage ich und nehme mir einen Dinosaurier mit langem Schwanz und kurzen winzigen Pfötchen aus dem Regal. Ich drehe ihn in meinen Händen und bin wirklich total verzaubert davon, wie toll dieser Peter schnitzen kann. Das Holz ist ganz glatt.

»Jetzt übertreib mal nicht«, sagt Peter und steht plötzlich neben mir. »Ist gar nicht schwer. Wenn du willst, kann ich es dir beibringen.«

»Jetzt?«

»Ja, Mann! Los! Setz dich auf den Boden.«

»Hier, direkt auf deinen Teppich?«

»Kannst ihn ja zur Seite rollen, wenn er dir zu weich ist.«

Hä? Ich verstehe diesen Peter nicht. Ich meine ja nur, dass wir Holzspäne produzieren werden und die kriegt man, meiner Einschätzung nach, nur ganz schwer aus den Teppichflusen wieder raus. Also rolle ich den Teppich an einer Seite auf.

»Hallo! Das war nur ein Scherz! Pack dich auf den Teppich. Ich hole später den Staubsauger!«

»Okay.« Ich muss schon sagen, die Jungs in den Bergen haben einen echt rauen Tonfall drauf. Aus meiner Klasse würde kein Junge so mit einem Mädchen reden. Mal abgesehen von

Finn-Lukas, der schräg hinter mir sitzt und ständig durchgekaute Papierknödelchen auf mich und Jana schnipst. Super eklig! Ich rolle den Teppich wieder zurück und setze mich im Schneidersitz darauf. Peter zieht die oberste Schublade von seiner Kommode auf und holt zwei Holzklötze raus. Er wirft mir einen zu. Leider landet er mit der Kante direkt auf meinem Knöchel. »Aua!«

»Kannst du nicht fangen?« Peter schüttelt grinsend den Kopf. »Mädchen!«

Jetzt reicht's mir aber gleich mit diesem Typen! Am liebsten würde ich ihm den Holzklotz an den Kopf schleudern und sehen, ob er ihn fängt. Ich blicke Peter wütend an.

»Oha, du kannst aber böse gucken!« Peter lacht. »Da kann man ja richtig Schiss kriegen.«

»Sollst du ja auch«, murmle ich und drehe den Holzklotz in meiner Hand. Peter lässt sich neben mich fallen, setzt sich ebenfalls in den Schneidersitz und reicht mir ein Taschenmesser. »Hier, Grummelbacke. Aber schneid dich nicht.«

»Danke für den Tipp.« Ich nehme das rote Taschenmesser und klappe die Klinge heraus.

Peter macht das Gleiche mit seinem Messer. »Okay. Dann wollen wir mal.« Er rückt direkt neben mich, sodass wir nebeneinander auf dem Teppich sitzen. Plötzlich klingt seine Stimme ganz anders. Total ernst und konzentriert. So, als sei er mein Lehrer. »Du musst immer von dir wegschnitzen, damit du dich nicht verletzt, wenn du mit der Klinge abrutschst.«

»Okay.«

»Und nimm den Klotz so in deine Hand, dass deine Finger

nicht im Weg sind. Mein Vater hat sich beim Schnitzen mal die halbe Fingerkuppe abgeschnitten.«

»Was?« Mir wird schlecht.

»Ja. Die musste wieder angenäht werden«, erklärt Peter trocken und sieht mich dabei gleichzeitig so ein bisschen begeistert an, weil ich vermutlich gerade grün im Gesicht bin. »Jetzt hat er kein Gefühl mehr drin, weil die Nerven durchgetrennt wurden.«

Hab ich's schon gesagt? Ich kann kein Blut sehen. Ich kann nicht mal an Blut denken. Sofort wird mir so schlecht, dass mein Blutdruck »in den Keller« geht, wie Mama immer sagt. Ich schlucke: »Alles klar.«

»Na, dann wollen wir mal.« Peter schnitzt mit Volldampf drauflos. Sein rechter Arm arbeitet wie eine Maschine. Zack. Zack. Zack. Die Späne fliegen quer durch sein Zimmer. Wäre ich seine Mutter, würde ich ihm was erzählen! Hat er keinen Schreinerschuppen oder so was? Gehört der nicht zur klassischen Ausstattung eines jeden Bergjungen? Als hätte Peter meine Gedanken gelesen, sagt er: »Nur zur Info: Indianer schnitzen auch im Schneidersitz auf ihren Büffelfellen.«

Er hat recht. Es ist ja total albern, nicht da zu schnitzen, wo man gerade sitzt. Also setze ich die Klinge an meinen Holzklotz und rasple ein bisschen los. Ich will erst mal ein Gefühl fürs Material und das Messer kriegen. Es ist ziemlich scharf. Die Rinde fliegt nun auch quer durchs Zimmer. Ein Stück landet drüben im Bücherregal, ein anderes auf Peters Schultasche und viele kleine Stücke auf meiner Hose und den dicken Socken.

Ich frage: »Und was schnitzt du?«

»Keine Ahnung.« Peter dreht das Holz in seinen Händen. »Kommt drauf an, was ich darin sehe.«

»Hä? Wie meinst du das?«

»Ich gucke mir das Holz an und je nachdem, wie seine Maserung ist, entdecke ich ein bestimmtes Tier darin. Meistens einen Dinosaurier oder Elefanten.«

»Das heißt, das Holz bestimmt, was du schnitzt?«

»Na klar. Ist doch spannend. So weiß ich nie, was ich als Nächstes schnitzen werde. Es ist die totale Überraschung.«

»Aha.« Ich gucke auf mein Holzstück und sehe nichts.

»Du musst erst die ganze Rinde abmachen. Guck. So.« Peter hält mir sein glattes Holz hin und fährt mit seinem Zeigefinger über die Linien im Holz. Die Mulden und Erhebungen. »Eindeutig ein Tyrannosaurus.«

»Ist das der mit den kurzen Armen?«

»Jep.«

»Davon hast du doch schon voll viele.«

»Kann ich ja nichts dafür, dass die meistens in meinen Holzklötzen sind.« Peter sieht mich leicht empört an. »Das ist eben so. Was meinst du, wie viele Tysannosaurusse in all den Holzklötzen dieser Welt gefangen sind? Ich werde sie nicht alle befreien können! Und das ist echt schrecklich für mich.«

Ich nicke. »Okay.«

»Ich meine, sie werden für immer da drin stecken bleiben oder zu Streichhölzern zerkleinert. Findest du das nicht grausam?«

»Doch! Total!« Ich fange an, die gesamte Rinde abzuschnitzen. Immer mutiger. Mit immer mehr Schwung. Zack. Zack. Zack. Das geht richtig gut.

»Rechne das mal hoch! In einem einzigen Baumstamm stecken so an die tausend Tyrannosaurusse! Ohne dass je jemand davon erfahren wird!« Peter hat vor Aufregung einen richtig roten Kopf. Er ist ziemlich gestresst. Das kann ich sagen. Irgendwie tut er mir leid. Wenn er immer mit diesem Dinosaurier-Blick Bäume anguckt, ist das bestimmt total anstrengend für ihn. Vor allen Dingen, wenn er sich dafür verantwortlich fühlt, all die darin steckenden Tyrannosaurusse mit einem einzigen Schnitzmesser zu befreien. Gut, dass ich diesen Knall nicht habe.

Ich gucke wieder auf mein Stück Holz, das jetzt fast so glatt wie das von Peter ist, und plötzlich sehe ich darin ein Meerschweinchen. Ist das nicht verrückt? Ein Meerschweinchen! Ganz plötzlich! Ohne dass ich gerade an ein Meerschweinchen gedacht hätte. Gut, ich wünsche mir schon lange eins. Aber woher soll der Holzklotz das wissen? Ich sage verwundert: »In meinem Klotz steckt ein Meerschweinchen.«

»Dann befrei es!«, ruft Peter und auf seiner Stirn stehen vor lauter Begeisterung Schweißperlen. Er bearbeitet sein Holz und ehrlich! Da! Da sehe ich schon den Kopf vom Tyrannosaurus, der aus dem Holz herausguckt. Das ist der helle Wahnsinn.

Ich flüstere: »Krasse Sache!«

Wir arbeiten eine Zeit lang ziemlich konzentriert, um unsere Tiere so schnell wie möglich zu befreien. Mein Meerschweinchen hat schon ein Füßchen und auch ein Ohr, als ich unten im Haus Kinderstimmen höre. Sie reden wild durcheinander und dann ertönt ein hoher Kreischton. Und dann, nach einer kurzen Atempause, ein zweiter hoher Kreischton.

Peter seufzt: »Das meine ich! Sie kreischen den ganzen Tag.«

»Und warum?«

»Keine Ahnung! Weil sie bekloppt sind.«

Bevor ich noch etwas fragen kann, fliegt die Tür auf und ein kleiner Junge mit riesigen Augen und hellblondem Haar steht in der Tür: »Peter, darf ich bei euch sein?«

»Nein.«

Und schon hockt der kleine Junge auf der Bettkante, schlägt die Beine übereinander und fragt: »Wer bist du? Was schnitzt du?«

»Ich bin Isla und ich schnitze ein Meerschweinchen«, sage ich. Ich finde den kleinen Jungen wirklich süß. Er hat so kleine Füße in so kleinen Strümpfen.

Er sagt: »Ich kriege zu Weihnachten auch ein Meerschweinchen.«

»Vergiss es, Ludwig«, sagt Peter. »Hier kommt kein stinkendes Meerschweinchen rein.«

»Dann schenke ich dir meins«, sage ich und schnitze noch mal kräftig drauflos, um das Schweinchen fertig zu kriegen. Leider rutsche ich dabei ab und schnitze mir direkt in den Finger. Sofort ist überall Blut.

Der kleine Junge springt auf, rennt zur Tür und raus in den Flur. Ich höre, wie er »Mama! Komm schnell! Sie blutet!«, brüllt.

Mir geht es gerade gar nicht gut. Von ferne, wie durch Watte, höre ich, wie Peter stöhnt: »Hab ich nicht gesagt, du sollst aufpassen?!«

Dann wird um mich herum alles schwarz.

Du bist ganz schön tapfer!

Als ich wieder aufwache, liege ich auf dem Rücken in Peters Zimmer. Ich blinzle verwirrt. Der kleine Ludwig und ein noch kleineres Mädchen mit hellblonden krausen Haaren und noch riesigeren Augen, Peters Mama und ein großes Mädchen, vermutlich Peters ältere Schwester, haben sich um mich geschart und starren mich an. Vom Schwindel verdrehe ich die Augen und das große Mädchen gibt mir eine Backpfeife. »Los! Aufwachen!«

Aus Angst, dass ich jetzt sterben muss, fange ich an zu heulen und rufe nach meiner Mama. Ich bin gar nicht richtig ansprechbar. Ich glaube, das große Mädchen ist drauf und dran, mir noch eine zu pfeffern, damit ich zu mir komme, aber da geht ihre Mutter glücklicherweise dazwischen und meint: »Es reicht, Pauline!«

Mit ihrem dicken Bauch setzt sie sich ächzend neben mich auf den Boden, nimmt meinen Kopf in ihren Schoß und sagt zu Pauline: »Hol mal schnell unseren neuen Verbandskasten.«

»Wir haben einen Verbandskasten?«, fragt Pauline. »Wo steht der denn?«

Bevor ihre Mutter antworten kann, ist der kleine Ludwig schon aufgesprungen und meint mit so einem Seufzer: »Ich hole ihn.«

Peters Mama streicht mir weiter die Haare aus der schweißnassen Stirn. Ich gucke sie hilflos an, weil ich gar nicht weiß, was ich vor lauter Verwirrung sagen soll, und sie meint zu mir: »Es ist nur ein winziger Schnitt. Wir machen einen kleinen Verband drum und dann ist alles wieder gut.«

Pauline hält mir währenddessen meinen Arm hoch, damit mein Finger nicht so doll blutet. Dabei dreht sie vorsichtig meine Hand herum und meint: »Stimmt. Die Fingerkuppe ist dieses Mal nicht ab.«

»Pauline!« Peters Mutter hält mir schnell mit beiden Händen die Ohren zu. Sie hat wohl Sorge, dass ich gleich noch mal aus den Latschen kippe, was ja gar nicht geht. Ich liege ja bereits auf dem Boden. Trotzdem bin ich froh, dass mein Kopf in ihrem Schoß ruht, direkt neben dem dicken Babybauch, und sich alle um mich kümmern. Ich liege ganz schlaff da, ich habe gar keine Kraft. Von irgendwoher höre ich, wie Peter offenbar mit seinem Papa telefoniert, damit er mich zu meinem Opa nach oben auf den Berg fährt. Aus halbgeschlossenen Augenlidern sehe ich, wie Ludwig mit dem Verbandskasten zurückkommt und ihn stolz seiner Mutter überreicht.

»Danke, Ludi.«

Pauline fragt: »Seit wann haben wir denn so was?«

»Haben wir bei IKEA gekauft«, sagt Ludwig und setzt sich im Schneidersitz wieder dicht neben mich. Er nimmt meine Hand in seine winzigen Hände und hält sie fest.

Und Pauline fragt: »Hä? Wann wart ihr denn bitte bei IKEA? Warum habt ihr mir nicht Bescheid gesagt?«

»Weil du bei deinem Freund warst«, erklärt jetzt das kleine Mädchen, deren Namen ich leider wieder vergessen habe und die sich jetzt auch noch direkt zwischen Ludwig und mich quetscht und über meinen Arm streichelt. »Tut's weh?«

Auf einmal ist Pauline richtig sauer: »Hä? Ich wollte mit. Das habe ich euch doch hundertmal gesagt! Ich wollte mir noch neue Bettwäsche kaufen.«

»Wir fahren ja noch mal hin«, meint Peters Mutter. »Im Übrigen hätte ich dir sowieso keine gekauft. Schließlich hast du bald Geburtstag.«

»In drei Monaten!« Pauline ist echt sauer. »Vielleicht hat IKEA die Bettwäsche dann gar nicht mehr!«

»Mann! Vergiss doch mal deine blöde Bettwäsche!« Peters Kopf taucht hinter Pauline auf. Er sieht irgendwie düster aus, als mich sein Blick streift. Er brummt: »Papa kommt gleich.«

»Dann wollen wir mal deine Hand verbinden«, meint seine Mama und wechselt mit Pauline die Plätze.

Jetzt streichelt Pauline mir übers Haar und sagt: »Alles wird gut.« Und: »Du bist total tapfer«, während mir von ihrer Mutter die Hand umwickelt wird. Ich mache die Augen wieder zu, weil sich immer noch alles um mich dreht und mir ein bisschen schlecht ist. Das alles ist mir total peinlich. Auf der anderen Seite denke ich, dass es echt toll sein muss, in so einer großen Familie zu leben. Immer ist jemand da. Das ganze Zimmer ist voll mit Leuten. Ich spüre, wie Ludwig meine Hand loslässt und wegkrabbelt. Seine kleine Schwester steht auch auf und tritt aus Versehen auf meine Haare. »Autsch!«

»Scheschuldigung! Das wollte ich nicht«, piepst das kleine Mädchen.

Ich mache die Augen auf und lächle. Dabei sehe ich, wie Ludwig über den Teppich direkt in das Dinosaurier-Regal stolpert und einige der Dinosaurier auf ihn draufkippen.

»Pass doch mal auf!« Peter schubst Ludwig gegen den Schreibtisch. »Immer macht ihr alles kaputt!«

Sofort fängt Ludwig an zu heulen: »Mamaaa!«

»Das hat Ludwig nicht mit Absicht gemacht!«, brüllt seine kleine Schwester und tritt Peter mit ihren winzigen Füßen gegen das Schienbein.

Und Peter brüllt: »Halt's Maul, du Winzling!«

Jetzt sind Pauline und ihre Mutter auch noch sauer: »Peter! So kannst du nicht mit Emmi reden!«

»Dann soll sie mich nicht treten!«

Es ist echt was los in Peters Zimmer. Nachdem sich alle wieder beruhigt haben, versucht Ludwig mir aufzuhelfen, obwohl er nur halb so groß ist wie ich. Er zieht an meinem Arm und fragt so voll fürsorglich: »Kannst du aufstehen?«

Emmi, mit den hellblonden, total krausen Haaren fragt: »Kann ich mal deine Verletzung sehen?«

Ich sage: »Die ist leider verbunden.«

Aber Emmi meint mit so leuchtenden Augen und dieser Winzling-Stimme: »Das kannst du doch wieder abmachen.«

Was Peters Mutter wiederum augenblicklich verbietet. »Kommt gar nicht infrage!«

Sie hat richtig viel zu tun die ganze Zeit. Wirklich krass. Ich hocke auf der Bettkante und Pauline bringt mir etwas zu trinken, während sie sich gleichzeitig am Handy mit einer Freundin fürs Kino verabredet und dann kommt schon Joseph in seiner roten Bergretter-Jacke rein und meint: »Krankentransport!«

Ludwig begleitet mich aus dem Zimmer in den Flur und die Treppe hinunter. Total erwachsen. Als würde er so was jeden Tag machen. Alle sind ganz fürsorglich. Nur Peter bleibt in seinem Zimmer und schaltet sofort den Fernseher ein, als wir rausgehen. Seine Mutter meint noch über die Schulter: »Der wird gleich wieder ausgemacht.«

Aber Peter brummt nur: »Macht einfach die Tür hinter euch zu.«

»Was ist der denn für ein Penner?«, fragt Pauline, als sie hinter mir die Treppe hinuntergeht. »Der ist total fernsehsüchtig. Das würde ich mal behandeln lassen!«

Und Peters Mutter meint: »Er macht gerade eine schwierige Phase durch.«

»Seit er auf der Welt ist, macht er eine schwierige Phase durch.« Pauline und ihre Mutter unterhalten sich über Peter, als sei ich gar nicht da. Was vermutlich daran liegt, dass ich nichts sage. Es geht darum, dass Peter zu viel fernsieht, dass man ihm den Gameboy wegnehmen muss und er mal im Haushalt helfen sollte.

Pauline schimpft: »Mama! Ich finde, du solltest ihm wirklich klarere Grenzen setzen!«

Echt interessantes Gespräch! Das muss ich sagen! Vielleicht

könnte ich ja auch mal so streng mit meiner Mama reden. Von wegen: »Mama! Du solltest mich wirklich nicht allein bei Opa lassen!« Kleiner Scherz!

Als es ans Verabschieden geht, sage ich »Danke« und »Es war total schön bei euch«. Was man eben so sagt, wenn man zu Besuch war. Aber ganz ehrlich? Ich fand's wirklich super. Ich finde diese Familie irgendwie richtig toll. Peters Mutter umarmt mich und sagt: »Komm bald wieder und grüß deinen Großvater.«

Pauline umarmt mich auch und sagt anerkennend: »Super, dass Peter mal einen vernünftigen Menschen um sich hat!«

Emmi hängt sich auch gleich an meinen Arm und fragt: »Kommst du morgen wieder?«

Und Ludwig tritt von einem Bein aufs andere und meint: »Äh, schenkst du mir dann wirklich das Meerschweinchen?«

Ich streiche den beiden Kleinen über die blonden Köpfe und verspreche, dass ich wahrscheinlich schon morgen wieder da bin. Zumindest hoffe ich das. Schließlich weiß ich nicht, was ich sonst den ganzen Nachmittag über machen soll.

Weißt du, wer mein Vater ist?

Ich sitze neben Joseph im Auto. Auf dem Beifahrersitz. Wir fahren die verschneite Straße den Berg rauf zu meinem Opa. Rechts und links vom Auto türmt sich der Schnee und das Licht der Scheinwerfer strahlt hell zurück. Der Himmel über uns ist schwarz. Unzählige Sterne blinken dort oben wie kleine Diamanten. Ich kuschle mich tief in den Parka von meinem Opa, sodass nur noch meine Nase rausguckt. Die Kapuze habe ich mir runter in die Stirn gezogen. Jetzt kann ich gerade genug vom Himmel und vom Schnee sehen. Ich stelle mir vor, ich bin am Nordpol und ein Husky-Rudel zieht mich auf meinem Schlitten über das ewige Eis. Ich liebe diese Fantasie. Genau wie die Einschlaf-Fantasie vom Iglo, in dem ich unter ganz vielen Fellen liege, während draußen in der Arktis ein heftiger Schneesturm tobt. Keine Ahnung, wieso. Aber diese Ewiges-Eis-Fantasie habe ich echt schon, seit ich denken kann. Mir ist dann immer ganz kalt und ich muss mich richtig schütteln. Gleichzeitig ist mir warm von dem dicken, zu großen Parka und ich fühle mich geborgen und sicher. Am liebsten würde ich hundert Jahre schlafen. Oder zumindest die nächsten zwei Wochen, weil ich Mama gerade extrem vermisse. Ich will wenigstens ihre Stimme hören und sicher sein, dass sie überhaupt noch irgendwo auf der Welt ist. Ich vermisse mein Zimmer und mein Leben in Berlin. Außerdem brennt mein Finger wie die Hölle. Der Schnitt tut echt richtig weh. Ich weiß gar nicht, was ich oben bei Opa soll. Peter und seine Geschwister haben jetzt ihre Mama, die ihnen Käsespätzle serviert und wenn Joseph wieder zu Hause ist, sitzen sie bestimmt alle zusammen am großen Tisch und erzählen sich von ihrem Tag. Aus meinem Auge rinnt eine Träne. Dann noch eine.

Ich schniefe und Joseph sieht mich erschrocken von der Seite an. »Alles in Ordnung? Tut dein Finger weh?«

»Geht schon«, sage ich mit kratziger Stimme und in meinem Hals brennt es. Ich atme tief ein und ich weiß, wenn Joseph jetzt noch irgendwas sagt, fange ich richtig an zu heulen. Also räuspere ich mich und schlucke den dicken Kloß in meinem Hals runter. »Peter sagt, du musstest mal meine Mutter retten?«

Joseph lacht. Etwas zu laut, wie ich finde. »Woher weiß Peter denn das?«

»Von meinem Opa«, erkläre ich. Denn Peter hat nicht gesagt, dass ich Joseph nicht danach fragen soll.

»Aha. Interessant.« Joseph schüttelt den Kopf und kichert noch ein bisschen vor sich hin.

»Warum musstest du sie denn retten?«, frage ich, weil ich es jetzt wirklich wissen will.

Joseph wischt sich über die Stirn. »Puh, das ist lange her. Da warst du noch gar nicht auf der Welt.«

»Ich weiß. Hat mir Peter schon gesagt.«

»Peter ist aber ziemlich gut informiert.« Joseph fährt dicht an den aufgehäuften Schnee am Straßenrand, weil uns ein anderes Auto von oben aus der Schwärze entgegenkommt. Die Scheinwerfer strahlen zu uns ins Wageninnere und ich sehe, wie Joseph nervös zu mir herüberguckt.

»Mehr wusste Peter aber auch nicht«, sage ich, »nur, dass Mama und du früher zusammen zur Schule gegangen seid.«

»Ja, das stimmt. Wir kennen uns seit der ersten Klasse. Also seit fast dreißig Jahren. Wir waren die dicksten Freunde. Bis deine Mutter mit achtzehn ihre Sachen gepackt hat und nach Ibiza verschwunden ist.«

»Und was ist dann passiert?«

»Irgendwann kam sie zurück. Mit ihren ganzen Koffern und Taschen und hatte genug von Ibiza. Sie wollte sich, wie sie gesagt hat, hier in ihrer Heimat wiederfinden.«

»Aha. Und was meinte sie damit?«

»Keine Ahnung. Ich schätze, sie hatte auf Ibiza ziemlich viel erlebt, was sie erst einmal verdauen musste.« Joseph kratzt sich verlegen am Kopf.

»Aha.«

Joseph lächelt so ein bisschen angespannt und ich merke, dass es ihm echt lieber wäre, wenn ich ihn jetzt nicht weiter mit meinen Fragen löchere. Aber den Gefallen kann ich ihm leider nicht tun. Ich frage so harmlos wie möglich: »Weißt du eigentlich, wer mein Papa ist?«

»Hm? Was?« Joseph sieht konzentriert auf die verschneite Fahrbahn.

»Ich habe gefragt, ob du weißt, wer mein Papa ist? Mama meint, sie kann sich nicht mehr daran erinnern. Aber das halte ich für Quatsch. Hat sie irgendwas erzählt, als sie aus Ibiza zurück war?«

»Nicht, dass ich mich erinnern könnte.« Joseph lächelt immer noch. Von einem Ohr zum anderen. Dabei sieht er richtig gestresst aus.

Der einzige Grund dafür kann nur sein, dass er mir etwas verheimlicht. Vermutlich will er Mama beschützen, damit ich nicht denke, dass sie wirklich gar nichts im Griff hat. Aber da muss sich Joseph keine Sorgen machen. Das weiß ich schon. Also atme ich tief ein und starre in die schwarze Nacht hinaus und höre den Schnee unter den Reifen knirschen. In meinem angeschnitzten Finger pocht es und gerade als ich Joseph fragen will, warum er Mama nun eigentlich retten musste, klingelt sein Handy in der Winterjacke.

»Was ist das denn jetzt?« Verwundert zieht er das Telefon hervor und guckt aufs Display. »Oh! Deine Mutter! Sie hat wohl gespürt, dass wir von ihr geredet haben.«

Er reicht mir das Telefon rüber und ich gehe dran. »Mama?«

»Stoppersöckchen, bist du das?« Ihre Stimme klingt ganz weit weg. So, als würde sie unter Wasser telefonieren.

Ich rufe: »Ja. Joseph bringt mich gerade mit dem Auto hoch zu Opa.«

»Geht es dir gut? Ich bin grade auf Ibiza gelandet. Hier ist es ganz warm und ich stehe draußen vor dem Flughafen unter einer Palme.«

»Toll.«

»Schade, dass du nicht bei mir bist. Dann könnten wir jetzt in unseren Badelatschen gemütlich ein Eis essen gehen.«

»Ja«, sage ich und gebe mir alle Mühe nicht loszuheulen. Mama tut echt so, als hätte ich mich höchstpersönlich dafür entschieden, sie nicht nach Ibiza zu begleiten.

»Okay, Stoppersöckchen«, sagt sie fröhlich und auch ein bisschen gehetzt, als hätte sie nicht viel Zeit, mit mir zu telefonieren. »Ich wollte nur hören, ob es dir gut geht bei Opa. Hast du schon Peter kennengelernt? Mit ihm gehst du ja ab morgen zur Schule.«

»Ich weiß. Ich war heute Nachmittag bei ihm unten im Tal. Wir sind mit dem Schlitten runtergefahren und dann haben wir geschnitzt und ich habe mir in den Finger geschnitten und bin ohnmächtig geworden, weil es so stark geblutet hat«, erzähle ich schnell hintereinander weg, damit Mama über die letzten Geschehnisse im Bilde ist und sie sich wenigstens ein bisschen Sorgen um mich macht.

»Was hast du gesagt? Ich kann dich kaum verstehen«, ruft Mama. »Die Verbindung ist so schlecht und die Leute um mich herum sind so laut.«

»Ich habe gesagt, ich habe mir den halben Finger abgeschnitten und bin ohnmächtig geworden«, brülle ich ins Handy. Aber da kommt auch schon dieses Tuten, zum Zeichen, dass die Verbindung abgebrochen ist. Ich starre auf das Telefon und bevor ich Joseph fragen kann, ob ich vielleicht noch mal kurz telefonieren darf, nimmt er es mir schon aus der Hand, wählt Mamas Nummer und reicht mir das Telefon zurück.

»Hier. Ich hoffe, es klappt.« Er zwinkert mir zu und fährt ganz langsam den Berg hinauf, damit wir ja nicht die Funkverbindung verlieren. Am anderen Ende der Leitung höre ich Mama. Von ganz weit weg. »Ja?«

Ich sage: »Du warst plötzlich weg.«

»Mich hat jemand angerempelt. Da ist mir das Telefon runtergefallen und jetzt ist das Display zerbrochen. Hör zu, Stoppersöckchen. Ich melde mich später noch mal. Ich muss gerade mal gucken, wie ich zu meiner Pension komme. Grüß Joseph und Opa von mir und viel Spaß in der Schule. Ich denk an dich!« Mama macht noch so Kussgeräusche und sagt: »Ich hab dich lieb!«

Ich sage: »Ich dich auch.« Dann reiche ich Joseph das Telefon zurück. »Danke!«

»Und? Alles klar? Ist deine Mama gut angekommen?«

»Scheint so. Sie steht unter einer Palme und es ist warm.«

Joseph nickt. »Na, dann habt ihr ja beide spannende Tage vor euch. Du im Schnee. Deine Mutter unter Palmen.«

Mehr wissen wir beide nicht zu sagen. Bis Opas Holzhütte über uns auf dem Berg im Schnee auftaucht. Aus dem Schornstein steigt wieder Rauch auf und hinter den Fenstern brennt Licht. Es ist echt ein bisschen so, als würden Joseph und ich den Weihnachtsmann besuchen. Joseph fährt rechts ran. »Die letzten zweihundert Meter müssen wir leider laufen. Da komme ich nicht mehr mit dem Auto rauf.«

»Kein Ding!« Diese Stelle ist immer noch besser, als die abgelegene Wegbiegung, an der Benno uns heute Morgen rausgelassen hat. Leider habe ich nach wie vor meine Turnschuhe an, weil wir ganz vergessen haben, dass ich mir Paulines Stiefel ausleihen wollte. Mal abgesehen davon, dass die mir vermutlich sowieso nicht gepasst hätten. Ich stoße die Wagentür auf und lasse mich in den knietiefen Schnee am Straßenrand gleiten. Ich stapfe um den Wagen herum und Joseph hält mich direkt am Arm fest, damit ich auf dem vereisten Trampelpfad nicht wegrutsche. Er schiebt mich mehr oder weniger den gesamten steilen Weg hinauf, bis wir vor Opas Tür stehen. Ich klopfe. Nichts passiert.

»Du musst schon ein bisschen kräftiger klopfen.« Joseph lacht und haut mit der Faust ein paar Male gegen die Holztür. »So geht das hier oben in den Bergen!«

Mein Opa macht auf.

»Da seid ihr ja.« Er hilft mir, den Parka auszuziehen und sieht gleich meine verbundene Hand. »Was ist denn da passiert?«

Bevor ich etwas sagen kann, erklärt Joseph schon die Lage: »Peter und Isla haben ein bisschen geschnitzt.«

»Vermutlich ohne Sinn und Verstand. Einfach drauflos.« Mein Opa schüttelt den Kopf und ich sehe Joseph an, dass ihm die Sache unangenehm ist. Dabei trifft ihn gar keine Schuld.

Darum sage ich schnell: »Gar nicht! Peter hat mir genau gezeigt, wie es geht. Er kann ganz toll schnitzen. Er ist richtig begabt. Es war mein Fehler. Ich habe nicht aufgepasst.«

»Wie schlimm ist es?« Mein Opa nimmt meine Hand hoch und untersucht skeptisch den Verband. »Nicht, dass wir hier oben Scherereien damit kriegen.«

»Susi hat sich sicherlich gut darum gekümmert.« Joseph

wuschelt mir durch die Haare, aber auch nur, weil er nicht weiß, was er sonst mit seinen Händen machen soll. »Wird schon wieder, oder?«

»Ja, klar!«, sage ich. Ich verstehe gar nicht, was die Aufregung soll. Ich habe mich in meinem Leben schon ein paar Male geschnitten. Erst neulich, zu Mamas Geburtstag, als ich ihr zur Überraschung einen Möhrenkuchen backen wollte und mir beim Möhrenraspeln voll in den Finger geraspelt habe. Ich bin zwar auch umgekippt, aber der Schnitt war harmlos.

»Also dann. Ich hole dich morgen früh wieder ab!« Joseph klopft mir zum Abschied auf die Schulter und verschwindet dann nach draußen in die kalte Nacht. Ich ziehe mir meine nassen Turnschuhe aus und stelle sie an den Ofen, so, als würde ich das schon mein ganzes Leben lang so machen. Mein Opa kramt in der Küchennische im Schrank herum und holt einen Verbandskasten hervor, der so aussieht, als hätte er schon mehrere Eiszeiten überstanden. Damit setzt er sich an den Tisch und meint: »Ich gucke mir das besser noch mal an.«

»Es ist wirklich nicht schlimm. Nur ein kleiner Schnitt.«

»Das lass mal lieber mich beurteilen.«

Mein Opa tut ja gerade so, als hätte ich mir auf einen Schlag fünf Finger abgehackt! Aber weil er mich mit seinem strengen Blick beinahe durchbohrt, tue ich ihm den Gefallen. Ich hocke mich ihm gegenüber auf den Stuhl und lege meinen Arm auf den Tisch, unter die Hängelampe. »So, dann zeig mal her.« Mein Opa setzt sich seine Brille auf und wickelt den Verband ab, den Susi total fachmännisch angelegt hat.

Mein Opa beugt sich über meinen Zeigefinger und macht vorsichtig das Pflaster ab. Ganz ehrlich. Der Schnitt ist noch kleiner, als ich gedacht hätte. Er ist quasi gar nicht zu sehen. Mein Opa muss richtig nah mit der Nase drangehen, um überhaupt einen Schnitt zu erkennen. Er sagt: »Das sieht soweit ganz in Ordnung aus. Susi hat sich gut darum gekümmert.«

»Hab ich doch gesagt«, murmle ich und verdrehe heimlich die Augen. So, wie Jana und ich das immer im Matheunterricht machen, wenn wir unseren Lehrer Herrn Hänsel mal wieder so richtig seltsam finden.

»Dann klebe ich dir jetzt ein frisches Pflaster drauf.« Mein Opa sucht im Verbandskasten nach einem passenden Pflaster und ich muss ein bisschen grinsen, bei dem Gedanken, wie ich Jana schon bald davon erzähle, mit welcher Panik mein Opa diesen winzigen Schnitt verarztet hat. Als ginge es hier um Leben und Tod. Ich sehe Jana direkt vor mir, wie sie sich wegschmeißt vor Lachen.

Endlich hat mein Opa ein geeignetes Pflaster gefunden und klebt es um meinen Finger. »Auf den Verband können wir heute Nacht wohl verzichten.«

»Ja, das denke ich auch«, grinse ich.

Mein Opa nimmt die Brille ab und sieht mich mit seinen Augen ernst an, die irgendwie tief drinnen total jung und lebendig wirken. Obwohl sein Gesicht mit den weißen buschigen Augenbrauen schon richtig alt aussieht. »Ich will nicht, dass dir hier oben bei mir etwas passiert, verstehst du?«

Ich nicke und höre auf zu grinsen. »Ich weiß.«

»Ich habe es deiner Mutter versprochen.«

»Ja, okay.«

Mein Opa hat plötzlich feuchte Augen und auch ich kriege feuchte Augen.

»Na gut!« Mein Opa haut mit der flachen Hand auf den Tisch, sodass der alte zerbeulte Verbandskasten mit dem roten abgeblätterten Kreuz hochhüpft. »Dann wollen wir dir mal was zu essen machen.« Er steht auf. »Hast du Hunger?«

»Und wie!«, sage ich. Was würde ich darum geben, jetzt Käsespätzle zu essen! Einen ganzen Berg! Mir fällt nämlich auf, dass ich seit dem Käsebrot heute Morgen nichts mehr gegessen habe. Pauline hat recht: Dieser Peter sollte wirklich ein bisschen mehr im Haushalt helfen! Was zu knabbern hätte er mir schon mal anbieten können. Dann wäre ich vielleicht auch nicht gleich aus den Latschen gekippt. Kein Wunder, dass mein Kreislauf am Boden war.

Mein Opa stellt wieder das große Brot und den großen Käse auf den Tisch, die schon gestern Abend und heute Morgen da standen. Heißt das jetzt, wir essen den lieben langen Tag nichts anderes als Käsebrote?

Mein Opa legt mir ein Holzbrett und ein Messer hin. »Möchtest du noch ein paar eingelegte Zwiebeln oder Gurken dazu?«

»Gerne.«

»Und Schmalz?«

»Warum nicht?« Ein wenig Variation kann ja nicht schaden. Wieder muss ich grinsen, bei dem Gedanken, wie ich Jana in zwei Wochen erzähle, dass ich die ganze Zeit über nichts anderes als Käsebrot gegessen habe.

»Momentchen«, sage ich und schiebe mich von meinem Stuhl runter. Ich klettere die steile Holzstiege hinauf in mein neues Dachzimmer. Oben werfe ich mich bäuchlings auf mein Bett, ziehe das Handy unter dem Kopfkissen hervor und klettere damit wieder nach unten. Als ich zurück am Tisch bin, fotografiere ich Opas Riesenkäse, das Riesenbrot, die Gurken, die eingelegten Zwiebeln und das Schmalzfässchen.

»Was machst du da?«, fragt mein Opa, als er uns noch Gläser hinstellt.

»Ich fotografiere dein Essen.«

»Wozu?« Mein Opa setzt sich an den Tisch und guckt mich irritiert an.

»Das macht man heutzutage so.« Ich lege das Handy neben mein Brotbrettchen auf die karierte Stoffserviette. Ich darf nicht vergessen, das Bild an Jana zu senden, wenn ich morgen unten im Dorf bin. Ich hoffe mal, dass ich da Empfang habe.

»Man fotografiert heutzutage sein Essen? Mit dem Telefon? Warum? Ist das Kunst?«

Ich verdrehe ein ganz bisschen die Augen, weil mein Opa mit all seiner Ahnungslosigkeit einigermaßen der Zeit hinterher ist. »Kennst du das Internet?«

»Hab schon mal davon gehört. Brauch ich aber nicht.« Mein Opa schneidet uns dicke Scheiben vom Brot ab und reicht mir eine rüber.

»Jedenfalls gibt es im Internet sogenannte Web-Seiten und auf diesen Web-Seiten zeigen Menschen Fotos von ihrem Essen. Die Bilder kann man sich angucken und sagen, ob sie einem gefallen.«

»Und wozu soll das gut sein?«

»Keine Ahnung. Damit die Leute wissen, dass man toll findet, was sie gegessen haben?«

»Kennst du denn all diese Leute, deren Lebensmittel-Fotos du anguckst?«

»Nicht persönlich. Nur über ihre Fotos. Die Leute kommen aus der ganzen Welt. Neuseeland, Kanada, Brasilien. Das ist ja das Besondere am Internet!«

»Ich will nicht, dass die Leute in Brasilien oder Kanada wissen, was ich esse.«

»Darf ich trotzdem mein Foto von deinem Abendbrottisch im Internet zeigen?«

»Wenn du niemandem verrätst, wo ich wohne.« Mein Opa guckt mich streng an.

»Versprochen.« Ich grinse und jetzt brenne ich richtig darauf, Jana von meinem schrägen Opa zu berichten. Opa ist wirklich schräg! Ich meine, Janas Großeltern sind den lieben langen Tag im Internet! Die bestellen da dauernd Geschenke für sie oder buchen tolle Reisen. Ohne Internet wüssten die gar nicht, was sie machen sollen! Janas Opa ist sogar auf Facebook. Okay, zugegeben: Er hat nur zehn Freunde, was schon ein bisschen peinlich ist. Aber ihn kratzt das nicht. Er postet immer Urlaubsbilder und wartet darauf, dass irgendjemand die liked, damit er sich jung und bedeutend fühlen kann.

Als wir aufgegessen haben, holt Opa aus dem großen Schrank einen Stapel Bücher, die er mit einem alten Ledergürtel zusammengebunden hat, und klatscht sie vor mich auf den Tisch. »Hier. Hab ich dir besorgt. Deine Schulbücher.«

Und der Gürtel ist mein Schulranzen? Mein Opa lebt echt in einer komplett anderen Galaxie. Egal. Ich finde die Idee mit dem Gürtel gar nicht schlecht. Darin können sich wenigstens nicht lauter vergammelte Schulbrote ansammeln, so wie in meinem Ranzen zu Hause. »Danke!«

»Besser, du gehst jetzt schlafen. Joseph wird morgen zeitig da sein. Nicht, dass du in der Schule einschläfst und mit dem Rohrstock eins übergezogen kriegst.«

»Was?« Ich springe von meinem Stuhl auf. »Werden bei euch die Schüler noch geschlagen?« Ich weiß, dass das vor hundert Jahren mal eine gängige Methode war.

Mein Opa lacht, sodass sein weißer Bart wackelt: »Hahaha! Derart hinterm Mond leben wir nun auch nicht. Keine Sorge, dein Lehrer ist sehr nett.« Und mit einem Augenzwinkern fügt er hinzu: »Das fand deine Mutter damals auch, als sie zusammen in eine Klasse gegangen sind.«

»Wie bitte?« Ich kriege riesige Augen. »Du meinst, mein Lehrer ist Mamas Exfreund?!«

»Ja, so kann man das wohl sagen. Er war ihr erster richtiger Freund. Und er hat sie geliebt.«

Das wird ja immer schöner hier in den Bergen! Ich raffe meine Schulbücher und mein Handy zusammen, gebe meinem Opa einen winzigen Gute-Nacht-Kuss und klettere hinauf unter meine Dachschräge. Ich bin richtig, richtig müde und schon total gespannt auf Mamas ersten Freund – meinen neuen Klassenlehrer. Wenn ich das Jana erzähle, kriegt sie einen richtigen Lach-Flash. Das ist schon mal klar!

Alle meine Geheimnisse

Überraschung! Zum Frühstück gibt es das Riesenbrot mit dem Riesenkäse und Butter. Dazu muss ich sagen, dass der Riesenkäse und das Riesenbrot inzwischen etwas geschrumpft sind, weswegen mir mein Opa eine Handvoll Kleingeld neben den Frühstücksteller klatscht, als ich aufgegessen habe. Er sagt dazu: »Hier ein paar Rappen! Bring ein Brot mit aus dem Tal.«

Rappen? So heißt das Geld hier? Witzig, diese Schweizer! Ich stecke das Geld ein und werfe mir meinen Ledergürtel mit den Schulbüchern über die Schulter, weil ich durchs Fenster schon Josephs rote Bergretter-Jacke habe vorbeihuschen sehen. »Geht klar.«

»Nach der Schule gehst du noch zu Peter, bis Joseph von der Arbeit kommt und dich wieder hier herauf bringen kann.«

Es klopft und mein Opa öffnet Joseph die Tür. Er strahlt über das ganze Gesicht, als hätte er schon ein paar Bäume gefällt oder ein Lawinenunglück überlebt. »Grüezi!«

Hinter ihm strahlt der knallblaue Alpenhimmel und um ihn herum strahlt der weiße Schnee. Ich befürchte, diese Schönheit, die einem in den Bergen von überallher entgegenstrahlt, werde ich Jana nicht in Worten wiedergeben können.

Als Joseph und ich durch die klare, kalte Luft zusammen zum Auto runterklettern und der Schnee unter meinen Turnschuhsohlen knirscht, muss mich Joseph aus Sicherheitsgründen wieder am Arm festhalten. Er meint: »Wir sollten dir dringend ein paar echte Bergstiefel besorgen. In diesen Stadtschühchen erfrieren dir noch deine Füße. Oder du brichst dir den Hals.«

Ich sage: »Peter meinte, Pauline könnte mir welche ausleihen.«

»Ach was. Du brauchst eigene. Ich sage immer: Jeder Fuß ist anders. Das habe ich schon von meinen Eltern gelernt. Es ist nicht gut, Schuhe zu tauschen. Das macht dir deine Füße kaputt.«

»Okay.« Das wusste ich noch nicht. Man lernt echt viel in den Bergen. Ich steige ins Auto und Joseph steigt auf der anderen Seite ein. Er zieht die Tür ran und startet den Motor: »Und? Gut geschlafen? Die Bergluft schenkt wilde Träume, sagt man hier in der Gegend.«

»Echt?« Ist das auch so eine Bergsteigerregel? Ich habe einfach nur tief und fest in meinem Bett geschlafen. Und zwar so fest, dass ich heute Morgen den Nasen-Abdruck von Herrn Bär auf der Stirn hatte.

Wir fahren langsam den Berg runter, an den schwarzen Tannen vorbei, umgeben von hohen schneebedeckten Felsen, Richtung Tal. Und je näher wir dem Dorf kommen, desto schlechter wird mir. Ich bin ziemlich aufgeregt, dass ich gleich in eine neue Schule gehen werde. Ich quetsche hervor: »Wo treffen wir denn Peter?«

»Der wartet schon vor der Schule auf dich. Hast du ein Käsebrot dabei?«

»Shit! Das habe ich vergessen!«

»Dann nimm meins!« Joseph greift hinter sich auf die Rückbank und zieht aus seinem Bergretter-Rucksack eine dicke, in Brotpapier eingepackte Stulle. »Du hast Glück! Susi macht die besten Stullen in der ganzen Alpenregion.«

Ich nehme das riesige Paket, von dem eine ganze Familie drei Tage lang zehren könnte. »Danke schön.«

»Sind eingelegte Zwiebeln und Gurken drauf. Und Schmalz. Lass es dir schmecken.« Joseph sieht mich stolz an und meint dann fröhlich: »Ich sag's dir: Ich habe die beste Frau abgekriegt.«

»Das freut mich!«, sage ich. Mich freut es wirklich. So etwas hört man ja nicht so oft, dass Männer sagen, sie hätten die beste Frau abbekommen. Jedenfalls meint Mama, dass Männer es eigentlich eher selten hinkriegen, uns Frauen wertzuschätzen. Bei Joseph scheint das anders zu sein. Und eigentlich war es auch schon bei Benno, dem Studenten, anders. Der hat total verliebt von seiner Freundin gesprochen. Ich meine, er wollte sie sogar heiraten! Vielleicht hat Mama gar keine Ahnung von Männern. Und vielleicht war mein Vater auch kein Spießer. Vielleicht war er genauso nett wie Joseph, oder wie Benno. Wenn dem so wäre, wäre es echt ziemlich schrecklich, wenn ich meinen Vater nie kennenlerne, denn ich hätte nichts gegen einen Vater einzuwenden, der so ist wie Joseph.

Wir rollen langsam ins verschneite Dorf hinein. Die Gassen zwischen den Häusern hindurch, an einer Kirche und einem Brunnen vorbei, bis ich an der Ecke von einem rosa angestrichenen Haus mit etwas windschiefen Fensterläden Peter in seiner knallgrünen Winterjacke entdecke. Joseph hält an: »Na, dann! Viel Spaß!«

»Danke!« Ich steige aus und laufe mit meinem komischen Ledergürtel-Ranzen und der Riesenstulle auf Peter zu. Kurz bevor ich ihn erreicht habe, rutsche ich auf dem plattgetretenen Schnee aus und schlage der Länge nach hin.

»Okay, wie oft willst du die Nummer eigentlich noch bringen?« Peter zieht mich am Arm hoch und klopft mir tatsächlich den Schnee von den Hosenbeinen. Total nett. Dann hebt er mir auch noch meine Schulbücher auf. Die Stulle ist ein Stück weiter geflogen und leider fährt gerade der gelbe Postbus drüber. Das ist mir jetzt doch ein wenig peinlich. Glücklicherweise ist Joseph schon über alle Berge – haha! – und bekommt nicht mit, was seiner köstlichen Stulle da gerade widerfährt.

»Und? Bereit?« Peter stupst mich mit dem Ellenbogen an und macht mit seinem Kopf so eine Bewegung, dass ich ihm folgen soll. »Die Schule ist gleich da drüben.«

Wir laufen über die Straße, direkt auf ein größeres weißgraues Gebäude mit grünen Fensterläden zu.

»Unser Lehrer heißt übrigens Herr Beerli. Er ist der Exfreund deiner Mutter«, erklärt mir Peter.

»Ich weiß.« Ich rutsche schon wieder mit meinen Schuhen weg und halte mich schnell an Peters Arm fest.

»Woher weißt du das?«

»Von meinem Opa. Aber woher weißt du es?«

»Von Herrn Beerli.« Peter hält mir die geschnitzte Holztür zur Schule auf, deren Türrahmen zusätzlich noch mit wunderschönen bunten Blumenmustern verziert wurde. An uns vorbei quetschen sich Kinder in riesigen Winterjacken und poltern in ihren Bergstiefeln vor uns die Treppe hinauf.

»Von Herrn Beerli? Wieso hat er dir das erzählt?« Ich stapfe neben Peter die Treppe hinauf und finde, dass in diesem Bergdörfchen ganz schön viel gequatscht wird. Hier bleibt ja nichts geheim. »Seid ihr beste Freunde oder was?«

An uns kämpfen sich große und kleine Schüler vorbei. Alle mit roten Gesichtern, in dicken Winterjacken und noch dickeren Winterstiefeln.

»Quatsch. Ich schätze, er war ein bisschen aufgeregt, dass du jetzt in unsere Klasse kommst.«

»Aufgeregt? Wieso das denn?« Der kennt mich doch gar nicht.« Von hinten werden wir von einer Horde Jungs in einen Klassenraum gedrückt, in dem schon ein Lehrer am Pult steht und seine Bücher sortiert. An den meisten Tischen sitzen bereits Leute in unserem Alter.

Peter flüstert: »Das ist er.« Dann schiebt er mich Richtung Herrn Beerli, der gar nicht wie ein Lehrer aussieht. Sondern eher wie ein professioneller Skifahrer. Er ist richtig sonnengebräunt, hat längere Haare, die er sich hinten zu einem sportlichen Zopf gebunden hat, und so einen gepflegten Bart. Als er mich sieht, kommt er direkt auf mich zu und reicht mir die Hand: »Ja, Grüezi! Du musst die Isla sein?«

Und Sie müssen der Exfreund meiner Mutter sein, denke ich. Sage aber: »Guten Tag. Danke, dass ich bei Ihnen in die Klasse gehen darf.«

»Ja, selbstverständlich! Ich kenne deine Mutter schon mein halbes Leben. Also: die erste Hälfte meines Lebens. Wir sind zusammen in die Schule gegangen.«

Mit wem ist meine Mutter eigentlich nicht zusammen in die Schule gegangen? Ich finde es echt einigermaßen irre, dass ich quasi alleine in die Vergangenheit meiner Mutter zurückreise. Herr Beerli begleitet mich in seinem karierten Holzfällerhemd zu einem freien Platz in der ersten Reihe. »Dies ist dein Platz. Und stell dir vor: Genau an diesem Platz hat damals auch deine Mutter gesessen.«

»Wirklich?« Ich setze mich auf den freien Platz, direkt am Fenster. Neben mir sitzt ein hübsches Mädchen mit langen blonden Haaren.

Herr Beerli sagt: »Das ist die Viola. Ihr werdet euch bestimmt blendend verstehen.«

Ich lächle Viola zu und sie lächelt auch. »Grüezi!«

Was mich ziemlich erleichtert. Ist bestimmt auch nicht leicht für sie, dass plötzlich ein total fremdes Mädchen neben ihr sitzt. Also sage ich auch zum ersten Mal in meinem Leben: »Grüezi!«

Sie beugt sich zu mir rüber und flüstert: »Du hast tolle Haare!«

Und ich flüstere zurück: »Danke! Du auch!« Wir grinsen.

Als ich den Gürtel von meinen Schulbüchern abgeschnallt habe, steht Herr Beerli wieder vorne hinter seinem Pult und klatscht in die Hände: »So, Fründe!« Er macht so eine präsentierende Geste mit der Hand: »Darf ich euch vorstellen: Die Isla. Aus Berlin!«

Meine neue Klasse reckt die Hälse, um einen Blick auf mich zu erhaschen. Damit das noch besser geht, meint Herr Beerli: »Magst du hurtig aufstehen, damit dich alle sehen können?«

Ich stehe auf und nicke kurz freundlich in die Runde. »Hallo.« Und gleich geht das Gemurmel über meine Heimatstadt los. Als die erste Schüchternheit verflogen ist, wollen alle wissen, ob ich schon mal auf dem Fernsehturm war, ob wir Berliner die ganze Zeit Currywurst essen und ob es in Berlin wirklich so gefährlich ist. Die vielen Fragen stören mich nicht. Berlin ist eben eine besondere Großstadt. Da komme ich her und kenne mich aus.

Als die Vorstellungsrunde vorbei ist, setze ich mich wieder und mein neuer Klassenlehrer meint: »Die Isla wird bei uns in den nächsten zwei Wochen zu Gast sein. Bitte helft ihr, wenn sie Hilfe braucht. Beantwortet ihre Fragen, wenn sie Fragen hat, und gebt ihr von eurer Stulle ab, wenn sie selbst keine hat.«

Das ist mal eine Ansprache. Die lobe ich mir. Schon wieder so ein netter Mann. Meine Mama hat echt keine Ahnung von Männern! Ich lächle Herrn Beerli dankbar an und finde, dass die Lehrer in den Bergen zu den Besten weltweit gehören. Außerdem gefällt mir, dass niemand in der Klasse dieses Madonna-Lied anstimmt, was für mich ein ganz klares Zeichen dafür ist, dass hier eine Generation heranwächst, die keinen Schimmer mehr hat, wer Madonna eigentlich ist. Und während ich dafür dankbar bin, tut mir Madonna plötzlich auch ein bisschen leid, weil sie sich bestimmt immer große Mühe gegeben hat, berühmt zu sein. Und irgendwie macht es mich traurig, wie die Zeit vergeht und dass wir alle mit der Zeit vergehen. Aber dann wandert mein Blick hinaus aus dem Klassenfenster, hoch zu den gigantischen schwarzen Felsen, die noch immer so aussehen wie zu Hannibals Zeiten und das zeigt mir, dass eben doch nicht alles einfach so vergeht. Genau wie der Himmel, der Mond, die Sonne und gleichzeitig weiß ich, dass diese zwei Wochen wiederum vergehen werden. Und all das, was jetzt gerade ist, wird mir schon bald wie ein ganz seltsamer Traum vorkommen. Spätestens, wenn ich wieder bei Jana auf dem Bett hocke und ihr erzähle, was ich alles Schräges erlebt habe.

Ich sag's nur ungern: Aber die Dinge werden noch schräger! Nach unserer ersten Stunde, in der uns Herr Beerli mehr oder weniger ausführlich von seinem aufregenden Ski-Ausflug am Vortag berichtet hat, wobei er mich immer wieder intensiv angeguckt hat, als wollte er sichergehen, dass ich auch alles, was er erzählt, abspeichere, schlittere ich jetzt neben Peter wieder mal über die Straße. Gefolgt von unserer gesamten Klasse. Es geht Richtung Fünf-Sterne-Wellness-Hotel, in dem gleich der Schwimmunterricht stattfinden wird. Denn: Das nächste richtige Schwimmbad befindet sich in etwa 50 Kilometer Entfernung, wie Peter mir verraten hat. Am Schwimmunterricht werde ich, aus bekannten Gründen, nicht teilnehmen. Mein Badeanzug befindet sich ja glücklicherweise zu Hause in meinem Kleiderschrank. Es wird also nie jemand erfahren, dass ich nicht schwimmen kann. Ich halte mich an Peters Arm fest und frage: »Ist es noch weit?«

»Nur noch die Hauptstraße durchs Dorf runter, dann den Berg rauf. Da ist es schon.«

»Nur den Berg rauf?! Ich habe immer noch diese bekloppten Turnschuhe an! Mir frieren die Füße ab! Außerdem habe ich schon Krämpfe in den Waden.«

»Es führt kein Weg dran vorbei. Wir müssen dir Bergstiefel beschaffen«, sagt Peter.

»Und wie? Ich habe kein Geld«, keuche ich und mir läuft schon leicht der Schweiß den Rücken runter. Dieses durchs Dorf-Gelaufe ist anstrengender als Sport!

»Dann frag deinen Opa.«

»Der hat bestimmt auch kein Geld. Bei dem gibt es nur Käsebrot.«

»Hat deine Mutter dir kein Geld dagelassen?«

»Nein. Der Flug nach Ibiza war so teuer, dass ...«

Bevor ich meinen Satz zu Ende sprechen kann, kommt Herr Beerli neben uns gelaufen und guckt entsetzt auf meine Schuhe. »Ist das dein Ernst?«

Vor Schreck frage ich: »Was denn bitte?«

»Deine Schühchen? Bei diesen Witterungsverhältnissen! Willst du dir die Beine brechen? Oder dass dir die Zehen abfrieren? Wenn du magst, nehme ich dich gerne mal zu meinem besten Gschpönli mit nach Hause. Der kann dir zeigen, wie Füße aussehen, deren Zehen amputiert werden mussten.«

»Zu wem?«

»Zu meinem Gschpönli! Meinem besten Freund!« Herr Beerli grinst verlegen. »Entschuldige. Ich werde mir Mühe geben, hochdeutsch zu sprechen.«

»Kein Ursache.« Ich lächle freundlich. »Wieso mussten denn Ihrem Freund die Zehen amputiert werden?«

»Er ist Profi-Bergsteiger. Vorletztes Jahr war er auf dem Mount Everest unterwegs, wo ihm leider Teile seiner Füße erfroren sind.«

»Oh! Das tut mir leid!«

Herr Beerli zuckt locker mit den Schultern: »Sein Risiko. Aber du bist keine Bergsteigerin. Du bist meine Schülerin und ich bin für dich verantwortlich. Zu deinem Glück führt mein Vater hier im Ort ein Sportgeschäft. Da nehme ich dich nach der Schule mit hin und wir suchen dir passendes Schuhwerk aus.«

»Aber ich kann das nicht bezahlen«, sage ich und es ist mir richtig peinlich, meine ärmliche Situation offenzulegen.

»Das lass mal meine Sorge sein.« Herr Beerli zwinkert mir so freundschaftlich zu, als hätten wir eine irre Sache vor und rennt mit seinen Bergstiefeln wieder an die Spitze unserer Klasse, damit wir einen Zacken schneller gehen. Ich finde es ja toll, wie sehr sich Herr Beerli um mich kümmert. Ich hoffe, dass das auch noch so ist, wenn er erfährt, dass ich kein Schwimmzeug dabeihabe.

Als ich in Jeans und T-Shirt gemeinsam mit den anderen Mädchen aus meiner Klasse, die alle in Badeanzügen mit aufgenähten Schwimmabzeichen stecken, die Wellness-Schwimmhalle vom Fünf-Sterne-Hotel betrete, kommt mir Herr Beerli sofort entgegen. Dieses Mal trägt er rote Badeshorts und Badelatschen. Er macht richtig große Augen und fragt schon wieder. »Ist das dein Ernst?«

Ich grinse verlegen: »Keine Sorge, damit springe ich nicht ins Wasser.«

»Das ist auch besser so. Das Zeug würde sich sofort mit Wasser vollsaugen und dich in die Tiefe ziehen. Wo sind deine Schwimmsachen?«

»Ich habe keine.« Ich bin mutig und gucke meinem Lehrer direkt in die Augen. Hilft ja nichts.

»Puh.« Herr Beerli lächelt leicht angespannt. »Okay, dann bleibt uns wohl nichts anderes übrig, als dir nachher im Sportgeschäft auch noch einen Badeanzug zu besorgen.«

Bevor ich widersprechen kann, hat er sich umgedreht, pustet in seine Trillerpfeife und ruft: »Alle am Beckenrand aufstellen! Jetzt schwimmen wir uns mal ein paar Runden warm! Zack! Zack! Zack!«

Peter steht mit meinen neuen Schulkameraden in einer langen Reihe am Fünf-Sterne-Beckenrand und winkt mir zu. Er hat eine schwarze sportliche Badekappe und eine Schwimmbrille auf. Ich winke zurück und hocke mich auf die Kante von einem der eleganten Liegestühle, um nicht das hübsch gerollte Badehandtuch zu berühren, das dort für die Wellness-Gäste bereitliegt. Wenn ich Jana erzähle, dass die Schüler hier in den Bergen Schwimmunterricht in einem Fünf-Sterne-Wellness-Hotel haben, wird sie Schnappatmung kriegen. Ich meine, dieses Hotel ist einfach der Traum. Total luxuriös. Solche Hotels bekommt man nicht oft von innen zu sehen. Alles glitzert und glänzt und sieht furchtbar teuer aus. So, als würde hier gleich Cleopatra höchstpersönlich zum Baden erscheinen. Es ist ziemlich warm hier drin. Ich gucke meinen neuen

Klassenkameraden zu, wie sie hintereinander durchs Becken schwimmen. Manche machen ganz normales Brustschwimmen. Manche kraulen. Und Peter durchpflügt das Wasser, als hätte er so einen integrierten Außenbordmotor. Der ist dreimal so schnell wie alle anderen. Trainiert der für Olympia?

Mir klebt das T-Shirt am Rücken und ich mache mir die ganze Zeit Gedanken, ob Mama später eine Rechnung von Herrn Beerli hingeklatscht bekommt, für all die Sachen, die er mir kaufen musste.

Gerade als ich überlege, wie ich Herrn Beerli verklickere, dass wir das mit der Shopping-Tour heute Nachmittag besser lassen, ertönt wieder seine Trillerpfeife und er ruft: »Peter! Raus aus dem Wasser! Sonst übergibst du dich nur wieder!«

Was ist das jetzt wieder Schräges?

Peter schießt wie ein Hai am Beckenrand entlang, bis zur Leiter und klettert raus, während alle anderen gemütlich weiterschwimmen. Er schiebt die Schwimmbrille hoch auf die Stirn und kommt patsch-patsch-patsch zu mir gelaufen. Er packt sich zu mir auf die Liege, direkt aufs gerollte Hotelhandtuch. Er keucht: »Und? Alles klar?«

Von ihm tropft das Wasser. Der ganze schöne cremefarbene Kissenbezug von der Liege wird komplett nass. Ich nicke. »Warum wurdest du rausgeholt?«

»Weil Heer Beerli Schiss hat, dass ich mich überanstrenge. Letzte Woche habe ich aus Versehen ins Becken gekotzt.«

»Du hast ins Becken gekotzt? Wie geht das denn?«

»Frag mich nicht. War voll eklig. Danach musste der Schwimmunterricht abgebrochen werden.«

Ich fasse es immer noch nicht. »Weil du zu viel geschwommen bist?«

»Nicht zu viel. Sondern zu schnell.« Peter keucht noch immer und trocknet sein Gesicht mit dem schön gerollten Badetuch für die Wellness-Gäste ab.

»Okay.« Ehrlich. Davon habe ich noch nie gehört, dass man sich übergibt, wenn man zu schnell schwimmt. Als hätte Peter meine Gedanken gelesen, guckt er mich empört an.

»Glaubst du mir nicht, oder was? Hast du nicht gesehen, wie schnell ich geschwommen bin? Das waren mindestens sechs Kilometer pro Stunde.«

»Doch! Hab ich gesehen!«

»Ich bin der Schnellste in der ganzen Schule!«

»Ja! Wow!« Ich habe den dringenden Verdacht, dass Peter jetzt von mir bewundert werden will. Ich sage: »Es ist mir sofort aufgefallen, wie schnell du bist. Wie ein Hai, hab ich gerade gedacht.«

Er guckt mich skeptisch an, als sei er nicht sicher, ob ich mich über ihn lustig mache. Um ihm zu beweisen, wie ernst ich es meine, sage ich leise: »Bitte behalt es für dich: Ich kann nicht schwimmen.«

»Du kannst was nicht?«, ruft Peter und springt vor Schreck von der Liege auf.

»Könntest du bitte nicht so schreien, wenn ich dir ein Geheimnis anvertraue?« Ich blicke ihn böse an und werde rot.

Er hebt entschuldigend die Hände und setzt sich wieder neben mich. Er flüstert extra leise: »Wieso kannst du nicht schwimmen? Jedes Baby kann schwimmen!«

»Danke! Sehr freundlich!«, murmle ich und gebe mir Mühe, nicht beleidigt zu sein. Grundsätzlich bin ich nicht schnell zu beleidigen. Aber wenn es erst einmal so weit ist, habe ich große Probleme, mich wieder einzukriegen.

Damit es jetzt nicht so weit kommt, schlucke ich meinen Ärger hinunter und flüstere zurück: »Ich kann nichts dafür. Meine Mama hat es mir nicht beigebracht und mein Vater auch nicht. Ich weiß ja nicht mal, wer mein Vater ist.« So, jetzt sind sie raus. Alle meine Geheimnisse.

»Verstehe.« Peter nickt mitfühlend und meint dann: »Ich könnte es dir beibringen.«

»Was? Schwimmen?«

»Ja? Was spricht dagegen? Wir können gleich heute Nachmittag damit anfangen.«

»Da geh ich schon mit Herrn Beerli im Sportgeschäft von seinem Vater shoppen. Wir kaufen mir Bergstiefel und einen Badeanzug.«

»Na, das ist doch perfekt! Danach gehen wir wieder her und in der nächsten Schwimmstunde hast du einen Badeanzug und kannst schwimmen.«

»Kein Mensch lernt so schnell schwimmen!«

»Klar! Mit mir als Lehrer schon!«

Die Trillerpfeife von Herrn Beerli schrillt durch die Halle und Peter springt auf. Jetzt zwinkert er mich auch noch so verschwörerisch an und meint: »Vertrau mir!«

Dann läuft er wieder los, zurück zur Schwimmtruppe, um mit all meinen neuen Klassenkameraden Kopfsprünge vom Einer zu üben.

Neue Stiefel

Ein Traum wird wahr! Mein Klassenlehrer und ich sind zusammen shoppen! Wenn ich Jana das erzähle, flippt die aus vor Lachen. Und wenn ich ihr dann auch noch berichte, dass Herr Beerli, der Exfreund meiner Mutter, gerade vor mir kniet und auf einem Bergstiefel herumdrückt, den ich am Fuß habe, wird Jana vor Lachen kreischen. Von wegen: »Bitte! Bitte! Gibt's davon ein Foto?«

Um sie nicht zu enttäuschen, hole ich mein Handy heraus und mache heimlich ein Foto von meinem Fuß im Bergstiefel und dem knienden Herrn Beerli, der prüft, ob der Schuh gut sitzt. Bevor er es merkt, stecke ich das Telefon schnell wieder weg. Er sieht zu mir hoch. »Okay. Dann steh mal auf und lauf ein bisschen im Geschäft auf und ab.«

Ich tue ihm den Gefallen. Während ich mit den dicken Stiefeln zwischen den Schuhregalen entlangstapfe, grinse ich rechts und links der Kundschaft zu und Herrn Beerlis weißhaarigem Papa, der hinterm Kassentresen steht und ruft: »Na? Wie passen die Stiefel? Sehen top aus!«

Er macht das Daumenzeichen und strahlt über das ganze

Gesicht. Der Vater von Herrn Beerli ist echt supernett. Er hat vorhin zu mir gesagt, ich soll mir die Stiefel aussuchen, die mir am besten gefallen. Er schenkt sie mir, weil ich ihn extrem an meine Mutter erinnere und er mochte meine Mutter so gerne. Dabei hat er ein bekümmertes Gesicht gemacht und gemeint: »Schade, dass aus deiner Mutter und meinem Sohn nichts geworden ist. Die beiden haben so gut zusammengepasst. Aber unsere kleine Bergwelt war ihr wohl einfach zu verschlafen. Sie wollte raus in die Welt.«

Ich habe genickt und wusste gar nicht, was ich dazu sagen soll. Ich meine, jeder erzählt mir hier die gleiche Geschichte von meiner Mama: Dass sie raus wollte, um die Welt kennenzulernen. Sie scheint den Leuten hier echt das Herz gebrochen zu haben.

Als der Vater von Herrn Beerli dann auch noch mit Blick auf die Bergstiefel meinte: »Aber wer weiß? Vielleicht kehrt sie ja doch noch zurück in unsere kleine Welt. Jetzt, wo ihre Tochter ein echtes Schweizer Maitli wird«, hat Herr Beerli einen knallroten Kopf bekommen und seinen weißhaarigen Vater ganz schnell zurück hinter den Kassentresen geschoben. Da steht er jetzt und macht dieses sportliche Daumenzeichen. »Top! Sieht top aus! Sehr gute Wahl, der Schuh!«

Die junge Verkäuferin neben ihm nickt begeistert, sodass ihr blonder Pferdeschwanz wippt. »Ja, ein sehr beliebter Schuh! Sehr trendy. Sitzt wunderbar am Fuß.«

Ich bin mir da nicht so sicher. Trotzdem mache auch ich das Daumenzeichen, weil hier alle so nett sind. Aber ehrlich: Es fühlt sich so an, als hätte ich meine beiden Füße in zwei Holzschubladen gesteckt. In diesen Stiefeln werde ich keine zehn Meter zurücklegen können, ohne dass ich mir die Knochen breche. Ich stakse zurück zu Herrn Beerli, der sich inzwischen auf die Bank zwischen den Schuhregalen gesetzt hat: »Und? Wie ist das Laufgefühl?«

»Ich weiß nicht ...« Ich lasse mich neben ihn fallen. »Die Schuhe sind ziemlich hart. Soll das so sein?«

»Na klar! Die Stiefel müssen erst zu ›deinen‹ Stiefeln werden. Du wirst ein paar Wochen brauchen, um sie einzulaufen. In der ersten Zeit wirst du recht viele Blasen kriegen und denken, du wirst es nie schaffen. Aber wenn du da durch bist, wirst du für ewig wie auf Wolken gehen.«

»Okay.« Was denkt Herr Beerli, wie lange ich hierbleibe? In zwei Wochen werde ich die Stiefel niemals eingetragen haben. Darum sage ich: »Vielleicht schaffe ich die nächsten vierzehn Tage auch in meinen Turnschuhen.«

»Nichts da! Ich will nicht verantwortlich sein, wenn deine Füße erfrieren oder du dir den Hals brichst, weil du auf einem vereisten Gehweg ausrutschst. Kommt überhaupt nicht infrage. Keine Diskussion.«

Und zur Unterstützung steht auch schon sein weißhaariger Vater neben uns und fragt: »Und? Nehmen wir die Schuhe? Sehen toll aus! Ein absoluter Superschuh.«

Der Vater von Herrn Beerli ist ein echtes Verkaufstalent. Kein Wunder. An der Eingangstür stand in so schnörkeliger Goldschrift »Profi in Sachen Sportbekleidung seit 1965«. Ich nicke also und sage total dankbar: »Ja! Wir nehmen die Schuhe! Sie sehen super aus!«

»Sag ich doch!« Der Vater von Herrn Beerli nimmt die Stiefel und überreicht sie seiner Mitarbeiterin, die sie am Kassentresen in einen schicken Karton packt.

Ich sage zu Herrn Beerli: »Das ist wirklich sehr nett. Meine Mama wird Ihnen das Geld wiedergeben.«

»Auf keinen Fall!« Mein Klassenlehrer guckt mich streng an. »Ich sage dir mal was: Deine Mutter und ich, wir waren so.« Er macht dieses Überkreuz-Fingerzeichen, als Symbol für totale Verschmelzung. Weil ich nicht so richtig reagiere, greift er in seine Jackentasche und holt sein Portemonnaie heraus. Er klappt es auf und hält es mir hin. In so einem Fach mit Klarsichtfolie steckt ein leicht vergilbtes Foto. Herr Beerli tippt darauf: »Da! Deine Mutter!«

Ich gehe näher ran. Ich sehe einen Jungen mit hellblonden Haaren und ein Mädchen mit weißblonden Zöpfen und Sommersprossen auf der Nase, die nebeneinander auf einem riesigen Stein sitzen, mit kurzen Lederhosen und Wanderstiefeln. »Wer ist das?«

»Na, deine Mutter! Und ich! In der neunten Klasse. Auf einer unserer Wanderungen. Ist sie nicht hübsch?« Herr Beerli kriegt richtig nervöse Flecken auf den Wangen und so einen entrückten Blick, als er das Foto aus seinen Jugendjahren anblickt.

»Ja.« Meine Mutter hat so ein breites Grinsen im Gesicht, das von einem Ohr zum andern reicht. »Sie sieht echt richtig fröhlich aus.«

»Fröhlich? Wenn deine Mama irgendwo reinkam, ging die Sonne auf. Die Leute haben sie geliebt. Sie hat unser gesamtes

Bergdorf zum Strahlen und den Schnee zum Schmelzen gebracht.«

»Den Schnee zum Schmelzen? Meine Mama?«

»Alle Leute hier haben sie gemocht. So was von fröhlich!« Herr Beerli zieht den Ärmel von seiner Fleece-Jacke hoch und hält mir seinen Arm unter die Nase: »Siehst du? Gänsehaut! Ich krieg Gänsehaut, wenn ich an deine Mama und ihre Fröhlichkeit denke. Was die für Witze reißen konnte! In der Schule saß ich neben ihr. Einmal bin ich vor Lachen vom Stuhl gefallen.«

Ich starre wieder aufs Foto und versuche zu verstehen, dass dieses sommersprossige Mädchen meine witzige Mutter ist, die Jungs dazu gebracht hat, vor Lachen vom Stuhl zu fallen.

»Als junges Mädel hat sie meinem Vater hier im Laden geholfen, als er sich beim Skifahren ein Bein gebrochen hatte. Jeden Nachmittag nach der Schule. Anschließend ist sie zu Fuß den ganzen Berg hoch zu deinem Opa in die Hütte. Sie war furchtlos. Ist einfach drauflos ...« Herrn Beerlis Stimme kriegt einen komischen Klang. Er seufzt.

Und gerade als er noch etwas sagen will, kommt die Verkäuferin mit dem Pferdeschwanz zu uns und meint: »Und jetzt brauchst du noch einen Badeanzug, gell?«

Wie hat sich das denn so schnell zu ihr herumgesprochen? Ich nicke und fiepse: »Ja.«

»Na, dann komm mal mit.« Sie geht schnurstracks los und ich gucke meinen Klassenlehrer fragend an.

»Geh nur! Ich warte hier.« Er klappt sein Portemonnaie wieder zu und steckt es mit so einem seligen Lächeln weg.

Ich stehe auf und laufe hinter der Verkäuferin her, die sich jetzt zu mir umdreht, während wir rüber in die Schwimmabteilung wechseln. »Das ist schließlich Frauensache.«

»Jep.« Ich lächle und kriege langsam Bauchschmerzen bei dem Gedanken, nun auch noch Badeanzüge anprobieren zu müssen. Aber die Verkäuferin scheint ein Gespür für mich und die Situation zu haben. Denn sie zieht mich hinter einen Ständer mit knalligen Badeanzügen und fragt nur: »Okay: welche Farbe?«

Ich sage ganz impulsiv: »Grün.«

»Welche Größe?«

»Keine Ahnung.«

»Lass mal sehen ...« Die Verkäuferin kramt sich durch die Badeanzüge, zieht einen grünen mit winzigen pinkfarbenen Schmetterlingen hervor und hält ihn mir an. »Der müsste passen.«

»Ja, das denke ich auch«, sage ich.

Und sie mit so einem netten Grinsen: »Dann können wir uns ja die Anprobe sparen. Gefällt er dir?«

»Das ist der schönste Badeanzug, den ich je gesehen habe.«

»Was für ein Glück!« Die Verkäuferin zwinkert mir zu und dann marschieren wir gemeinsam zum Kassentresen. Die Verkäuferin packt alles ein und meldet Herrn Beerli und seinem Vater: »Wir sind fertig!«

Sie reicht mir die Taschen über den Tresen und ich komme mir vor wie so eine richtige Shopping-Queen. Ich hatte noch nie so viele Einkaufstaschen in der Hand. Ich meine, Mama besorgt meine Klamotten normalerweise auf eBay oder in ihrem Lieblings-Second-Hand-Shop bei uns gleich um die Ecke, den ihre Freundin Susanne führt. Aber es ist echt noch nie passiert, dass wir mal so richtig einkaufen waren. Mama meint: »Es gibt so viele Klamotten auf der Welt, die noch vollkommen in Ordnung sind. Warum sollen wir da neue kaufen?« Das einzige Teil, was ich neu bekommen habe, war, wie gesagt, mein Badeanzug von H&M.

Der Vater von Herrn Beerli reicht mir die Hand und meint: »Es war mir eine Ehre, dich als Kundin in unserem Traditionsgeschäft begrüßen zu dürfen.«

Ich grinse: »Vielen Dank für die schönen Sachen.«

Ich winke noch einmal der netten Verkäuferin und dann gehe ich mit Herrn Beerli raus auf die verschneite Straße. An uns fährt so ein kleines orangefarbenes Räumfahrzeug vorbei und von oben fallen schon wieder feine Schneeflöckchen auf uns herunter. Herr Beerli guckt auf seine Armbanduhr: »Okay, ich muss dann mal los. Ich will noch ein paar Abfahrten machen, bevor der Schnee weg ist. Soll in den nächsten Tagen kräftig tauen. Peter müsste ja jeden Augenblick hier sein, oder?«

Ich nicke und gucke die Straße hinunter, die langsam aber sicher hinter einem Schleier von Schneeflocken verschwindet. »Hat er jedenfalls gesagt.« Ich zittere und meine Füße sind schon wieder kalt, weil ich ja noch meine Turnschuhe anhabe.

»Gut. Wenn er nicht kommt, geh einfach wieder zu meinem Vater rein. Der kümmert sich dann um dich.«

»Danke! Ich lächle und meine Wangen tun in der Kälte weh. Weil jetzt auch noch so ein leicht eisiger Wind dazukommt. Ich kann's echt kaum erwarten, dass es taut! In Berlin ist bestimmt schon Frühling, die Bäume haben hellgrüne Blätter und die Leute sitzen draußen im Sonnenschein in irgendwelchen Cafés! Meine Windjacke ist viel zu dünn. Aber das will ich mir nicht anmerken lassen. Nicht, dass Herr Beerli mir auch noch eine neue Jacke bei seinem Vater besorgen will. Ich sage: »Noch mal vielen Dank!«

»Sehr gerne!« Herr Beerli umarmt mich fest, als wären wir dicke Freunde, und dann geht er schnell die Straße hinunter, bis das Schneegestöber ihn verschluckt. Ich mache ein paar Schritte vom Sportgeschäft weg, damit mich der alte Herr Beerli nicht wieder ins Geschäft holt und stelle mich unter das Vordach vor dem kleinen Kino mit der roten Leuchtschrift. Ich halte die Augen auf, damit ich Peter nicht verpasse. Mir ist so kalt und ich bibbere leise vor mich hin: »Bitte komm! Bitte komm endlich!«

Gerade als ich schon losweinen will, weil ich mich wieder so verlassen fühle und wütend auf Mama bin, die in ihrem Regenbogen-Kleid am Strand von Ibiza unter Palmen herumläuft, während ich hier zum Schneemann werde, stupst mich jemand von hinten an: »He Grummelbacke! Hier steckst du!«

Ich drehe mich um und sehe in Peters Gesicht mit den roten Wangen. Und obwohl ich ihn erst seit gestern kenne, kommt er mir so vertraut vor, dass ich total dankbar bin, ihn zu sehen. Ich merke, wie ich jetzt auch von einem Ohr zum anderen grinse. Wie Mama auf dem Foto. »Hast du mich gesucht?«

»Nee, Quatsch! Ich habe dich gleich gesehen in deinem dünnen Jäckchen. Los komm!«

Wir gehen nebeneinanderher, den Berg wieder rauf zum Fünf-Sterne-Hotel. Peter trägt die Tasche mit den Stiefeln und ich die Tasche mit dem Badeanzug. Besser gesagt, ich umarme sie fest, als Schutz vor dem Wind, der uns jetzt den Schnee direkt entgegenbläst. Plötzlich fällt mir ein: »Shit! Ich hab gar kein Handtuch.«

»Macht nichts. Wir nehmen uns einfach eins von den Liegen.«

»Dürfen wir das?« Ich stolpere neben Peter durch die fliegenden Schneeflocken, die kalt an uns kleben bleiben.

»Warum nicht? Merkt doch keiner.«

Wir gehen immer schneller und irgendwann hake ich mich wieder bei Peter unter, damit ich nicht wegrutsche und ich mich unauffällig an ihm wärmen kann. Frieren ist echt richtig grausam.

Als Peter in der Empfangshalle mit dem Portier klärt, dass er mir in der Schwimmhalle Schwimmunterricht geben will, bleibe ich mal besser ein paar Schritte vom Empfangstresen entfernt stehen. Mir ist es wahnsinnig peinlich, dass jetzt auch noch der Portier weiß, dass ich nicht schwimmen kann. Es ist so, als wüsste dieser ganze Ort schon bestens über mich Bescheid. Und über meine Mutter. Das Gespräch dauert immer länger und der Portier guckt andauernd zu mir rüber.

Schließlich dreht sich Peter zu mir um und der Portier winkt und grinst in seiner grauen Uniform: »Na dann viel Freude!«

Peter nickt mir zu und wir gehen zu den Umkleiden. Ich frage: »Was hast du dem Typen über mich gesagt?«

»Nichts. Nur, dass du aus Berlin bist.«

»Warum?«

»Damit er uns in die Halle lässt!«

»Und das hat was gebracht?«

»Klar! Der findet das total glamourös!« Glamourös?! Na gut. Wenn er meint. In der Umkleide ziehe ich meinen neuen Badeanzug an und gucke mich kurz im Spiegel an. Okay. Das ist das erste Mal in meinem Leben, dass ich mich im Badeanzug sehe. Den anderen von H&M habe ich nicht mal anprobiert, weil es mir so unangenehm ist, dass ich nicht schwimmen kann. Jetzt muss ich mich der Sache stellen. So, wie ich mich hier ständig irgendwelchen Unannehmlichkeiten stellen muss. Mittlerweile habe ich so das Gefühl, dass diese Reise hier eine einzige superkrasse Mutprobe für mich ist.

Sei mutig!

Glücklicherweise liegen in der Umkleide schon extra flauschige Bademäntel für die Gäste parat. Ich erlaube mir mutig, einen davon anzuziehen und als ich mich im großen Wandspiegel betrachte, muss ich leider sagen: Ich sehe aus wie der alte Zauberer Dumbledore. Dieser Bademantel ist echt für Riesenmenschen gemacht. Der Saum schleift über die Fliesen. Zur Abrundung meines Outfits schlüpfe ich noch in diese viel zu großen Hotel-Puschen. Damit schlurfe ich am Beckenrand entlang, direkt auf Peter zu, der am Ende des Schwimmbeckens in seiner Badehose steht und mir zuwinkt. »Da bist du ja endlich!«

Er scheint echt motiviert zu sein, mir das Schwimmen beizubringen. Im Gegensatz zu mir. Ich bin überhaupt nicht motiviert, jetzt oder irgendwann sonst schwimmen zu lernen. Vor allen Dingen, weil auf den Liegen inzwischen jede Menge Leute herumliegen, die in Magazinen blättern oder nur träge aus den Panoramafenstern in die zerklüftete Bergwelt starren. Die werden heilfroh sein, wenn sie gleich was zu gucken kriegen.

Mit hängenden Schultern komme ich bei Peter an und meine: »Wollen wir das Ganze nicht lieber auf nächstes Jahr verschieben?«

»Kommt gar nicht infrage! Wirf deinen Umhang ab und dann geht's los! Oder willst du ewig das Mädchen bleiben, das nicht schwimmen kann?«

Ich mache mir im Kopf gleich mal eine Notiz. Und zwar: Richtig sauer auf meine Mutter zu sein. Wäre ich jetzt zu Hause in Berlin, könnte ich mit Jana auf meinem Bett hocken und selbst gemachtes Popcorn essen. Total gemütlich. Ohne Sorgen. Aber nein! Dank meiner Mutter stehe ich mit klappernden Zähnen, in einem grasgrünen Badeanzug mit süßen Schmetterlingen und zu großem Bademantel vor diesem Peter in einer Fünf-Sterne-Schwimmhalle, um gelangweilten Urlaubern eine Showeinlage zu liefern.

Ich sage: »Das ist so peinlich.«

»Was ist daran peinlich?«, fragt Peter minimal ungeduldig.

»Dass ich nicht schwimmen kann?!« Ich starre ihn böse an, weil er mich zwingt, es noch einmal auszusprechen.

»Aber genau darum sind wir ja hier. Damit du es lernst.«

»Ich werde es nie lernen. Ich bin zu alt dafür.«

»Man ist nie zu alt, um schwimmen zu lernen.«

Ich verdrehe die Augen, weil ich nicht weiß, was ich jetzt noch sagen soll. In mir ist so ein riesiger Wutball, dass ich hier alles zusammentreten könnte. Ich will nicht. Ich will nicht. Ich will nicht. Ich will eigentlich nur um mich schlagen, heulen und dann weglaufen. Direkt nach Berlin. Das ist alles zu viel für mich! Peter sieht mir das wohl an. Denn plötzlich greift er nach meinen kalten Händen und guckt mich ernst an. Er sagt mit ruhiger Stimme: »Okay, ich geb's zu: Ich kenne keinen anderen Menschen in deinem Alter, der nicht schwimmen kann. Das ist peinlich. Wenn nicht sogar superpeinlich.«

»Danke! Sehr freundlich!« Ich will empört meine Hände wegziehen. Doch Peter hält sie fest.

Er sagt: »Aber in einer halben Stunde wird sich das Blatt gewendet haben. Dann wirst du zu den Menschen gehören, die schwimmen können. «

»Ich will nicht.« Mir laufen jetzt wirklich Tränen über die Wangen. Aber der Widerwille in mir ist nicht mehr ganz so groß. Diese minimale Gemütsveränderung hat Peter selbstverständlich sofort mitbekommen. Denn er hält noch immer meine Hände fest und starrt mir direkt in die Augen, als wollte er mich hypnotisieren: »Doch, du willst. Ich spüre es!«

Ich schlucke: »Okay.«

Und er sagt: »Diese Menschen hier wirst du nie wiedersehen. Es ist egal, dass sie dir beim schwimmen lernen zugucken.«

»Okay.«

»Sie alle mussten auch mal schwimmen lernen.«

»Okay.«

»Gut!« Peter grinst. »Du schaffst das, Isla. Du bist eine sehr starke Persönlichkeit.«

»Danke.« Ich lächle so ein bisschen und merke, wie ich rot werde. So was in der Richtung hatte Benno, der Student, ja auch schon gemeint. Von wegen: Stolze Insel. Wird also wohl stimmen. Peter lässt endlich meine Hände los und ich werfe den Bademantel über eine freie Liege. Jetzt stehe ich nur noch in Puschen und grasgrünem Badeanzug da.

Peter meint: »Die Puschen würde ich auch noch ausziehen.«

»Ja, stimmt.« Ich schleudere die Riesenteile unter die Liege und gucke Peter abwartend an. So, als würde mir jetzt was richtig Schlimmes blühen. Ich fühle mich wie jemand, der total bekloppt im Kopf ist. Der keine Ahnung von gar nichts hat.

»Schicker Badeanzug!« Peter pfeift anerkennend durch die Zähne. »Und nun folge mir.«

Im Entenmarsch gehen wir zum Becken. Peter setzt sich auf den Rand und lässt die Beine ins Wasser baumeln. »Los, komm neben mich.«

Ich setze mich neben ihn und gucke ins tiefe blaue Wasser. Bis runter zum gekachelten Grund. Mir ist irgendwie schlecht. In meinem Kopf rauscht es. Und meine Atmung wird plötzlich ein wenig hektisch. Mein neuer Schwimmlehrer greift schnell nach meiner Hand und befielt mir: »Sieh mich an!«

Ich gucke Peter an und habe die ganze Zeit Panik, dass ich ins Becken stürzen könnte. Aber je mehr ich auf Peter achte, desto mehr verschwindet die Panik. Peter zeigt mir in Zeitlupe die Armbewegungen, die ich gleich im Wasser machen soll. »Immer zwei Kreise mit den Armen machen. Große Kreise. Wie ein Frosch.«

Peter streckt seine Arme nach vorne und breitet sie dann zur Seite aus. Ich mache es nach. Peter lobt mich: »Sieht super aus. Sehr professionell. Wie ein echter Frosch!«

Und fünf Minuten später bringt mich Peter tatsächlich dazu, mich vom Beckenrand in den Pool gleiten zu lassen. Er sagt: »Okay, halt dich hier am Beckenrand fest. Nicht loslassen. Wir machen jetzt die gleiche Übung mit den Beinen.«

Peter hält sich ebenfalls am Beckenrand fest und zeigt mir, was ich mit meinen Beinen machen soll. »Ausstrecken, einen Kreis machen, anziehen. Wie ein Frosch eben.«

Ganz blöd bin ich ja auch nicht. In meinem Leben habe ich schon ein paar Frösche schwimmen sehen. Allerdings ist das gar nicht so einfach, diese Beinbewegungen so gleichmäßig zu machen, und es gleichzeitig zu schaffen, dass mein Körper mehr oder weniger waagerecht unter der Wasseroberfläche schwebt. Ich bin eben doch kein Frosch!

Peter meint: »Bauch anspannen!!« Dabei schiebt er seine Arme, wie ein Gabelstapler, unter meinen Oberkörper. Was ich echt superschräg finde. Aber ich beiße die Zähne zusammen. Solche Peinlichkeiten gehören offenbar dazu, wenn man schwimmen lernt. Peter lobt mich wieder und meint: »Super. Jetzt musst du die Bewegungen nur noch gleichzeitig machen. Arme und Beine. Dann kannst du nicht mehr untergehen.«

»Hahaha! Niemals«, lache ich hysterisch und klammere mich jetzt richtig heftig an den Beckenrand. Gerade als ich wieder einen Panikanfall kriegen will, kommt so ein älteres Ehepaar in Bademänteln und Hotelpuschen auf uns zugeschlurft. Als sie uns erreicht haben, bleiben sie stehen und gucken auf uns herunter. Die beiden sind mindestens hundertneunzig Jahre alt, wenn nicht sogar noch älter.

Die Omi sagt mit so zittriger Stimme: »Kleine, du hast aber einen tollen Freund! Dass er dir das Schwimmen beibringt, ist ganz fabelhaft.«

Und der Opi sagt: »Wir haben dich beobachtet. Du machst das gut. Lass verdammt noch mal den Beckenrand los und schwimm wie ein Wiesel inmitten Backgeriesel!«

Peter und ich starren dieses knittrige Ehepaar an, das uns so viel Mut zuspricht.

»Husch! Husch!«, sagen sie und wedeln mit ihren flauschigen Handtüchern, als seien Peter und ich lästige Fliegen. Aber sie meinen es nur gut. Der Opa reckt sogar seine Faust in die Luft und ruft mit dieser leisen Opa-Stimme: »Jetzt oder nie!«

Und die Omi ruft zittrig: »Sei mutig!«

Und dann bin ich mutig und lasse den Beckenrand los. Ich paddele mit Armen und Beinen und strecke mein Kinn übers Wasser. Ich pruste und gluckere. Ich kann mich nicht über Wasser halten. Ich paddele wild. Und Peter schreit: »Kreise machen! Kreise machen!«

Und weil Peter offenbar nicht vorhat, mich zu retten und an Land zu ziehen, mache ich Kreise. Mit den Armen und irgendwie auch ein bisschen mit den Beinen. Ich hänge schräg im Wasser. Unter mir ist nichts als Wasser. Aber ich gehe trotzdem nicht unter. Ich japse. Das Wasser schwappt mir in die Augen. In die Nase. Über mein ganzes Gesicht. Aber ich tauche immer wieder auf.

»Schwimm!«, ruft der Opi.

Und die Omi ruft: »Du schwimmst!«

Und vor lauter Wasser sehe ich kaum etwas. Nur, dass dieses alte Ehepaar wild mit ihren Handtüchern herumfuchtelt, als seien es Wimpel, und ich höre Peters begeistertes Lachen. »Sie schwimmt!«

Ich bin mir da noch nicht so sicher, weil es mich immer wieder in die Tiefe zieht. Trotzdem gebe ich nicht auf. Ich mache weiter meine Kreise mit den Armen und schließlich auch mit den Beinen und mit einem Mal wird das Wasser immer ruhiger um mich und ich sehe wieder den Beckenrand, das alte Ehepaar, das in die Hände klatscht und Peter, der jetzt neben mir auftaucht und ebenfalls schwimmt: »Neuer Weltrekord! In zwanzig Minuten schwimmen gelernt!«

Ich schwimme tatsächlich. Auf das Ende vom Becken zu. Es dauert ewig, bis ich es mit Peter erreicht habe. In meinen Armen ist kaum noch Kraft und mein Nacken tut richtig weh, vom Kopf-aus-dem-Wasser Halten. Das Atmen fällt mir schwer, aber ich halte eisern durch. Als wir endlich nach hundert Stunden am Rand ankommen, klammere ich mich daran fest und keuche, als hätte ich die sieben Weltmeere durchschwommen. In meinen Lungen brennt es. Das Wasser tropft aus meinen Haaren. Blinzelnd sehe ich mich um. Weit hinten erkenne ich verschwommen das uralte Ehepaar. Ich glaube, sie machen auch das Daumenzeichen. Ich frage ungläubig: »Bin ich so weit geschwommen?«

Und bevor Peter antworten kann, umarme ich ihn mit meinem freien Arm ganz fest und bibbere immer wieder in sein nasses Ohr: »Danke! Danke! Danke!«

Anschließend schwimmen Peter und ich zurück und ich lasse mich noch ein bisschen von dem alten Ehepaar beklatschen. Ehrlich gesagt finde ich es gerade ziemlich schade, dass ich nicht noch ein paar mehr interessierte Zuschauer habe. Denn: Ich fühle mich wirklich wie neugeboren. Wie eine Superheldin, die über außerordentliche Kräfte verfügt. Ich mache mir eine neue Notiz im Kopf. Nämlich: Dass ich Mama echt dankbar sein kann, dass sie mich hier in diesem Bergdorf zurückgelassen hat. Ohne diesen unfreiwilligen Aufenthalt hätte ich vermutlich nie in meinem Leben schwimmen gelernt.

Schließlich verabschieden sich die Omi und der Opi von uns und Peter und ich krabbeln aus dem Becken, um uns wieder anzuziehen. Ich verschwinde in der Umkleide für Frauen, Peter in der für Männer. Vorher klatscht er mir aber noch mal anerkennend auf die nasse Schulter und meint: »Du bist ein Naturtalent.«

Als ich fertig angezogen bin und mit geföhntem Haar und hoch erhobenen Hauptes in der Hotelhalle erscheine, kommt der rundliche Portier in seiner grauen Uniform direkt auf mich zugestürzt und überreicht mir einen zusammengefalteten Zettel. »Hier, den soll ich dir von Peter geben.«

Ich nehme den Zettel. »Von Peter? Wo ist er denn?«

Der Portier zuckt mit den Uniform-Schultern, auf denen so rote Troddeln befestigt sind. »Keine Ahnung. Der musste wohl dringend los.«

»Okay.« Ich falte den Zettel auseinander und lese, was Peter mir geschrieben hat. Ich soll mich an einen der Tische in der Halle setzen, die Hausaufgaben machen und warten, bis Joseph mich abholen kommt. Was dauern kann, weil der gerade einen Rettungseinsatz hat. Peter musste schnell los, weil er vergessen hatte, seine kleinen Geschwister aus dem Kindergarten abzuholen.

Na großartig! Ein Nachmittag im Fünf-Sterne-Hotel! Was spricht dagegen?! Außer, dass ich kein Geld bei mir habe, um mir eine Kleinigkeit zu bestellen. Also hocke ich mich möglichst unauffällig auf einen Sessel hinter einer Säule, sodass mich der Portier von seinem Empfangstresen aus nicht permanent im Blick hat, und hole meine Schulsachen raus. Wir sollen in Deutsch irgendwelche Grammatikübungen machen und in Englisch einen kleinen Text übersetzen. Nichts Besonderes. Irgendwie freue ich mich jetzt richtig, ein paar Aufgaben zu lösen. Es kommt mir schon so unglaublich lange her vor, dass ich neben Jana im Unterricht saß.

Während ich also an meinem Stift herumkaue und den englischen Text übersetze, in dem es um zwei Geschwister geht, die mit dem Rad zur Schule fahren und aus Dummheit einen heftigen Verkehrsunfall mit einem Lieferwagen verursachen, bringt mir der Portier plötzlich einen Becher mit heißer Schokolade und dicker Sahnehaube obendrauf.

»Bitte schön! Eine Empfehlung des Hauses.« Mit einer tiefen Verbeugung stellt er den geblümten Becher vor mir ab.

»Oh, danke!«, stottere ich überrascht. »Ich ... ich habe aber leider gar kein Geld dabei.«

»Nur das Beste für unsere Gäste aus Berlin. Die original Schweizer Trinkschokolade geht selbstverständlich aufs Haus.« Der Portier macht in seiner schicken Uniform noch so eine Verbeugung, als sei ich ein Hollywood-Star, und verschwindet wieder hinter seinem Empfangstresen. Echt seltsam. Bevor ich mich fragen kann, was diese Großzügigkeit konkret zu bedeuten hat, klingelt mein Handy in der Jackentasche. Ich ziehe es hervor und es ist tatsächlich Mama, die anruft. Schnell nehme ich ab: »Mama?«

»Stoppersöckchen! Wie schön, dass ich dich erreiche! Wie geht es dir?«

»Gut! Ich sitze in einem Fünf-Sterne-Hotel und habe gerade eine heiße Schokolade mit Sahne spendiert bekommen. Und stell dir vor: Ich kann jetzt schwimmen! Peter hat es mir eben beigebracht! Außerdem ist Herr Beerli mein Klassenlehrer.«

»Herr Beerli?«, fragt Mama überrascht. »Wieso Tommy? Ich meine, Herr Beerli?«

»Keine Ahnung. Ist einfach so. Und vorhin hat mir sein Vater Bergstiefel und einen Badeanzug geschenkt und nachher kommt Joseph und fährt mich rauf zu Opa.«

»Du scheinst dich ja schon gut eingelebt zu haben«, sagt Mama mit so einer seltsamen Stimme und im Hintergrund höre ich ein Auto hupen.

»Geht so. Hier ist echt alles anders als zu Hause.«

»Und sag mal: Verstehst du dich gut mit Opa?«, fragt Mama, ohne auf das einzugehen, was ich sage.

»Eigentlich schon. Es gibt halt die ganze Zeit Brot und Käse.«

»Ach, das klingt doch alles klasse. Und mit Peter verstehst du dich auch gut?«, fragt Mama, als würde sie eine Checkliste durchgehen, und ich habe irgendwie das Gefühl, dass sie mir gar nicht richtig zuhört. Im Hintergrund hupt es wieder und dann höre ich Stimmen, die »Ola!« rufen und fröhlich lachen.

»Ja«, sage ich etwas genervt. »Wie gesagt, Peter hat mir Schwimmen beigebracht.«

»Super! Dann kannst du ja hier im Meer bald mit den Delfinen um die Wette schwimmen. Es ist herrlicher Sonnenschein und blauer Himmel, vielleicht habe ich auch schon eine schnuckelige Finca für uns gefunden. Ganz süß. Mit zwei kleinen Schlafzimmern. Eins für dich und eins für mich. Einer winzigen Terrasse und einer hübschen Küche mit Kamin.«

»Aha.« Leider kann ich mir unter dieser »schnuckeligen« Finca gar nichts vorstellen.

»Außen herum ist nur wilde Natur. Wie im Paradies«, sagt Mama. »Überall zwitschern die Vögel und es gibt sogar kleine Eidechsen.«

»Aha«, sage ich wieder. Ich sitze gerade in einer Hotelhalle, umgeben von riesigen, schneebedeckten Bergen und von den Dächern hängen gigantische Eiszapfen.

»Das einzige Problem wäre der Schulweg. Du müsstest morgens und nachmittags eineinhalb Stunden mit dem Schulbus fahren. Aber diese schnuckelige Finca selber ist ein Traum und ...«

Ich rechne mal kurz nach. »Du meinst, ich soll jeden Tag bei fünfzig Grad im Schatten drei Stunden lang im Schulbus hocken?« Ich starre auf den Becher mit der heißen Schokolade, in dem die Sahnehaube langsam in sich zusammenfällt.

»Das ist hier nun mal so, Stoppersöckchen. Man kann nicht alles haben. Man muss Kompromisse machen. Dafür haben wir Meer und Palmen und ...«

»Alles klar. Hast du den Vertrag schon unterschrieben?«

»Welchen?«, ruft Mama und im Hintergrund höre ich wieder die Leute lachen und »Ola!« rufen. »Ich kann dich so schlecht verstehen. Es ist so laut hier. Ich bin gerade auf dem Markt.«

»Den Mietvertrag für die Finca?«, rufe ich.

»Ach was. Nein. Ich habe sie mir erst mal angeguckt und wollte hören, was du dazu meinst. Ich muss jetzt auflegen, weil das Telefonieren aus dem Ausland so teuer ist. Ich vermisse dich.«

»Ich dich auch.«

»Ich melde mich wieder. Ich bring dir was Schönes vom Markt mit. Bis bald!«

Am Ende der Leitung macht es Klick und Mama ist weg. Am liebsten würde ich sie gleich noch mal anrufen und fragen, ob sie auch wirklich in zwölf Tagen wieder hier ist. Irgendwie klang ihre Stimme nicht so danach. Eher, als würde sie bereits ein ganz anderes Leben führen. Als seien wir uns schon total fremd. Im Übrigen habe ich ihr nicht mal gesagt, wie ich das mit der Finca finde! Nämlich total bekloppt! Mir laufen zwei Tränen über die Wangen. Warum muss alles so kompliziert sein? Warum kann ich nicht mit Mama einfach zu Hause sein? Ich will nicht in eine schnuckelige Kack-Finca ziehen. Ich will nicht mit bekloppten Kack-Delfinen schwimmen! Was ist das überhaupt für ein idiotischer Käse? Als würden da Delfine am Strand geduldig herumpaddeln und darauf warten, dass ich endlich mit ihnen um die Wette plansche!

Ich wähle Janas Nummer und halte mir das Telefon ans Ohr. Ich will mal eben Dampf ablassen, damit Jana sich gemeinsam mit mir aufregt. Zum Zeichen, dass mein altes Leben sich noch nicht vollständig in Luft aufgelöst hat. Aber leider geht nur Janas Mailbox dran. Ich lausche ihrer fröhlichen Stimme: »Hey Leute! Nachrichten bitte nach dem Pieps!« Ich wähle Janas Nummer bestimmt zehnmal, nur um ihre Ansage zu hören. Weil ich nämlich dabei war, als sie die Ansage aufgenommen hat. Das war in meinem Zimmer! Auf meinem Bett! Als Jana gerade ihr Handy neu hatte. Es ist so, als könnte ich wenigstens für Sekunden noch einmal in diese formvollendete Zeit zurückreisen, in der noch alles normal war. Als ich noch nicht wusste, was Irres auf mich zukommen würde.

Im Übrigen will ich nicht so niedergeschlagen sein! Eigentlich war es ja ein guter Tag. Eigentlich! Denn: Ich kann schwimmen! Ich habe neue Bergstiefel und einen neuen Badeanzug! Aber ganz alleine in der Empfangshalle von einem Hotel in den Bergen, mit Mama auf Ibiza, weit weg von zu Hause, ist irgendwie trotzdem richtig beschissen.

Das macht man nicht!

»Grüß deinen Großvater von mir!« Joseph klopft mir auf die Schulter, als wir oben bei der Hütte ankommen. Es stürmt richtig, die Schneeflocken fegen uns nur so ins Gesicht und es ist schon ziemlich spät am Abend. Das gelbliche Licht strahlt von innen durch die kleinen Fensterscheiben zu uns nach draußen in die pfeifende Dunkelheit. Bevor ich mich in aller Form fürs Herbringen bedanken kann, dreht sich Joseph schon wieder um und hechtet im Schneegestöber den Hang hinunter zu seinem Auto. Er hat es ziemlich eilig, weil Peters Mama gerade auf dem Handy angerufen hat und meinte, dass es jetzt wohl mit der Geburt losgeht. Ich sehe Joseph nach, wie er den schmalen Trampelpfad mehr oder weniger hinunterrutscht und in der diffusen Schwärze der Bergwelt verschwindet. Dann leuchten viel weiter unten die Scheinwerfer in den Schneeverwehungen auf und ich höre, wie der Motor angeht. Irgendwie eigenartig. Heute Morgen bin ich in eine neue Schule gegangen. Danach bekomme ich neue Stiefel. Am Nachmittag bringt mir Peter das Schwimmen bei und nun bekommt er noch ein Geschwisterchen. Das Leben dreht sich echt schnell. Dauernd passieren neue, weltbewegende Dinge. Auf der einen Seite!

Auf der anderen Seite bin ich gerade mal seit zwei Tagen bei meinem Opa in den Bergen und schon erscheint mir das Ganze wie eine halbe Ewigkeit, als würde die Zeit gar nicht vergehen. Ich klopfe meine neuen Stiefel ab, die ich mir zum Zeitvertreib im Hotel angezogen habe, drücke die Tür auf, und bleibe feierlich auf den Dielen stehen.

»Tatah!«, rufe ich.

Mein Opa springt erschrocken vom Tisch auf. Seine weißen Haare stehen zu Berge und er macht einen ziemlich verschlafenen Eindruck. »Meine Güte, hast du mich erschreckt. Ich bin wohl kurz eingenickt.«

In seiner dicken Strickjacke schlurft er mir entgegen und klopft mir auch noch mal kameradschaftlich auf die Schulter. Genau wie Joseph eben. »Komm rein, mein Kind. Bist du sehr müde? Hattest du einen schönen Tag?«

»Jep.« Ich schäle mich aus meiner Jacke, die mein Opa gleich über den Stuhl am Ofen hängt. Ich sage: »Ich habe von Herrn Beerlis Vater neue Bergstiefel bekommen. Guck!«

Ich halte abwechselnd meine Füße mit den Stiefeln hoch, damit mein Opa einen genauen Blick drauf werfen kann. Was für mich ziemlich anstrengend ist, weil die Stiefel so schwer sind.

Mein Opa zieht seine Augenbrauen zusammen und grummelt: »Was soll das denn?«

Ich schnüre meine brandneuen Stiefel auf und reiche sie ihm. Aber mein Opa macht keine Anstalten, sie entgegenzunehmen. So, als hätte er etwas gegen meine neuen Stiefel. Ich erkläre: »Mein Lehrer Herr Beerli meinte, ich brauche dringend richtige Stiefel, damit mir nicht die Zehen erfrieren oder ich mir den Hals breche.«

Mein Opa verschwindet kopfschüttelnd rüber in die Küchennische und brummt: »Das ist ja sehr aufmerksam von Herrn Beerli. Du hast ihm hoffentlich gesagt, dass ich dir auch welche besorgt hätte?«

»Ja, klar«, schwindle ich. Aber nicht, weil ich meinen Opa anlügen will, sondern weil ich langsam vermute, dass es ihm richtig peinlich ist, dass mir der alte Herr Beerli Bergstiefel geschenkt hat.

»Die Leute im Dorf denken wohl, dass ich mich nicht richtig um dich kümmere! Ich kann mir ihr dummes Gerede gut vorstellen.« Mein Opa guckt mich quer durch den Raum böse an. Ich stelle die Stiefel schnell hinter den Ofen zum Feuerholz. Damit er sie nicht mehr sehen muss.

»Mach dir keine Sorgen, Opa. Das hat niemand gedacht. Die Leute wissen doch, dass ich gerade erst zu dir gekommen bin. Die waren eher alle aufgeregt, weil ich die Tochter von Mama bin.«

»Das kann ich mir vorstellen.« Mein Opa stochert mit dem Schürhaken ein wenig im Feuer herum, obwohl es sehr gut brennt. Ich setze mich an den Tisch, wo schon der Käse und das Brot bereitstehen. Es ist echt seltsam, aber plötzlich läuft mir so richtig das Wasser im Mund zusammen. Kann sein, dass es daran liegt, weil ich seit hundert Jahren nichts mehr gegessen habe oder aber, weil es in den Bergen wirklich nichts

Besseres gibt als eine dicke Scheibe Brot mit einer dicken Scheibe Käse und dazwischen ordentlich gesalzene Butter.

Ich warte, bis mein Opa sich zu mir an den Tisch gesetzt hat. Er grummelt immer noch vor sich hin. Das merke ich daran, dass er die ganze Zeit auf sein Brotbrettchen guckt. Dieses Verhalten kenne ich schon von Mama. Sie guckt auch immer nach unten, wenn sie beleidigt oder sauer ist. Gut, dass ich mich mit dieser Stimmung bestens auskenne. Also mache ich das, was ich bei Mama auch immer mache und frage direkt nach: »Opa, bist du sauer, dass ich die Schuhe angenommen habe?«

Mein Opa schüttelt den Kopf. »Es ist ja richtig, dass du diese Schuhe hast. Gute Schuhe sind wichtig. Und so schnell wäre ich nicht nach unten ins Dorf gekommen, um dir welche zu besorgen.«

»Worüber bist du dann sauer?«

Mein Opa streicht sich über seinen weißen Bart. Ich sehe, dass er genau überlegt, was er sagen soll. Schließlich meint er mit heiserer Stimme: »Auf deine Mutter.«

»Auf Mama? Warum?«

Mein Opa seufzt und bevor er antwortet, schneidet er eine dünne Scheibe von dem immer kleiner werdenden Brot ab und legt sie mir auf das Brettchen. »Weil sie dich hier einfach so abliefert und sich nicht darum schert, ob du auch alles hast, was du hier oben brauchst. Winterjacke, Bergstiefel, Mütze, Schal ...«

Ich sage gar nichts, sondern jetzt gucke ich einfach nur auf meine Brotscheibe. Weil Opa recht hat.

»Gleichzeitig erwartet sie, dass Joseph dich hier jeden Morgen abholt und abends wieder bringt, obwohl er eine eigene Familie hat, die ihn braucht. Ganz davon abgesehen, dass du deine Mutter brauchst!«

Mein Opa schneidet sich auch eine dünne Scheibe Brot ab und dann ist der Käse dran. Ich streiche Butter aufs Brot und lege den Käse drauf. Es stimmt leider alles, was Opa sagt. Ich meine, Joseph musste sich gerade ganz schön beeilen, damit er es noch rechtzeitig mit seiner Frau ins Krankenhaus schafft. Das behalte ich aber besser für mich. Bloß nicht noch mehr Öl ins Feuer kippen.

Aber auch ohne, dass ich extra Stimmung mache, sagt Opa: »Wie kann sie einfach so nach Ibiza fliegen und denken, dass ihr da hin zieht? Nach Spanien? Das ist doch Blödsinn! Sie denkt überhaupt nicht nach! Mich wundert, dass Herr Beerli dir so bereitwillig Schuhe geschenkt hat.«

»Wieso?« Ich beiße von meinem Brot ab und kaue.

»Weil er wirklich traurig war, als deine Mutter damals einfach von hier verschwunden ist. Ohne Lebewohl. Er war ihr Freund! Er hat auf sie gewartet. Monatelang! Kein Zeichen von deiner Mutter. Als hätte sie sich in Luft aufgelöst! So etwas macht man nicht!«

Ich kaue und weiß nicht, was ich sagen soll.

Mein Opa guckt mich plötzlich durchdringend an. »Sie ist einfach weggegangen. Als seien die Leute hier nicht gut genug für sie. Als könnte sie ihre Heimat einfach vergessen. Als gäbe es die Berge gar nicht! Was wirft das für ein Licht auf mich als Vater? Als hätte ich meine Tochter nicht richtig erzogen!«

»Sie wollte eben die Welt kennenlernen«, bemerke ich leise. Ich will meinem Opa ja nicht widersprechen, aber ...

Aber der schlägt gleich mit der flachen Hand auf den Tisch, sodass unsere Brotbrettchen hochhüpfen: »Was gibt es in der Welt zu entdecken, was es hier nicht gibt?«

»Ähm ...« Ich gucke meinen Opa unsicher an. Ist die Frage echt ernst gemeint? Denkt er wirklich, dass es hier in den Bergen genau wie in Berlin oder auf Ibiza ist? Also, das würde ich jetzt mal nicht behaupten.

Er guckt mich weiter durchdringend an: »Glaubst du, die Menschen sind hier anders, als irgendwo anders auf der Welt? Alle haben sie mit den gleichen Problemen zu kämpfen. Liebe, Geld, Krankheit, Essen, Trinken, ein Dach über dem Kopf ... Nur die Umgebung ist anders. Der Rest ist gleich.«

»Nun ja.« Ich lächle. Ich weiß nicht. Ich glaube, ich sehe das etwas anders. Also sage ich: »Aber auf Ibiza gibt es zum Beispiel einen Strand und Palmen. Nicht zu vergessen die Delfine ...«

Mein Opa macht so eine ärgerliche Handbewegung. »Delfine? Palmen? Alles Kulisse.«

»Und was ist mit dem Wetter? Ich meine, da ist es immer warm, hier nicht so direkt.«

»Es ist doch egal, ob Schnee liegt oder die Sonne scheint. Die Menschen sind die gleichen.«

»Aber vielleicht mag Mama trotzdem lieber Sonne und Strand als Berge und Schnee.«

»Berge und Schnee! Das ist ihre Heimat! Hat sie da draußen, in der großen weiten Welt, einen Mann gefunden, der sie liebt?«

»Na ja ...« Ich seufze. Das ist echt ein ziemlich schwerwiegendes Gespräch. Ich bin mir nicht mal sicher, ob ich das überhaupt führen will.

Aber das kümmert meinen Opa gar nicht. Denn er schimpft gleich weiter: »Hier hatte sie einen Jungen, der sie liebt. Deinen Klassenlehrer Herr Beerli. Er kommt aus einer sehr anständigen Familie. Sie schenken dir erst einmal Bergstiefel, damit du ordentlich Tritt hast. Solche Menschen gibt es hier in den Bergen und nicht in Berlin. Und schon gar nicht auf Ibiza, wo sie alle Spaß haben wollen!«

»Aber ich denke, die Menschen sind überall gleich ...«, sage ich, ohne nachzudenken.

Was meinen Opa jetzt richtig sauer macht. »Ich nehm's zurück! Am Ende sind die Menschen doch nicht alle gleich. In den Bergen leben die hilfsbereitesten, weil sie wissen, wie es ist, in Not zu sein. Bei Lawinenunglücken, Schneestürmen. Guck dir Joseph an. Selbstlos riskiert er Tag für Tag sein Leben, um andere zu retten ...«

Also, ganz ehrlich, in Berlin gibt es auch hilfsbereite Menschen. Zum Beispiel unsere Nachbarin Kathrin, von der ich meinen Lillifee-Koffer habe. Aber das muss ich meinem Opa jetzt nicht auch noch unter die Nase reiben. Irgendetwas anderes macht ihn wütend. Und ich weiß jetzt, was es ist. Ich setze mich aufrecht hin und sage: »Opa, ich glaube, du bist traurig, dass Mama dich hier damals in den Bergen alleine gelassen hat.«

»So ein Blödsinn!« Mein Opa guckt mich mit dunklen Augen an, in denen sich das Kaminfeuer spiegelt, während draußen der Sturm an unserer Hütte rüttelt und es im Gebälk mächtig knarrt. »Ihre Gedankenlosigkeit ist mir einfach unangenehm.« Dabei knetet er an seiner rot-weiß karierten Serviette herum. Sehr verräterisch!

Ich sage: »Ganz ehrlich: Du bist der Einzige hier in der ganzen Umgebung, der böse auf Mama ist. Alle anderen reden nur nett von ihr.«

»Ja, weil es freundliche Bergmenschen sind.«

»Oder weil es in Ordnung für sie ist, dass Mama hinaus in die Welt gezogen ist.« Keine Ahnung, warum ich plötzlich so weise bin. Ich bin selbst ganz überrascht. Aber es klingt alles sehr logisch, was ich sage. Opa ist wohl auch überrascht. Denn mit einem Mal setzt er sich ebenfalls aufrecht hin, schiebt sein Brotbrettchen von sich, faltet die Hände und nickt langsam. Dabei sieht er mich wieder an. Aber sein Blick ist jetzt irgendwie freundlich.

Er seufzt. »Na gut. Vermutlich hast du recht. Ich habe mich von deiner Mama alleine gelassen gefühlt. Es hat mir wehgetan, dass ihr das Leben hier nicht ausgereicht hat. Dass *ich* ihr nicht ausgereicht habe ...«

»Bitte vertrag dich wieder mit ihr!«, sage ich aufgeregt. »Mama hat dich sehr lieb!« Wobei ich nicht mal weiß, ob das auch wirklich stimmt. Aber es klingt gut, wenn ich es sage.

»Wie auch immer.« Mein Opa macht ein Gesicht, als wäre er nicht so richtig überzeugt. »Aber dass sie jetzt ohne dich schon wieder nach Ibiza verschwindet, wieder mit einem Haufen wirrer Träume, die nichts werden können – das ist ein Fehler.«

Da muss ich wiederum meinem Opa recht geben. Ich schlucke. Er legt seine große Hand auf meine und sagt noch mal: »Deine Mutter macht einen Fehler.«

Und wo wir gerade bei Fehlern sind, schießt mir plötzlich ein anderer Gedanke durch den Kopf: Nämlich, dass ich vergessen habe, das Brot zu kaufen!

Ich sage also direkt, um es hinter mich zu bringen: »Opa, ich hab vergessen, heute das Brot zu kaufen.«

»Das habe ich mir schon gedacht. Deine Mutter hat auch ständig etwas vergessen.« Er sieht mich streng an, dann den Brotkanten, der einsam auf dem großen Brotbrett liegt. »Jetzt haben wir morgen früh nichts zu essen. Mal abgesehen vom Käse und ein paar eingelegten Gurken. Und wenn der Sturm noch schlimmer wird und der Schnee bald bis zu den Fenstern reicht, wird es eng ...«

»Tut mir leid. Ich muss mich erst daran gewöhnen, dass man nicht einfach aus der Tür und zum nächsten Laden gehen kann«, sage ich leise und gucke ängstlich nach draußen in die Finsternis, wo die Schneeflocken nur so fliegen.

Mein Opa nickt stumm. Ihm ist anzumerken, dass er ärgerlich ist. Darum kann er sich wohl auch nicht verkneifen, mich zu mehr Umsicht zu erziehen. »In den Bergen kann es schnell lebensbedrohlich werden, wenn man nicht vorausschauend handelt.«

Jetzt reicht es mir. Jetzt ist mir irgendwie alles zu viel. Von jetzt auf gleich muss ich richtig heftig weinen. Ich will nicht von meinem Opa angeschimpft werden. Weil ich ihm nichts getan habe. Weil ich wegen Mamas blödem Muschelketten-Traum hier oben auf der verschneiten Scheiß-Alm hocke und schon die ganze Zeit versuche, alles richtig zu machen. Und mein Opa total verbohrt ist und gar nicht sieht, dass Mama eben einfach nur jung und neugierig war!

Mein Opa steht schnell auf und klopft mir so halbherzig auf die Schulter: »Wir werden es schon überleben.« Er räumt die Brotbrettchen ab und ich heule einfach weiter, weil ich so wütend und traurig und alleine bin. Bis Opa aus der Küchennische murmelt: »Kommst Du mit raus, Holz hacken? Das Feuerholz reicht nicht mehr bis morgen früh.«

Und da stehe ich jetzt. Vor Opas Schuppen im Schnee und stemme mich gegen den Wind, damit er mich nicht einfach umpustet. In meinen neuen Stiefeln. Mit einem großen Tuch um den Kopf gebunden und in Opas Parka. Ich höre die gewaltigen schwarzen Tannen rauschen. Wie der Wind durch ihre Wipfel pfeift. Ich sehe Opa, wie er im Schein der flackernden Petroleumlampe mit der Axt ausholt und die Holzklötze zu Kleinholz verarbeitet. Ganz schön kräftig, mein Opa. Schnell sammle ich die Holzscheite ein, die vom Hackklotz in den Schnee fallen, damit sie nicht nass werden und werfe sie in den Korb. Und ich muss sagen: Zum ersten Mal sind meine Füße warm!

Verrat es niemandem!

»Krasse Stiefel!«, ruft Peter, als ich aus Josephs Auto aussteige und über die verschneite Straße auf ihn zukomme. Peter steht schon am Schuleingang. Neben ihm meine neue Banknachbarin Viola in einer knallgelben Daunenjacke und pinken Handschuhen.

Ich winke. »Guten Morgen!« Dabei ist es gar kein guter Morgen. Ich habe richtig schlecht geschlafen, weil ich mir die ganze Nacht über Sorgen gemacht habe, dass der Schnee bald so hoch liegt, dass Opa und ich in der Hütte ausharren müssen, bis der Schnee wieder geschmolzen ist und ich hier unten im Dorf ein Brot für uns kaufen kann. Aber alles halb so wild. Joseph stand wie jeden Morgen pünktlich vor der Tür. Mit Schneeketten an den Reifen.

»Hast du geheult?«, fragt Peter unvermittelt, als ich bei ihnen ankomme.

Sofort wird er von Viola angestupst. Sie guckt ihn streng an. »Peter! So was fragt man nicht!«

Ich schlucke. »Wie kommst du darauf, dass ich geheult habe?«

»Weil deine Augen total verquollen sind. Du siehst aus wie ein Frosch.«

»Peter!« Viola schubst Peter jetzt richtig. »Sei mal freundlich!«

»Bin ich doch! Aber guck sie doch mal an! Sie sieht total verheult aus. Wie ein Frosch eben!«

Viola hakt mich unter und zieht mich an Peter und einem Schneehaufen vorbei ins Schulgebäude hinein: »Komm! So einen Käse musst du dir nicht anhören. Ich finde, du siehst überhaupt nicht aus wie ein Frosch. Höchstens ein bisschen zerknautscht.«

Ich lasse mich gerne von Viola die Treppe hinaufbegleiten. Es ist fast wie mit Jana. Mit ihr spaziere ich in der Schule auch am liebsten untergehakt herum. Jungs können so was nicht verstehen. Die machen sich da gerne mal lustig drüber.

Genau wie Peter, der jetzt hinter uns die Treppe hinaufläuft, mich ununterbrochen in den Rücken pikt und mit Quäkstimme fragt: »Könnt ihr nicht alleine gehen? Müsst ihr euch stützen?«

»Mann, Peter! Lass doch mal!«, schimpft Viola und zieht mich noch schneller die Treppe rauf.

»Seid doch nicht so empfindlich!«, schimpft Peter zurück. »War doch nur Spaß!«

Als wir oben angekommen sind, gehen wir zu dritt den Gang hinunter bis zum Klassenraum. Damit Peter sich nicht abgehängt fühlt, hake ich ihn einfach auch unter. Erschrocken versucht er seinen Arm wegzuziehen. »Hey! Spinnst du?! Ich bin doch kein Mädchen!«

Aber ich lasse ihn nicht los. »Ich will dich aber unterhaken!« Plötzlich muss ich lachen, dabei war ich bis eben noch niedergeschlagen.

»Mann, lass los!« Peter lacht auch.

»Vergiss es! Erzähl mir lieber von deinem neuen Geschwisterchen.«

Jetzt guckt Viola auch gleich ganz interessiert: »Oha! Ist euer Baby da?«

»Ja, Mann!« Peter will genervt tun. Aber es gelingt ihm nicht. Die Freude ist ihm total anzusehen.

»Was ist es?«, fragen Viola und ich gleichzeitig, während sich eine Horde von Schülern eilig an uns vorbeidrängt, um noch rechtzeitig in ihre Klassen zu kommen.

»Ein Mädchen – leider!«

»Oh, wie süß!« Viola und ich klatschen gleichzeitig in die Hände und müssen dann lachen.

Peter schüttelt missbilligend den Kopf. »Genau darum finde ich es so blöd, dass es schon wieder ein Mädchen ist! Weil Mädchen immer alles gleichzeitig machen müssen.«

»Ist doch toll!«, sagen Viola und ich wieder wie aus einem Mund und müssen noch mehr lachen.

Peter muss leider auch ein bisschen grinsen: »Ihr seid so blöd!« Um sich nicht weiter mit uns Mädchen herumschlagen zu müssen, flieht er in unser Klassenzimmer, wo schon alle auf ihren Plätzen sitzen.

Hinter uns kommt Herr Beerli herein und fragt mich sofort: »Grüezi? Wie machen sich die Stiefel? Schon eingelaufen?«

»Na ja«, sage ich. »Ich hab Pflaster dabei. Für alle Fälle.«

»Sehr gut! In den Bergen muss man immer vorausschauend handeln! Das hat dir dein Opa sicherlich als Erstes beigebracht.«

Ja! Genau! Nämlich gestern, als ich vergessen hatte, das Brot zu kaufen! Weswegen ich vor Sorge, dass wir wegen mir verhungern, in der Nacht kein Auge zugemacht habe! Herr Beerli blinzelt mir freundlich zu und dann verschwindet er in seinem rot-grünen Holzfällerhemd hinter sein Pult und klatscht in die Hände. »So! Guten Morgen, Fründe!«

»Guten Morgen, Herr Beerli!«, antworten meine neue Klasse und ich im Chor.

»Es gibt gute Nachrichten aus dem Dorf! Seit gestern Abend um halb elf haben wir eine neue kleine Mitbürgerin in unserer Gemeinde! Theresa Brunner! Schwester von Peter Brunner. Einen herzlichen Applaus und ein dreifaches Lebe-Hoch!!«

Unsere Klasse klatscht sofort los und jubelt: »Theresa lebe hoch! Hoch! Hoch!«

Herr Beerli ruft: »Peter, bitte steh auf und lass dich von uns beglückwünschen!«

Peter verdreht die Augen, aber er steht trotzdem auf und lässt sich von uns anderen bejubelt. Wir trampeln mit unseren schweren Bergstiefeln und klatschen und pfeifen. Das ist vielleicht eine Stimmung hier. Da lohnt es sich echt, geboren zu werden! Ich kann mit Sicherheit sagen, dass bei meiner Geburt bestimmt niemand vor Freude so ausgeflippt ist.

»Danke! Danke!«, ruft Peter und setzt sich mit rotem Kopf wieder hin. Ich find's toll! Die Menschen in den Bergen sind wirklich anders. Echt richtig herzlich! Irgendein Junge aus der hinteren Reihe ruft: »Bravo!« Ein anderes Mädchen schräg hinter mir ruft: »Wir wollen Fotos sehen!« Zur Krönung bekommt Peter von Herrn Beerli sogar noch ein Geschenk mit großer, roter Schleife für seine kleine Schwester überreicht. Anschließend singen wir ein Lied, von dem ich kein Wort verstehe, weil unsere Klasse es auf Schweizerdeutsch singt und diese Sprache ist einigermaßen verwirrend, aber auch lustig. Ich muss echt aufpassen, dass ich nicht plötzlich loslache. Meine Klassenkameraden gehen alle richtig ab, klatschen in die Hände, trampeln auf den Boden und Herr Beerli jodelt sogar, so sehr freut er sich über Peters kleine Schwester. Ich bin so was von gespannt, das Theresa-Baby zu sehen. Glücklicherweise muss ich nach der Schule sowieso mit zu Peter nach Hause, weil ich ja erst wieder warten muss, bis Joseph von der Bergretter-Station zurück ist, damit er mich zu meinem Opa hochbringen kann. Ich habe mich schon ziemlich an die Abläufe hier gewöhnt.

Nach Unterrichtsschluss bleiben Viola und ich noch kurz vor der Schule neben dem Schneehaufen stehen und warten auf Peter, der im Sekretariat noch ein Geschenk für seine kleine Schwester abholen soll. Da es schon wieder schneit, setzt sich Viola ihre Kapuze mit dem puscheligen Fellkragen auf den Kopf und sieht direkt hinauf in den Himmel, in dieses endlose Gewirr aus feinen Schneeflöckchen, das auf uns heruntersaust. Dahinter die riesigen Felsen. »Wollen wir vielleicht mal zusammen ins Kino gehen?«

»Klar!«, sage ich überrascht und mein Atem bleibt als Wattewölkchen in der kalten Luft stehen. »Total gerne!« Bis mir einfällt, dass ich gar kein Geld für die Kinokarte habe. Aber da macht Viola auch schon so eine wegwischende Bewegung mit der Hand, als könne sie Gedanken lesen.

»Keine Sorge! Kostet nichts. Meinen Eltern gehört das Kino. Hast du bestimmt schon gesehen. Da unten an der Ecke. Das mit der roten Leuchtschrift. Wir können einfach reinspazieren und so viel Popcorn in uns reinstopfen, wie wir wollen.«

»Echt?« Mir gehen die Augen über. Ich habe noch nie Leute getroffen, denen ein ganzes Kino gehört.

Viola sagt: »Also, morgen Nachmittag?«

»Okay.« Ich nicke fasziniert, um dann gleich hinterherzuschieben: »Das Problem ist nur, dass ich nach der Schule immer mit zu Peter gehe, weil mich sein Papa abends nach der Arbeit rauf zu meinem Opa fährt. Und vielleicht ist es komisch, wenn ich dann erst nach dem Kino zu Peter gehe ...«

»Verstehe.« Viola grinst. »Dir wäre es also lieber, wenn wir Peter auch mitnehmen? Vorausgesetzt, er hält es mit zwei Mädchen aus.«

»Na ja«, ich grinse auch, »wenn es okay ist?« Die Sache ist mir etwas peinlich. Schließlich will ich nicht unverschämt wirken. So, als würde ich Viola und ihr kostenloses Kino ausnutzen wollen.

»Im Grund genommen trifft sich das hervorragend.«

»Was denn?«

»Dass du Peter mitnimmst. Denn ...« Viola kommt näher heran und flüstert plötzlich mit so einer geheimnisvollen Stimme direkt in mein Ohr. »Was ich dir jetzt verrate, darfst du niemandem weitersagen, verstanden?«

Ich nicke. »Okay, mache ich nicht.«

»Es ist echt geheim!« Viola starrt mich verschwörerisch an und rückt noch näher heran. Doch bevor sie mir ihr spannendes Geheimnis anvertrauen kann, rempelt uns von hinten jemand an und ruft: »Seid ihr jetzt schon zusammengewachsen?«

Erschrocken drehen wir uns um. Hinter uns steht Peter mit seinen beiden Babygeschenken in Hellrosa und roten Riesenschleifen und lacht: »Ihr hättet euch sehen sollen! Wie ihr zusammengezuckt seid! Hahaha! Wie so zwei alte Omis!«

»Mann! Peter! Ich hätte mir vor Schreck fast in die Hose gemacht!« Viola knufft ihn wieder kräftig gegen die Schulter und Peter knufft zurück. Viola knufft auch noch mal zurück, sodass eins von den Geschenken in den Schnee plumpst.

»Na warte!«, dampft Peter. »Das wirst du mir büßen! Das war das Geschenk für meine kleine Schwester!«

Das andere Geschenk kriege ich sicherheitshalber in den Arm gedrückt, während ich bereits versuche, das heruntergefallenen wieder aufzuheben. Um sich an Viola zu »rächen« schaufelt Peter einen riesigen Batzen Schnee mit den Händen auf und seift Violas komplettes Gesicht damit ein. »Mmmh, lecker Schnee von der Straße!«

»Ih! Du spinnst wohl!« Viola schüttelt sich, hebt ebenfalls einen ordentlichen Batzen Schnee auf und versucht wiederum, Peter einzuseifen. Was aber nicht klappt, weil sie ausrutscht und Peter ihr stattdessen gleich noch eine Ladung Schnee hinten in die Jacke stopft. Viola kreischt und lacht, rappelt sich auf die Knie und schleudert Peter noch eine Handvoll Schnee ins Gesicht. Ich stehe mit den beiden Geschenken daneben und gucke mir dieses alberne Schauspiel an.

Schließlich frage ich: »Seid ihr langsam fertig?«

Beide gucken mich mit leicht geröteten Gesichtern an. Dabei schnaufen sie, als hätten sie einen Ringkampf hinter sich. Als sie einigermaßen wieder bei Atem sind, klopft Peter sich den Schnee von der Jacke und der Hose und seufzt mit einer gewissen Bewunderung in der Stimme. »Dieses Mädchen ist echt lebensgefährlich.«

Viola strahlt über das ganze Gesicht. Sie nimmt das ganz offenbar als Kompliment. Ich wüsste zu gerne, welches Geheimnis sie mir eben verraten wollte. Nun ja. Ich werde es schon noch erfahren.

Viola umarmt mich zum Abschied und meint mit so ganz leicht überdrehter Stimme: »Du kannst ja Peter erzählen, was wir morgen vorhaben.«

»Mach ich!«

»Cool! Bis dann!« Viola winkt uns mit ihren pinken Handschuhen und läuft in ihrer schneebedeckten Jacke über die Straße.

Peter blickt ihr nach und schüttelt noch einmal den Kopf. »Tztztz, dieses Mädchen. Echt verrückt!«

Dabei sieht er einigermaßen verzaubert aus. So, als hätte er die kleine Schneeballschlacht so richtig genossen. Als Viola um die nächste Straßenecke verschwunden ist, machen wir uns auf den Weg zu Peters Zuhause. Als ich mich wieder bei ihm unterhaken will, zieht er blitzschnell seinen Arm weg und sagt mit so einem Grinsen: »Wag es ja nicht!«

»Dann nicht!« Dazu muss ich sagen, dass Peter langsam mal damit aufhören könnte, ständig so zu tun, als fände er Mädchen blöd. Ich habe es nämlich längst geschnallt, dass es exakt andersherum ist. Er steht auf Mädchen. Aber vielleicht will Peter genau das verschleiern.

Wir stapfen nebeneinanderher, den Gehweg hinunter und nachdem ich beim Bäcker endlich das riesige Brot gekauft habe, erzähle ich Peter von unserem Plan, morgen zusammen ins Kino zu gehen. Peter ist natürlich, wie zu erwarten, richtig skeptisch und meint, er muss sich erst mal ganz genau überlegen, ob er überhaupt Zeit hat, mit zwei durchgeknallten Mädchen ins Kino zu gehen.

»Aber vermutlich klappt das schon!«, erklärt er schließlich, als wir vor seinem hellrosa Haus ankommen und meine Füße von den Stiefeln schon richtig wehtun.

»Alles klar«, sage ich nur und grinse so ein bisschen in mich rein. An der Wand neben der Haustür klopfen wir unsere Sohlen ab, wobei ich fast vor Schmerz aufschreie. Peter macht die Tür auf und dann treten wir andächtig ein. Drinnen ist es ganz still.

Bis auf ein empörtes Babyschreien, das aus dem Wohnzimmer kommt. Automatisch verdreht Peter die Augen, schleudert aber trotzdem blitzschnell seine Stiefel von den Füßen, flitzt in die Küche, wäscht sich die Hände und flitzt dann weiter ins Wohnzimmer, wo sich offenbar seine Mama mit seiner neuen Schwester aufhält. Ich höre Peter verzückt rufen: »Ja, komm mal her, du winziges Baby. Ja, komm mal her! Ja, wieso bist du denn so niedlich?«

Ich grinse noch ein bisschen weiter vor mich hin, stelle seine Stiefel ordentlich auf den Abtreter und meine daneben. Oh, tut das gut! Nur in Socken auf dem weichen Teppich stehen! Ich bin mir nicht sicher, ob ich in diesen Stiefeln jemals ohne Schmerzen laufen werde. Langsam wanke ich auf meinen wunden Sohlen in die Küche und wasche mir ebenfalls die Hände, gehe auf Strümpfen leise bis zur Wohnzimmertür und gucke um die Ecke. Auf der karierten Sofalandschaft sitzt Peters Mama mit leicht zerzaustem Haar, neben ihr Peter, mit seiner kleinen Schwester auf dem Arm, die sofort aufgehört hat zu schreien. Peters Mama guckt mich aus ziemlich müden Augen an und meint mit so einem unterdrückten Gähnen: »Ich sage es doch! Peter ist unser Baby-Flüsterer! Niemand kann Babys so gut beruhigen wie er!«

Ich mache einen zögernden Schritt ins Wohnzimmer und recke meinen Hals, um mehr von der kleinen Theresa zu sehen, die in einem hellrosa Strampelanzug steckt. Ich will mich nicht gleich danebenhocken, hinterher hat Peters Mama etwas dagegen. Schließlich hat sie auch nur ein Nachthemd und einen Morgenmantel an. Aber sie winkt mich wie selbstverständlich dazu und meint: »Los, gesell dich zu uns!«

Vorsichtig setze ich mich auf die Sofakante. Ganz ehrlich, Leute! Ich habe noch nie so ein winziges Baby gesehen. Es ist echt nicht größer als ein kleiner Teddy. Es ist so niedlich. Peters Schwesterchen hat die Augen offen, und guckt mich direkt aus diesen zwei riesigen dunkelblauen Murmeln an. Es ist, als würde mich das ganze Universum verschlucken. So dunkel und tief sind ihre Augen. Ich wispere: »Oh, mein Gott! Ist sie niedlich!«

Peter nimmt seinen Zeigefinger und schiebt ihn unter Theresas Händchen. »Check mal, wie winzig ihre Finger sind!«

Theresa fasst gleich mit ihren Mini-Händen um Peters Zeigefinger. Und ich kann mich gar nicht sattsehen. »Darf ich mal über das Köpfchen streichen?«, frage ich.

»Aber sicher«, sagt Peters Mama. »Sie ist ja nicht aus Zucker.«

Mit meinem Zeigefinger streiche ich über den weichen, hellen Flaum auf Theresas Köpfchen. Sie bleibt ganz ruhig. »Ach«, seufze ich. »Sie ist wirklich wunderschön. Peter, du hast es so gut.«

Peter strahlt und sagt: »Warte, bis sie ihren ersten richtig Wutanfall bekommt, weil das Fläschchen nicht schnell genug fertig ist. Da wirst du froh sein, dass du Einzelkind bist.«

»Das glaube ich nicht. Ich hätte auch gerne so eine niedliche Schwester. Hast du gesehen, was für lange Wimpern sie hat?«

Wir betrachten Theresa noch eine Zeit lang, bis Peters Mutter schließlich fragt: »Habt ihr eigentlich Hunger? Peters Tante war heute Vormittag da und hat Apfelstrudel vorbeigebracht.«

»Oh ja!«, sage ich. »Soll ich ihn aus der Küche holen?«

»Würdest du das machen?« Peters Mutter guckt mich an, als hätte ich was total Spektakuläres gesagt. »Er steht im Ofen. Vanillesoße ist im Kühlschrank.« Wirklich! Sie sieht richtig dankbar aus, dass ich mich jetzt mal kümmere.

Ich stakse wieder hinüber in die Küche. Ganz selbstverständlich, so, als wäre ich hier schon ein bisschen zu Hause. Ich hole das Blech aus dem Ofen, fülle den Apfelstrudel auf die Teller und gieße ordentlich Soße darüber. Dabei lasse ich mir gemütlich Zeit, weil es irgendwie so schön ist, all diese Handgriffe zu tun. Ich helfe gerne in der Küche. Das mache ich schon immer gerne, weswegen Mama auch sagt, ich soll später unbedingt ins Hotelfach gehen. Damit meint sie, dass ich dazu geschaffen bin, ein Hotel zu eröffnen, wenn ich erwachsen bin. Oder ein eigenes Café. Am liebsten natürlich auf Ibiza. Mama sagt: »Da gibt es ganz viele berühmte Cafés, die sich bei Touristen großer Beliebtheit erfreuen.« Wenn sie meint, dass mich das lockt?!

Ich trage die Teller zurück ins Wohnzimmer. Wo mir Peters Mutter ein bisschen Platz auf dem Sofa macht. Wir essen alle zusammen Apfelstrudel und packen das zermatschte Geschenk von der Schulsekretärin aus – ein knallpinker Strampelanzug, auf dem in silberner Glitzerschrift steht: I'm your Baby!

Sofort schleudert Peter den Strampler in die Sofaecke und erklärt: »Den zieht Theresa nicht an, der ist richtig hässlich!«

»Peter!« Seine Mutter schüttelt ärgerlich den Kopf, muss aber leider auch ziemlich lachen. Weil der Strampelanzug wirklich richtig schräg ist. Aber die Geste zählt!

Und von Herrn Beerli hat Theresa ihre erste Pudelmütze bekommen, in elegantem Weiß, und passende Baby-Strickschühchen dazu. Bevor Peter die Mütze und die Schühchen auch noch in die Sofaecke pfeffern kann, nimmt seine Mutter beides schnell an sich: »Das ist ja herzallerliebst von den Beerlis! Sehr geschmackvoll!«

Und Peter meint, indem er sich an die Stirn tippt: »Mal ehrlich! Deine Mutter ist echt blöd, dass sie Herrn Beerli sitzengelassen hat. Ich meine, der Typ verschenkt echt ununterbrochen Schuhe! Sie hätte bei ihm bleiben sollen!«

»Peter!«, sagt seine Mutter wieder. Diesmal grinst sie nicht. »So was sagt man nicht!«

»Was denn?« Peter küsst seine kleine Schwester auf die Stirn. »Wenn die beiden zusammen wären, könnte Isla gleich hierbleiben.«

»Nun ja!« Seine Mutter stellt die Teller zusammen, hievt sich aus dem Sofa und bringt das Geschirr mit schlurfenden Schritten in die Küche. Von da aus ruft sie: »In diese Angelegenheiten hängen wir uns nicht rein.«

Und Peter ruft zurück: »Ist doch wahr!«

Schön, dass die beiden vergessen haben, dass ich auch noch hier auf dem Sofa entspanne. Aber ich will mal nicht so empfindlich sein, sondern lieber den Moment nutzen, um Peter im Flüsterton auf was Wichtiges hinzuweisen: »Du könntest deiner Mutter ruhig mal helfen. Besonders nach der Geburt.«

Peter kitzelt Theresa leicht am Bauch und flötet: »Ich bin doch kein Mädchen.«

»Was hat das denn damit zu tun?«

»Na, ihr Girls macht das doch so gerne! Teller herumtragen, Essen kochen, alles sauber wischen. Wenn ihr diesen ganzen Käse freiwillig macht, wieso soll ich mich dann aufdrängen?«

Peter guckt mich an, als sei er brennend interessiert, was ich auf seine oberschlaue Überlegung erwidern kann. Gar nichts.

Ich schnappe erst mal empört nach Luft und als ich endlich wieder sprechen kann, plaudert er schon gut gelaunt weiter: »Tja! Ich würde sagen: Schachmatt!« Er grinst: »Ne, kleine Theresa. Aufräumen. Betten machen. Essen kochen. Das ist Frauensache.«

Ich stiere Peter finster an: »Hör auf, deiner kleinen Schwester so einen Mist einzureden! Sonst glaubt sie es noch! Wir Frauen machen das nur, weil ihr Jungs es nicht macht!«

Peter wedelt mit seinem Zeigefinger. »Na, na, na! Jetzt kämm mal nicht alle Jungs über einen Kamm! Wir Jungs sind nicht alle gleich!«

»Ach ja? Aber wir Mädchen schon, oder was?«, schimpfe ich.

In dem Moment kommt Peters Mutter in ihrem Morgenmantel zurück aus der Küche geschlurft: »Worüber streitet ihr euch denn?«

»Über langweiligen Kram«, sagt Peter und gähnt demonstrativ.

Aber ich erkläre: »Über die Rolle der Frau!« Und klinge dabei wie meine eigene Mutter. Ich hätte nie gedacht, dass ich mich jemals in diese Frauen-gegen-Männer-Diskussion einschalten würde. Nun ist es passiert. Dabei will ich die Welt gar nicht so in Männer und Frauen geteilt sehen. Eigentlich dachte ich immer, alle sind gleich. Aber seit ich Peter kenne, habe ich da leider doch so meine Bedenken. Bevor wir das Thema allerdings vertiefen können, klammert sich Peters Mutter an der Lehne vom Esstisch-Stuhl fest und atmet so ein bisschen hektisch.

Ich springe vom Sofa auf und frage: »Alles in Ordnung?«

»Ja, ja. Nur mein Kreislauf spielt gerade ein bisschen verrückt.« Sie wedelt mit ihrer freien Hand hin und her, damit niemand beunruhigt ist. Aber Peter kriegt es sowieso nicht richtig mit. Der knuddelt Theresa und schwebt im siebten Babyhimmel. Nur ich stehe blöd im Wohnzimmer rum, weil ich nicht weiß, ob ich Peters Mutter stützen soll? Aber dann macht sie schon wieder ein paar tapsende Schritte und sagt mit so einem tapferen Lächeln: »Alles bestens. Ich glaube, ich lege mich mal ein bisschen mit der kleinen Maus hin.«

Peter reicht Theresa seiner Mutter zurück und steht vom Sofa auf. Er streckt sich und gähnt noch mal extra laut: »Dann werde ich mich auch mal ein bisschen aufs Ohr hauen und meiner Lieblingsbeschäftigung nachgehen.«

Er marschiert einfach an mir vorbei, aus dem Wohnzimmer, die Treppe rauf. So, als sei das Haushalts-Thema damit für ihn erledigt. So billig kommt er mir nicht davon! Ich folge ihm auf den Fersen und im Hinausgehen bedanke ich mich noch mal bei seiner Mama für den superleckeren Strudel. Außerdem füge ich hinzu: »Wenn ich noch was im Haushalt helfen kann, mache ich das gerne!«

Die Kraft in mir

Als wir oben in Peters Zimmer sind, sage ich: »Nur dass du es weißt: Mädchen hassen kochen!« Das ist vielleicht ein bisschen dick aufgetragen, weil ich ja eigentlich gerne koche, aber irgendwie muss ich Peter ja mal wachrütteln.

»Und das soll ich dir glauben?« Er lässt sich rücklings auf sein Bett plumpsen, schiebt sich sein Kissen im Nacken zurecht und schaltet den Fernseher per Fernbedienung ein. Der Bewegungsablauf ist echt schon total automatisiert!

Dieses Mal bin ich allerdings darauf vorbereitet und sage mit strenger Stimme: »Könntest du den Quatsch vielleicht mal wieder ausmachen? Wir diskutieren doch gerade über Aufgabenteilung!«

»Ja-ha! Ich hab's doch jetzt verstanden. Ich soll im Haushalt helfen, damit nicht alles an euch Frauen hängen bleibt.«

»Ja, richtig!«

»Dann wäre ja alles geklärt!«

Peter macht den Ton lauter, weswegen ich jetzt auch lauter spreche: »Außerdem habe ich noch eine Frage an dich.«

Peter schaltet den Fernseher mit der Fernbedienung wieder aus und seufzt melodramatisch: »Du gibst echt nicht auf, was?«

»Und kannst Du mir endlich mal verraten, warum dein Vater meine Mutter retten musste?«

»Oh nein! Nicht schon wieder dieses Thema! Vergiss die Geschichte doch einfach!« Peter macht den Fernseher wieder an. Dieses Mal dreht er den Ton noch lauter und grinst mich an. Zum Zeichen, dass er sich mit mir einen Scherz erlaubt.

Ich grinse auch und erlaube mir auch einen Scherz: »Wenn du es mir nichts sagst, muss ich leider meinen Opa fragen ...«

Zack! Augenblicklich richtet sich Peter auf und macht den Fernseher wieder aus. Jetzt grinst er nicht mehr. Offenbar hat er meinen Scherz nicht verstanden. »Hast du deinem Opa etwa gesagt, dass ich es dir verraten habe?«

»Nein! Sonst würde ich dich ja nicht fragen!« Ich setzte mich auf die Bettkante und durchbohre Peter so ein bisschen intensiv mit meinen Blicken. Damit er weiß, dass mir die Sache trotzdem ernst ist. Und dass wir hier einen Machtkampf ausfechten, den ich gewinnen werde.

Gleich rutscht er in die hinterste Ecke von seinem Bett, als hätte er wirklich ein bisschen Angst vor mir. Er jammert: »Ich hab jetzt aber keine Lust, die Geschichte zu erzählen. Das ist anstrengend!«

»Was ist daran anstrengend?«

»Na, das Reden!«

»Los! Zum Dank, dass ich Viola gefragt habe, ob du mit ins Kino kommen kannst.«

»Wow! Tolle Leistung! Sie hätte mich auch so mitgenommen!« Peter wirft mir so ein knallgelbes Kissen in Form einer Banane an den Kopf.

Ich schmeiße es zurück. »Peter, bitte!«

»Okay, ich verrate es dir. Aber Du musst es wirklich für dich behalten.« Er sieht mich warnend an. »Sonst verfluche ich dich.«

»Hä? Wie soll das denn gehen?«

»Keine Ahnung! Frag nicht so blöd! Ich verfluche dich eben. Mit einem magischen Zauberspruch oder so. Wirst du dann schon merken, wenn die Dinge in deinem Leben anfangen schiefzulaufen.«

»Die laufen schon die ganze Zeit schief«, sage ich und freue mich, wie schlagfertig ich heute bin.

»Tja, dann bist du wohl bereits verflucht.« Peter steht von seinem Bett auf, holt unsere halbfertigen Schnitzarbeiten vom Bord und setzt sich damit auf den Boden. »Ich verfluche dich dann trotzdem auch noch mal, wenn du es verrätst. Doppelt hält besser. Und jetzt setz dich zu mir, damit wir unsere Tiere endlich befreien können.«

Ich setze mich zu ihm in den Schneidersitz. »Alles klar. Ich verrate es nicht.« Hier in den Bergen scheint echt jeder ein Geheimnis zu haben. Ich bin schon gespannt, was Viola mir noch verraten wird. Am Ende der zwei Wochen bin ich vermutlich die weltgrößte Geheimnisträgerin, weil mir alle ihre Geheimnisse anvertraut haben. Nicht schlecht, Herr Specht!

Peter und ich sitzen im Schneidersitz auf dem Teppich und produzieren ordentlich Holzspäne. Um mir nicht wieder in den Finger zu schnitzen, bin ich dieses Mal total auf mein

Schnitzmesser konzentriert. Gleichzeitig warte ich, dass Peter endlich mal das Geheimnis lüftet, warum Joseph meine Mutter retten musste. Ich warte jetzt schon seit fünf Minuten, dass er langsam mal damit herausrückt. Aber er schnitzt still und leidenschaftlich an seinem Tyrannosaurus herum, als sollte der sein Meisterstück werden.

Ich räuspere mich und sage: »Ja, bitte, der Herr? Ich höre?«

Peter räuspert sich ebenfalls und sagt: »Sekunde, meine Dame! Ich muss nur noch eben das linke Bein hinkriegen.«

Ich gedulde mich also weiter und bin mit meinem Meerschweinchen so gut wie fertig, das inzwischen übrigens eher wie eine Schildkröte aussieht, als Peter endlich sein Schnitzmesser zur Seite legt und sich durchstreckt. »Ah! Okay. Also ...«

»Ja?«

»Das ganze Drama fing damit an, dass deine Mutter aus Ibiza in die Berge zurückkam und schwanger war.«

»Mit mir«, ergänze ich und höre auch auf zu schnitzen.

»Diese Neuigkeit hat sie deinem Opa erzählt und der ist richtig ausgeflippt.«

»Wie denn ausgeflippt?« Ich sehe Peter gespannt an. »Was meinst du damit?«

»Keine Ahnung! Woher soll ich das wissen? Ich war nicht dabei.«

»Ich meine, ist er vor Freude oder vor Wut ausgeflippt?«

»Vor Freude?!« Peter tippt sich an die Stirn, als hätte ich einen Vogel oder so. »Doch nicht vor Freude!«

»Äh, wieso nicht?« Das finde ich ja jetzt schon komisch.

Jeder freut sich doch, wenn ein Kind geboren wird, oder nicht?

»Tztztz.« Peter schüttelt den Kopf. »Du bist wirklich naiv! Dein Opa war natürlich stinksauer, weil deine Mutter keinen Schimmer hatte, wer dein Vater ist. Das hat deinen Opa damals so aufgeregt, dass er, obwohl es richtig schlechtes Wetter war, mit Sturm und so, einfach in die Berge hineingewandert ist. Er brauchte dringend frische Luft. Weil deine Mama ihn aber eigentlich gar nicht ärgern wollte und sich außerdem Sorgen gemacht hat, ist sie direkt hinterhergelatscht.«

»Okay.«

»Aber leider wusste sie überhaupt nicht, in welche Richtung dein Opa gewandert war. Sie wollte ihn aber dringend finden, um sich wieder mit ihm zu vertragen ...«

»Okay?«

»Aber dein Opa ist ziemlich dickköpfig, wenn du mich fragst. Im Frühling, da hüte ich ja immer am Wochenende seine Ziegen oben auf der Weide und wenn ich nicht alles genau so mache, wie er es will, kriegt er gleich einen Koller, sodass ich schon gar keine Lust mehr habe, für ihn seine bekloppten Ziegen zu hüten ...«

Ich winke ab: »Ja, aber was war mit meiner Mutter?«

»Sie ist also ebenfalls mitten rein ins Gebirge. Weiter oben wollte sie den Wildbach überqueren. Dabei ist sie von den glitschigen Steinen abgerutscht und ins Wasser geplumpst. Was jetzt nicht so dramatisch gewesen wäre. Passiert jedem Mal. Aber leider ist so ein abgebrochener Ast mit dem Sturzwasser von oben heruntergerauscht und gegen ihr Bein geschleudert, weswegen sie zwischen den Felsen festgeklemmt wurde und nicht mehr freikam. Dazu gab es ordentliche Regenschauer und von oben krachten so richtig die Wassermassen runter. Sie wäre auf jeden Fall ertrunken, wenn mein Vater sie nicht gerettet hätte.«

»Aber woher wusste er denn, wo meine Mutter war?«

»Dein Opa war schon längst wieder in seiner Hütte, weil es inzwischen hagelte, und hat gecheckt, dass deine Mutter weg war. Da war ihm klar, dass sie nach ihm sucht. Also hat er schnell meinen Papa angefunkt und der ist dann sofort mit seinem Trupp los.«

Ich nicke. »Verstehe. Und warum genau ist die Geschichte so geheim?«

»Weil dein Opa sich die Schuld daran gibt, dass deine Mutter fast ertrunken wäre.«

»Aber sie ist nicht ertrunken.«

»Ja, aber fast.«

»Aha.« Ich verstehe die Geschichte irgendwie nicht ganz. Mein Opa soll doch froh sein, dass alles gut ausgegangen ist. Peter scheint mir anzusehen, dass ich die Sache nicht so richtig schnalle, denn er meint: »Dein Opa denkt, dass ihn das ganze Dorf total daneben findet, weil er deine Mutter nicht zur Vernunft erzogen hat oder so.«

»Mit dem Thema hat er echt ein Problem.«

»Auf jeden Fall.«

Jetzt verstehe ich auch, warum die Sache mit den Bergstiefeln so schlimm für meinen Opa war. Weil er dachte, dass sowieso schon wieder das ganze Dorf denkt, dass er als Vater und nun auch als Opa versagt hat. Kein Wunder, dass er sauer auf Mama und ihren Ibiza-Traum ist. Ich streiche mit dem Finger über mein Schildkrötenmeerschweinchen und frage: »Meinst du, er freut sich, dass ich da bin?«

Peter zuckt mit den Schultern. »Keine Ahnung. Ich meine, du bist richtig nervig! Scherz!«

»Haha!«

»Zumindest ist er jetzt nicht mehr ganz alleine. Tut ja auch mal ganz gut, jemanden zum Reden zu haben. Er hat ja nicht mal einen Fernseher. Da drehst du ja durch in der Hütte.«

»Und wo sind seine Ziegen?«

»Die sind beim Bauern im Stall. Die bringe ich erst in ein paar Wochen wieder zu ihm rauf. Wenn du Lust hast, können wir morgen mal vorbeigehen und gucken, ob die Lämmer schon geboren wurden.«

»Oh ja!« Ich nicke. Das will ich gerne! Kleine Lämmchen angucken! Aber jetzt muss ich mich erst einmal entscheiden, was aus meinem Holztier werden soll: Schildkröte oder Meerschweinchen. Ich halte es hoch: »Peter, guck mal. Was meinst du? Ist das eher eine Schildkröte? Oder eher ein Meerschweinchen?«

»Ein Meerschweinchen? Soll ich mal laut loslachen? Das ist definitiv eine Schildkröte. Du musst nur noch den Übergang zwischen Panzer und Hals rausarbeiten. Dann ist deine Schildkröte schon mal gar nicht so schlecht geworden – für den Anfang. Nee, wirklich. Du hast Talent!«, sagt Peter mit leichter Bewunderung in der Stimme.

Und ich werde rot. »Danke!« Das freut mich! Dann wollen

wir mal. Peter und ich schnitzen wieder eifrig los. Bis es draußen dunkel ist und ich mit meiner Schildkröte fertig bin und Peter mit seinem T-Rex. Feierlich stellen wir beide Holztiere nebeneinander auf die Fensterbank, strahlen sie mit Peters Nachttischlampe an und betrachten sie ehrfürchtig.

Es ist echt seltsam, aus einem Stück Holz solche Wesen zu schnitzen. Und es wird immer seltsamer, je länger man sie sich ansieht. Peter und ich knien auf dem Boden und haben unsere beiden Tiere genau im Visier. Und unsere Tiere haben uns im Visier. Still und konzentriert sehen wir uns gegenseitig an, während draußen im Tal hinter all den Fenstern die Lichter angehen. Ich kann es kaum glauben, dass ich diese Schildkröte erschaffen habe. Ein bisschen fühle ich mich wie der liebe Gott höchstpersönlich. Als hätte ich eine geheime Kraft in mir entdeckt, von der ich bisher nichts wusste. Eine Kraft, mit der ich Wesen erschaffen kann, die es vorher auf der Welt noch gar nicht gab und die es ohne mich nie geben würde. Das ist echt der helle Wahnsinn.

Peter seufzt neben mir und flüstert andächtig: »Das ist der Grund, warum ich schnitze.«

Ich sage: »Ich weiß genau, was du meinst. Danke, dass du mir das Schnitzen gezeigt hast.« Irgendwie mag ich Peter richtig gern. Auf seine ganz spezielle Art.

»Kein Ding.«

Ich wispere: »Ich werde die Schildkröte meinem Opa schenken.«

Und Peter wispert: »Ich werde Viola den T-Rex schenken.«

Viola? Ich blicke Peter überrascht an. »Wieso Viola?«

»Na, weil wir doch zusammen ins Kino gehen.«

»Äh ....« Ich merke, wie ich leider schon wieder rot werde. Meine Wangen glühen. Was ziemlich unerfreulich ist.

Besonders, als Peter auch noch ruft: »Ah, du wirst ja rot! Wieso wirst du denn jetzt rot?«

»Ich werde überhaupt nicht rot«, sage ich wütend und drehe die Nachttischlampe aus meinem Gesicht. Ich war nur ein bisschen überrascht. Das ist alles. Soll Peter doch seinen Tyrannosaurus schenken, wem er will. Ist mir doch egal. Ich bin mir allerdings nicht sicher, ob Viola so sehr auf Dinosaurier steht. Schließlich ist sie ein Mädchen. Scherz!

Käsefondue

»Hallo, Opa!« Als ich in die Hütte komme, steht mein Opa am Herd. Er hat eine blaue Schürze umgebunden und rührt in einem Topf. In der ganzen Hütte duftet es nach Käsesandwich und sofort knurrt mein Magen. Ich mache die Tür zu, ziehe meine Stiefel aus, stelle sie ans Feuer und hänge meine Jacke an den Haken neben der Tür. So wie jeden Tag. Das ist inzwischen schon fast normal für mich.

Mein Opa dreht sich zu mir um, mit einem Kochlöffel in der Hand. Seine weißen Haare stehen ihm zu Berge und er guckt irgendwie erleichtert. So, als sei er wirklich richtig froh, dass er mich endlich wieder zum Plaudern hat. »Da bist du ja! Pünktlich zum Essen.«

Ich packe das Brot neben meinen Opa auf die Holz-Arbeitsfläche. Dann wasche ich mir in der Spüle die Hände und zwar mit Wasser aus dem Wasserhahn. Es stimmt gar nicht, was Mama gesagt hat: Dass wir uns das Wasser aus dem Bach holen müssen. Opa hat einen eigenen, total neumodischen Wassertank hinter der Hütte, in den er immer frisches Quellwasser pumpt!

Ich frage: »Was kochst du denn da?«

»Käsefondue.«

»Käsefondue? Was ist das denn?« Ich beuge mich über den Topf, in dem mein Opa fleißig herumrührt. Darin ist nichts als dickflüssige, gelbe, blubbernde Käsesoße.

»Käsefondue ist geschmolzener Käse, in den man sein Brot tunkt.« Mein Opa stellt den Herd ab und trägt den Topf mit zwei gehäkelten Topflappen feierlich zum Tisch, wo er ihn auf so eine Art Stövchen stellt, in dem ein Teelicht brennt. Ich folge ihm. Das ist ja mal was ganz Neues! Heute Abend also kein Käse in Scheiben, sondern als Suppe! Ziemlich experimentell! Wenn ich das Jana erzähle, wird sie einen Lachanfall kriegen! Und gerade als ich das denke, fällt mir auf, dass ich schon länger nicht mehr an Jana gedacht habe. Irgendwie schockt mich das auch ein bisschen. Es ist fast so, als würde Jana nicht mehr existieren, wenn ich nicht die ganze Zeit an sie denke. Denkt sie vielleicht auch nicht mehr nonstop an mich? Vielleicht hat sie sich schon mit einem anderen Mädchen aus unserer Klasse angefreundet? Zum Beispiel mit dieser fragwürdigen Fee-Marie. Die hat in letzter Zeit sowieso dauernd versucht, sich mit Jana zu verabreden und hat sich sogar den gleichen Rucksack wie sie gekauft. Nur um Jana zu gefallen. Aber Jana fand das damals voll peinlich und wollte so was von gar nichts von Fee-Marie. Sie empfand das eher als beängstigend, dass Fee-Marie so unbedingt mit ihr befreundet sein wollte. »Sie ist voll die irre Stalkerin!«, hat Jana gemeint. Aber jetzt, wo ich nicht in Berlin bin, hätte Fee-Marie ja freie Fahrt, sich Jana unter den Nagel zu reißen. So, wie ich mir mit Viola ein bisschen eine neue Freundin zugelegt habe. In Peter habe ich ja auch einen neuen Freund gefunden. Irgendwie wird mit jedem Tag der Abstand zwischen Jana und mir größer. Eigentlich will ich das gar nicht. Aber was kann ich dagegen tun? Sie ruft mich ja nicht mal zurück!

Vielleicht wäre es besser, wenn ich morgen nicht mit Viola und Peter ins Kino gehe? Aber eigentlich muss ich mir gar keine Sorgen machen! Unsere Freundschaft bedeutet Jana und mir alles. Schließlich haben wir schon fix und fest geplant, dass wir in den Osterferien zu ihrer Oma auf den Bauernhof fahren, auf den Ponys reiten und die Hühner füttern und so weiter und dann kommt sie mich bestimmt bald auf Ibiza besuchen. Und dann besuche ich sie wieder in Berlin und so wird es immer hin und her gehen. Oder mache ich mir da etwas vor? Ich habe solche Angst, Jana für immer zu verlieren!

»Alles in Ordnung?« Mein Opa schneidet mir eine Scheibe von unserem neuen Riesenbrot ab.

Ich nicke. »Ja.« Dabei sitze ich total eingesackt auf meinem Stuhl und glotze so ein bisschen traurig vor mich hin.

Mein Opa legt mir die Brotscheibe auf mein Brettchen, dann legt er sich eine Scheibe auf sein Brettchen. »Ist in der Schule etwas passiert?«

Ich schüttle den Kopf. »Nein, nein. Alles bestens.« Ich behalte meine deprimierenden Gedanken lieber für mich. Nicht, dass Opa wieder anfängt, über Mama und ihre Ibiza-Pläne zu schimpfen.

Mein Opa seufzt. »Dann wollen wir mal mit unserem Fondue beginnen. Guck, wie ich es mache. Wir teilen unser Brot in dicke Würfel, stechen sie auf diesen Spieß hier und tunken sie in den geschmolzenen Käse.«

»Okay!« Ich schneide mein Brot in Würfel. Es ist total lieb von meinem Opa, was er alles für mich macht. Ganz ehrlich. Ich finde es richtig, richtig gemütlich, jeden Abend mit ihm zu essen. Das machen Mama und ich irgendwie viel zu selten, weil Mama meistens im Stehen isst. Sie ist so ein nervöser Typ. Immer hat sie noch tausend wichtige Dinge zu erledigen. Mama kann einfach nicht still sitzen. Sie sagt selber: »Da drehe ich durch!«

Ich sage zu Opa: »Danke für die Käsesuppe.«

»Käsefondue!« Mein Opa lacht. »Das ist unser Nationalgericht! Man sagt, es wurde von den Mönchen zur Fastenzeit zubereitet, da sie währenddessen keine feste Nahrung zu sich nehmen durften.« Er blinzelt mir zu.

Und ich blinzle zurück. »Ziemlich pfiffig, diese Mönche!« Ich stecke einen Brotwürfel auf das lange Spießchen und drehe damit eine Runde im Käse. Genau wie mein Opa das macht. Dann holen wir unsere Brotwürfel wieder aus dem Käse raus und essen sie. Es schmeckt noch besser als das herkömmliche Käsebrot. Ich mache das Ganze gleich noch mal. Und noch mal. Ich muss leider sagen: »Ich liebe Käse mit Brot!«

Und ich liebe es, mit meinem Opa hier oben in der Hütte zu sitzen, während draußen der Vollmond sein helles Licht über die Schneelandschaft gießt und die Tannen und die Berge unerschütterlich den Jahreszeiten trotzen. Wir essen und schweigen. Aber es ist ein schönes Schweigen. Plötzlich legt mein Opa die gehäkelten grünen Topflappen neben mein Brettchen und streicht sie glatt. Erst jetzt sehe ich, dass es zwei Schildkröten sind! Oha!

»Hier. Die hat deine Mama gehäkelt, als sie so alt war wie du. Sie konnte richtig schnell häkeln. Klack. Klack. Klack. Wie eine kleine Häkelmaschine. Zu Weihnachten hat sie für den Gemeindebasar mindestens ein Dutzend Topflappen gehäkelt.«

»Wie ist sie denn darauf gekommen, ausgerechnet Schildkröten zu häkeln?«, frage ich verwundert. Weil ich ja auch gerade eine Schildkröte geschnitzt habe. »Hier oben in den Bergen gibt es doch gar keine!«

»Frag mich was Leichteres.« Mein Opa zuckt ratlos mit den Schultern. »Schildkröten waren ihre Lieblingstiere. Sie meinte, weil sie ihr Zuhause immer dabeihaben.«

»Warte!«, sage ich aufgeregt und schiebe mich schnell von meinem Stuhl runter. Ich bin ja so blöd! »Fast hätte ich es vergessen!« Ich laufe über die Dielen zu meiner Jacke und greife in die Tasche hinein. Dann komme ich schnell zum Tisch zurück und lege feierlich ein in Toilettenpapier eingewickeltes Geschenk neben Opas Brettchen. »Das ist für dich.«

»Für mich?« Mein Opa nimmt das eingewickelte Geschenk hoch. »Was kann das denn sein?«

»Wirst du gleich sehen!« Ich grinse. »Pack es aus!«

Mein Opa holt sich seine Brille aus der Hemdtasche und setzt sie auf. »Na, dann wollen wir mal.« Schicht um Schicht wickelt mein Opa das Toilettenpapier ab, bis schließlich meine geschnitzte Schildkröte zum Vorschein kommt, und daneben ein hübscher Berg Klopapier.

»Tatah!« Ich klatsche in die Hände und rufe: »Ist das nicht verwunderlich?! Ich habe auch eine Schildkröte gemacht! Genau wie Mama!«

»Na, so was!« Mein Opa legt sich meine geschnitzte Holz-Schildkröte auf die flache Hand und betrachtet sie von allen Seiten. »Die ist dir aber gut gelungen. Besonders der Übergang zwischen dem Panzer und dem Kopf. Schön, wie neugierig und mutig sie in die Welt hinaussieht. Hattest du ein Vorbild?«

»Nein, ich habe sie einfach so geschnitzt. Die hat sich irgendwie ganz von selbst geformt.«

»Da kannst du stolz drauf sein.«

Mein Opa setzt die Holzschildkröte auf der Tischplatte ab, direkt neben die Schildkröten-Topflappen von meiner Mutter. »Das ist ja wirklich ein Zufall!«

»Jetzt können sich die Schildkröten miteinander anfreunden«, sage ich und spüre gleich die intensive Freundschaft zwischen den Tieren.

Mein Opa drückt mir einen Kuss auf die Stirn und sagt: »Deine Mutter hat auch immer gerne etwas mit ihren Händen gemacht. «

»Mama und ich haben sogar mal eine ganze Patchwork-Decke zusammen genäht«, sage ich. »Einen Sommer lang auf dem Balkon.« Damit Opa stolz auf Mama ist.

Er nickt. »Ja, sie ist handwerklich geschickt. Schade, dass sie nicht mehr daraus gemacht hat.«

Fast hätte ich gesagt: »Will sie doch! Auf Ibiza Muschelketten entwerfen.« Aber das verkneife ich mir. Weil ich definitiv nicht für Mamas Muschelketten-Idee Werbung machen will. Stattdessen rücke ich mit der Wahrheit raus: »Opa, ich will nicht nach Ibiza.«

Er nickt nur.

Ich sage: »Ich weiß gar nicht, was ich auf Ibiza soll. Ich verstehe ja nicht mal die Sprache.«

Er nickt wieder und sieht mich aus betrübten Augen an. So, als würde ich ihm richtig leidtun.

Ich sage: »Kannst du Mama nicht sagen, dass ich nicht nach Ibiza will?«

»Ich kann es versuchen. Aber deine Mutter hat noch nie auf mich gehört, wenn sie sich erst einmal etwas in den Kopf gesetzt hatte.«

»Ja, ich weiß«, unterbreche ich meinen Opa, damit er nicht wieder mit der alten Leier anfängt. Ich sage: »Ich will nicht, dass sie böse auf mich ist oder enttäuscht, weil sie sich doch so viel Mühe mit der Finca macht.«

»Alberne Finca!«, brummt mein Opa. Und das macht mich dann doch sauer.

Ich rufe: »Warum musst du immer alles schlechtreden, was Mama macht?«

»Immer?« Mein Opa sieht mich überrascht an.

»Nie kann sie es dir recht machen«, heule ich plötzlich. »Dabei will sie auch nur ein Zuhause!«

»Ist doch gar nicht wahr.« Mein Opa guckt böse in der Hütte herum, als würde er versuchen, sich nicht aufzuregen. Aber das klappt nicht so richtig.

Stattdessen zeigt er mit dem Finger auf mich. »Sie soll sich um dich kümmern. Sie soll für dich da sein und dich nicht hier alleine bei deinem alten Großvater zurücklassen.«

»Aber ich finde es hier schön. Ich bin gerne bei dir,« schluchze ich und gucke meinen Opa an. Der starrt erstaunt zurück. Sein Mund geht auf und zu.

»Bei mir? Nicht mal deine Mutter war gerne hier.«

»Das stimmt gar nicht«, heule ich. »Früher, als ich noch klein war, hat sie mir jeden Abend von dir und deiner Hütte erzählt. Von den Ziegen und den Wiesen. Sie hat mir erzählt, wie du früher Butter gestampft hast und wie du einmal fast abgestürzt wärest, weil du am nassen Hang ausgerutscht bist. Sie hat mir erzählt, wie so viel Schnee lag, dass ihr aus dem Fenster klettern musstet, weil die Tür nicht mehr aufging, und von dem Vögelchen, das ihr gerettet habt. Sie hat mir von eurem Bernhardiner-Hund erzählt und dass ihr Blumenkränze gemacht habt und ...«

Mein Opa wischt sich mit dem Ärmel über die Augen. Als sei er traurig, dass all das unwiederbringlich vorbei ist.

»Sei nicht böse auf sie«, sage ich. »Sie wollte dir bestimmt nicht wehtun.«

Mein Opa nickt. »Tja, vielleicht wollte sie das nicht.«

Ich sage leise: »Ich glaube, Mama weiß auch nicht so richtig, wo sie hingehört. Vielleicht hat sie hier in den Bergen ihre Mama vermisst und wollte weg, um nicht immer an sie erinnert zu werden. Kann doch sein!«

Mein Opa greift über den Tisch und fasst nach meiner Hand. »Du kluges Kind. Wahrscheinlich ist es so.« Er tätschelt noch ein bisschen meine Hand.

Dann richtet er sich auf und meint: »Es wird Zeit, ins Bett zu gehen.«

Ich stehe von meinem Stuhl auf und gehe um den Tisch herum zu meinem Opa. Weil er wirklich geschafft aussieht. Ich schlinge meine Arme um seinen Hals und sage: »Du bist der beste Opa der Welt.«

Etwas Unsichtbares

»Los, komm! Es ist schon voll spät!« Peter stapft vor mir quer über die Straße, durch den Schneematsch.

Wir haben uns eben noch Opas Ziegen beim Bauern im Stall angeguckt. Der Stall befindet sich witzigerweise mitten im Dorf, unter dem Haus vom Bauern. So was habe ich noch nie gesehen! Das ganze Erdgeschoss ein einziger Ziegenstall! Aber Peter meint, das ist ganz normal. Damit die Körperwärme von den Ziegen das Haus im Winter von unten wärmt. Klingt logisch. Im Übrigen heißen Opas Ziegen Schwänli und Bärli! Schwänli ist ganz weiß und Bärli hat braune Flecken. Sie sind so was von niedlich und ihr Fell ist ganz weich. Als wir in den schummrigen Stall kamen und Peter das Licht angeknipst hat, haben alle Ziegen gleichzeitig angefangen zu blöken und zu meckern und ein paar ganz feine Stimmchen von den Lämmern waren auch schon zu hören. Es roch nach Stroh und Peter hat mir eins von den Neugeborenen auf den Arm gelegt und es hat an meinem Finger gesaugt. Peter hat geflüstert: »Es ist erst zwei Tage alt.«

Ich konnte mich gar nicht wieder von dem Lämmchen trennen, es war so weiß wie Schnee! Und jetzt sind wir leider etwas spät dran, um ins Kino zu kommen.

»Los, hopp, hopp! Viola wartet bestimmt schon auf uns.« Peter steht auf dem Gehweg und sieht mich leicht gestresst an. Ich muss sagen, Peters Launen wechseln echt im Minutentakt. Gerade noch war er ganz verzaubert von dem winzigen Lämmchen und hat es Herkules getauft, weil es so krumme Beinchen hatte, und nun steht er schon wieder unter Strom. Inzwischen habe ich mich daran gewöhnt. Ich kann Peter eigentlich ganz gut durchschauen. Momentan ist er zum Beispiel total nervös, weil er in seinem Rucksack den Tyrannosaurus für Viola dabeihat. Ich schätze, er ist sich gerade nicht mehr ganz sicher, ob es nicht eventuell ein bisschen schräg rüberkommt, wenn er ihr diesen geschnitzten Dinosaurier schenkt. Ehrlich. Würde hinter mir nicht gerade ein Auto durch den Schneematsch brettern, könnte ich vermutlich Peters aufgeregtes Herz schlagen hören. Jetzt stampft er sogar mit dem Fuß auf, weil es ihm mit mir nicht schnell genug geht.

Ich verdrehe die Augen und stöhne: »Ja, Chef!« Ich laufe neben Peter her, Richtung Kino.

Er meint atemlos: »Ich will nicht zu spät kommen.«

»Wir kommen nicht zu spät«, beruhige ich ihn. »Da vorne ist doch schon das Kino.«

»Wer weiß, was bis dahin noch alles passiert.« Er grinst. »Vielleicht stolperst du ja noch oder bleibst an einem Straßenschild hängen. «

»Du bist echt bekloppt!« Ich grinse auch. Weil ich es auch ein bisschen lustig finde, wie aufgeregt Peter ist.

Wir laufen den schmalen Gehweg hinunter, wobei wir immer wieder fröhlichen Touristen ausweichen müssen, die zum Skifahren hierhergekommen sind. Was langsam knifflig werden dürfte, weil seit gestern Tauwetter ist. Die Luft riecht fast ein wenig nach Frühling und der Schnee auf den Bergkuppen wird immer spärlicher. Im Übrigen weiche nur ich aus. Peter geht schnurstracks geradeaus, damit die fröhlichen Touristen ihm ausweichen müssen. Dazu sagt Peter jedes Mal: »Platz da! Ich wohne hier!«

Wir laufen weiter am Sportgeschäft vom alten Herrn Beerli vorbei. Er steht gerade am Kassentresen und sieht zufällig hinaus auf die Straße. Ich winke ihm zu und mache das Daumenzeichen, damit er weiß, dass ich seine Bergstiefel echt super finde. Er lächelt breit und macht ebenfalls das Daumenzeichen. Ich fühle mich wirklich schon total heimisch hier. Besonders, als wir die Treppe zum Kino »Capitol« hinaufsteigen und uns Viola von innen schon die Glastür aufdrückt.

Sie strahlt über das ganze Gesicht. Wie Ernie aus der Sesamstraße. »Da seid ihr ja. Kommt rein!«

»Danke!« Peter und ich treten unsere Stiefel ab, damit wir den roten Teppich im Kino nicht nass machen, und folgen Viola in das menschenleere Foyer, das echt nicht viel größer als ein Wohnzimmer ist. Trotzdem ist es total feierlich hier drinnen, weil an den Wänden so vergilbte Plakate von alten Filmstars kleben und von der Decke hängt ein glitzernder Kronleuchter. Ganz klar! Dieses Alpen-Kino hat Geschichte! Und es ist auch ein bisschen seltsam, weil im Kino ja normalerweise immer eine ganze Menge Menschen herumstehen.

Aus den Lautsprechern kommt leise Filmmusik und vor uns steht ein Transformers-Pappaufsteller, der fast bis zur Decke reicht.

Peter fällt die Kinnlade runter und seine Augen werden riesig. »Ach, du heilige Scheiße! Guck dir mal bitte diesen Aufsteller an!«

Viola und ich sehen stattdessen uns an und rollen noch ein bisschen mehr mit den Augen. Dazu kichern wir.

Peters Augen sind inzwischen tellergroß: »Woher habt ihr den Aufsteller? Kriegt ihr den umsonst?«

»Klar«, sagt Viola. »Willst du ihn haben, wenn der Film angelaufen ist? Dann räumen wir den sowieso wieder weg, weil ja dann ein neuer Aufsteller kommt.«

»Krass! Ja, gerne!« Peter nickt und seine Wangen sind megarot vor Aufregung. Ich schätze, er hat seinen Tyrannosaurus im Rucksack schlagartig vergessen.

»Ich sag's meinen Eltern.« Viola flaniert durch das Foyer über den roten Teppich, Richtung Snack-Bar. Sie ruft: »Mama, kann Peter den Transformers-Aufsteller bekommen, wenn wir den nicht mehr brauchen?«

Wir folgen Viola zu ihrer Mutter, die an der Popcorn-Maschine steht und drei große Tüten füllt. »Aber sicher, mein Schatz.« Ihre Mutter lächelt uns freundlich an. »Hallo, ihr beiden!«

Peter und ich lächeln zurück: »Hallo! Danke, dass wir bei Ihnen einen Film sehen dürfen.«

»Aber klar! Mein Mann hat euch den neuen »Ich – Einfach unverbesserlich«-Film eingelegt. Ich hoffe, ihr seid Fans!«

Sie zwinkert und sieht irgendwie auch aus wie ein Filmstar. Sie ist sehr schön geschminkt und hat glitzernde Ohrringe und lackierte Fingernägel. Sie stellt die drei riesigen Popcorn-Tüten auf den Tresen, dazu noch drei riesige Becher Cola mit geknicktem Strohhalm.

»Was? Der Film läuft doch erst in ein paar Wochen bei Ihnen an!«, sagt Peter und sieht aus, als sei er in Willy Wonkas Schokoladenfabrik gelandet.

»Für euch schon heute!« Violas Mutter zwinkert weiter mit ihren Augenlidern, die von dichten, schwarzen, ziemlich gebogenen Wimpern umrandet sind.

Ich sage noch mal: »Vielen Dank!«

Und sie: »Na, dann viel Spaß!«

»Ich fasse es nicht!«, quiekt Peter, als wir hinter Viola über den roten Teppich den schmalen Gang zum Kinosaal hinuntermarschieren. Wir haben in jeder Hand eine gigantische Popcorn-Tüte und in der anderen den eiskalten Cola-Becher. Eigentlich soll ich keine Cola trinken. Mama hat was gegen Cola. Sie meint, da ist viel zu viel Zucker drin und Koffein, das mich hibbelig macht. Aber jetzt ist Mama ja nicht da und wenn sie mich hier in den Bergen allein zurücklässt, muss sie eben auch damit rechnen, dass ich leider Cola trinke. Kann ich ja nichts dafür, wenn mir das Getränk angeboten wird. Peter schlürft schon fleißig an seinem Strohhalm, als wir den dunklen Saal betreten. Viola hält den dicken roten Samtvorhang vor dem Eingang zu Seite und meint: »Kommt rein!«

Peter quiekt wieder: »Krasse Scheiße!«

Das ganze Kino ist leer. Auf keinem der Samtsitze sitzt jemand. Vor der Leinwand öffnet sich langsam und herrschaftlich der Vorhang. Nebeneinander gehen wir andächtig den abschüssigen Gang an den leuchtenden Sitzreihen hinunter, bis wir an der mittleren Sitzreihe ankommen.

Ich frage: »Setzen wir uns direkt in die Mitte?«

»Klar!«, meint Viola und kichert: »Zufällig ist da noch frei.«

Nacheinander schlängeln wir uns die Sitzreihe entlang, bis zur Kinosaal-Mitte. Wir klappen die roten Samtsitze herunter und lassen uns drauffallen.

Peter seufzt andächtig: »Einfach nur abgefahren!«

Sofort läuft der Film auf der Leinwand an. Das nenne ich perfektes Timing! Das bläuliche Licht flimmert auf Violas glücklichem Gesicht wider und ich merke, dass ich sie wirklich gernehabe. Aber nicht, weil sie uns diesen tollen Kinonachmittag schenkt und wir Popcorn und eiskalte Cola bekommen haben, sondern weil ich merke, dass Viola mit dieser Aktion nicht angeben will. Sie möchte uns einfach eine Freude machen. Aber nicht, damit wir denken, wie toll sie ist, sondern weil sie uns mag.

Viola und ich müssen während des Films teilweise echt so lachen, dass wir beinahe von den Klappsesseln rutschen. Wir halten uns an den Händen und wischen immer wieder über unsere Augen, weil die Handlung einfach so witzig ist. Zuerst stöhnt Peter die ganze Zeit und gibt immer solche Kommentare ab. Von wegen: »Hahaha, echt witzig!« Oder: »Darüber können echt nur Babys lachen.« Aber dann, nach einer Viertelstunde, ist Peter der, der am lautesten lacht. Vor allen Dingen, als dieser Bösewicht in seinem komischen violetten

Ganzkörperanzug mit dem riesigen rosa Diamanten so total gummimäßig tanzt. Peter klopft sich die ganze Zeit mit den Händen auf die Schenkel und springt auf seinem Sitz herum: »Alter! Alter! Ich fass es nicht! Das ist so lustig!«

Was Viola und ich wiederum noch witziger finden. Zum Ende des Films hat Peter, glaub ich, vergessen, dass er nicht alleine im Kino sitzt. Er lacht so laut, dass er sogar die Lautsprecher übertönt. Echt irre. Viola und ich stupsen uns immer wieder an und kichern, weil wir Peter so abgedreht finden.

Als das Licht angeht, reißt er sich sofort wieder zusammen und guckt uns streng an. Er meint: »Das fandet ihr jetzt wohl so richtig witzig, was?«

Ich sage cool: »Du nicht?«

Ich spüre, wie Viola hinter mir unterdrückt lacht.

»Geht so. Bisschen sehr für kleine Mädchen.« Peter drängt an uns vorbei, Richtung Ausgang. Um seinen Platz herum liegen ziemlich viele Popcorn-Teile. Die sammle ich noch schnell auf, damit Violas Eltern damit keine Mühe habe und werfe sie am Kino-Ausgang in den Müll.

»Danke!« Viola legt den Arm um mich und drückt mir einen dicken Schmatzer auf die Wange, als wir durch den Samtvorhang ins Foyer wechseln. Peter gähnt und tut so, als sei er gerade erst aufgewacht. Der hat echt ein Problem, mal ungezwungen aus sich herauszugehen. Der Arme. Ich frage mich jetzt nur, wann er Viola seinen Tyrannosaurus überreichen will?

Wir stehen so ein bisschen neben dem Papp-Transformer herum, während Viola zu ihrer Mama ins Büro rennt, um zu sagen, dass sie uns eben noch bis zu Peters Tante begleitet, wo wir seine Geschwister abholen müssen.

Ich sage zu Peter: »Und wann willst du Viola deinen geschnitzten Dinosaurier schenken?« Schließlich bin ich auch ein wenig gespannt, was Viola für Augen machen wird.

»Keine Ahnung. Wenn sich ein passender Zeitpunkt ergibt.« Peter guckt weggetreten.

»Ich könnte eben auf die Toilette gehen, wenn sie wieder da ist.«

»Hä?« Peter fährt sich angespannt durch die Haare.

»Damit ihr zwei ungestört seid.«

»Jetzt hör doch mal auf damit. Das ist voll peinlich.«

»Warum ist das peinlich?« Ich tue unschuldig.

»Weil du so eine Riesensache draus machst.« Peter hat schon wieder seine dunklen Augenringe. Die bekommt er immer, wenn ihn was stresst. Das kenne ich schon.

Ich zucke mit den Schultern. »Na gut. Dann nicht.«

»Danke, trotzdem.« Peter stupst mich mit seiner Schulter an und ich weiß, dass wir beide wissen, dass wir eigentlich schon ziemlich gute Freunde sind.

Wir stehen neben dem großen Papp-Transformer und Peter starrt die ganze Zeit auf das beeindruckende Transformers-Schwert, mit dem man echt mühelos ein ganzes Haus spalten könnte. Ich bin heilfroh, dass ich kein Junge bin. Die müssen ja ständig so tun, als würde ihnen nichts etwas ausmachen, dabei merkt man ihnen total an, dass sie voll angespannt sind. Wir Mädchen sagen einfach: »Ich bin gestresst.« Und schon können wir auf dieses Cool-Tun verzichten.

Wie auch immer. Viola kommt quer über den roten Teppich durchs Foyer und zieht sich im Gehen ihre gelbe Winterjacke mit dem Puschelkragen an. »Wollen wir los?«

Gerade will ich mich bei ihr unterhaken und mit ihr Arm in Arm das Kino verlassen, als Peter plötzlich mit so zittriger Stimme meint: »Äh, Isla! Musstest du nicht eben noch auf die Toilette?«

Erstaunt drehe ich mich zu ihm um und schnalle erst einmal nichts. »Ich?«

»Wer sonst?« Er guckt mich irgendwie flehend an. Soll wohl das Signal sein, dass er den Tyrannosaurus doch jetzt überreichen möchte.

»Ah, stimmt! Ja, klar!«, sage ich und tippe mir an die Stirn. Zum Zeichen, dass ich total dusselig bin. Viola sieht mich verwundert an. Aber darauf reagiere ich jetzt mal nicht, sondern laufe quer durch den Eingangsbereich zur Toilette. Was ich jetzt doch ein bisschen schade finde. Ich wäre bei der Geschenkübergabe gerne dabei gewesen. Ich schätze, Viola wird echt überrascht sein. Hauptsache, Peter ist nicht zu sehr getroffen, wenn sie nicht weiß, was sie mit dem Teil soll. Im Gegensatz zu mir. Ich gebe es zu: Ich hätte mich riesig über den Dino gefreut!

Als ich nach fünf Minuten zurückkomme, in denen ich gelangweilt in der stillen Toilette mit dem altmodischen Waschbecken herumgestanden und vergeblich versucht habe, ob ich Handy-Empfang habe, hält Viola strahlend den geschnitzten T-Rex in Händen.

Als sie mich sieht, ruft sie sofort: »Isla, guck mal! Guck mal, was Peter für mich geschnitzt hat!« Sie hält den Saurier hoch. »Ist das nicht der Wahnsinn?«

»Total!«, sage ich leicht verwundert. Mit dieser Begeisterung hätte ich jetzt nicht so gerechnet. »Zeig mal!«

Viola reicht mir den T-Rex und ich drehe ihn in meinen Händen. So, als hätte ich ihn noch nie gesehen. Dabei erinnert mich dieses eigentümliche Tier mit seinen winzigen Vorderpfötchen und den gewaltigen Hinterbeinen, dem geschwungenen Schwanz und dem Riesenkopf an die ganzen schönen Nachmittage, die ich mit Peter gemeinsam in seinem Zimmer verbracht habe. Bisschen komisch, dass er jetzt Viola dieses Wesen schenkt und nicht mir. Auf der anderen Seite habe ich ja auch meinem Opa meine Schildkröte geschenkt und nicht Peter. Also: keine große Sache. Oder?

Ich reiche Viola den Saurier zurück und sage mit einem winzigen Kloß im Hals: »Das ist ein richtiges Kunstwerk.«

»Total! Den stelle ich auf mein Bord über dem Bett. Dann sehe ich ihn gleich, wenn ich morgens aufwache und abends einschlafe.«

Peter grinst und guckt zu Boden. Ich weiß gar nichts zu sagen. In meinem Kopf rauscht es. Irgendwie ist gerade komische Stimmung zwischen uns. So, als hätte sich in den letzten paar Minuten irgendetwas verändert. An meiner Freundschaft zu Peter. Zu Viola. Irgendwie fühle ich mich mit einem Mal fremd. So, als würde Peter und Viola plötzlich etwas Unsichtbares miteinander verbinden, was nichts mit mir zu tun hat und auch nie mit mir zu tun haben wird.

Das geht vorbei

Viola, Peter und ich gehen in der bläulichen Dunkelheit durch das Dorf, um Ludwig und Emmi bei ihrer Tante abzuholen.

Viola redet die ganze Zeit aufgeregt davon, dass sie schon als fünfjähriges Mädchen Dinos super toll fand und immer noch total viele Dinos mit Namen kennt: »Also, es gibt den Triceratops. Dann gibt es noch den Pteranodon. Das ist der Flugsaurier mit diesem komischen Teil auf dem Kopf. Und den Ornithomimus, den Fleischfresser mit dem winzigen Schädel. Um nur einige zu nennen.«

Peter guckt sie sprachlos von der Seite an. Er kann sein Glück nicht fassen, dass er mit seinem geschnitzten Tyrannosaurus-Teil bei Viola direkt ins Schwarze getroffen hat. Ich würde sagen: Da haben sich zwei gesucht und gefunden. Mit diesem Saurier-Spezialwissen kann ich leider nicht dienen. Dafür weiß ich, wie man die Waschmaschine einstellt, wenn die eigene Mama mal wieder übersehen hat, dass der Wäschebeutel überquillt.

Viola fragt so total verzaubert: »Wie schaffst du es nur, aus einem Stück Holz so einen naturgetreuen Dino zu schnitzen?«

Dabei drängt sie mich beinahe auf die Straße ab, sodass ich jetzt hinter den beiden gehe.

Ich höre, wie Peter ganz locker erklärt: »Ich nehme mir einfach einen Holzklotz und entferne alles, was nicht nach Dino aussieht.«

»Du bist echt ein Künstler«, meint Viola anerkennend und ich muss vermuten: Sie haben mich vergessen.

Sie reden und reden, während ich brav hinter ihnen herlatsche, weil eben nur zwei nebeneinander auf dem Fußweg Platz haben. Ich werde immer langsamer und als Viola und Peter wild gestikulierend um die nächste Häuserecke gebogen sind, bleibe ich einfach stehen. Mitten auf dem Gehweg. Die Touristen mit ihren bunten Winterjacken quetschen sich an mir vorbei. Ich lege den Kopf in den Nacken und sehe hinauf in den endlosen milchigen Abendhimmel und wünsche mir, dass ein Ufo kommt und mich mit so einem Lichtstrahl nach oben wegsaugt. Aber es kommt kein Ufo. Natürlich nicht. Denn: Es gibt keine Ufos! Es gibt nur mich in diesem Dorf, um das die starken, unerschütterlichen Felsen stehen. Hier ins Tal schmiegen sich all die Häuser, mit den hell erleuchteten Fenstern und in der Mitte stehe ich. Allein. Wirklich schräg, dass Mama meint, einfach so abhauen zu können und dass sich die restliche Welt selbstverständlich um ihre Tochter kümmert.

Was sie ja leider momentan nicht tut. Denn: Peter und Viola kriegen ja nicht mal mit, wenn ich nicht mehr da bin. Aber davon weiß Mama ja nichts. Schließlich ist sie bei ihren Palmen und Muscheln.

Da ich den Leuten im Weg stehe und sie dauernd in den wässrigen Schneematsch auf der Straße ausweichen müssen, entferne ich mich ein Stück von der Hauptstraße und gehe so eine menschenleere Gasse hinauf, am kleinen Kirchfriedhof vorbei und dann durch einen schmalen Torbogen zwischen zwei Häusern. Ein Treppchen runter, hinüber zu dem Steinhaus von dem Bauern, wo Opa seine beiden Ziegen im Stall untergebracht hat. Vorsichtig öffne ich das hohe Holzgatter und quetsche mich durch den Spalt. Gleich geht das Blöken und Meckern wieder los. Ich flüstere: »Keine Angst, ich bin's nur!« Ich steige über einen Strohballen und setze mich auf die kniehohe Mauer, direkt zu den Ziegen. Mitten rein. Die Ziegen drängen sich an mich heran, schnuppern an mir herum, ob ich etwas zu fressen dabeihabe. In meiner Jackentasche finde ich praktischerweise noch etwas Popcorn. Danach ist Schluss. Ich streiche über das weiche Fell der Ziegen und dies wäre jetzt vermutlich der ideale Zeitpunkt, mal kurz durchzuatmen und zu entspannen. Aber natürlich bin ich total angespannt, weil ich weiß, dass Peter und Viola sich spätestens in ein paar Minuten fragen werden, wo ich bin. Und wenn ich nicht gleich hinterherlaufe und denen signalisiere, dass alles in bester Ordnung ist, werden sich als nächstes Peters Eltern Sorgen machen.

Außerdem bin ich durcheinander und ich frage mich, ob ich eventuell ein bisschen eifersüchtig auf Viola bin. Irgendwie habe ich das Gefühl, Peter hat sich für Viola entschieden. Dass sie jetzt seine »richtige« Freundin ist. Weil er sie schön findet. Und vielleicht war Violas Geheimnis, dass sie wiederum Peter gut findet und es darum auch so super fand, dass ich ihn mit ins Kino nehme.

Ich sage leise »Scheiße!« in den dunklen Ziegenstall hinein. Als Antwort kommt ein zartes Blöken und Herkules schnüffelt neugierig an meinem Bein. Ich kraule sein flauschiges Fell und flüstere: »Wenigstens verstehst du mich.«

Aber was weiß das unschuldige Lämmchen schon von der Härte dieser Welt? Es ist frisch geboren. Gerade fühle ich mich richtig allein. So, als hätte es keinen Zweck, ich zu sein. Weil an mir offenbar nichts Besonderes ist. So, wie an Viola. Nicht mal Mama findet mich besonders. Das Thema hatten wir ja schon!

Bevor ich mich wieder auf den Weg zu Peter mache, ziehe ich mein Handy aus der Tasche und nutze, dass ich mal ganz kurz Empfang habe. Mir reicht es gerade! Jetzt informiere ich Mama, wie es mir geht! Ich habe nämlich auch Gefühle. Nicht nur sie!

Ich tippe ihr eine gepfefferte SMS: »Liebe Mama, ich hoffe, wenigstens dir geht es gut. Nur zur Info: Ich will nicht nach Ibiza. Ich will nach Hause. Du brauchst also nicht weiter nach einer bekloppten Finca für uns zu suchen. Denn ich komme nicht mit!«

Bevor ich es mir noch mal anders überlege, schicke ich die Nachricht schnell ab und stopfe mein Handy zurück in die Tasche. So! Das war's! Mein Herz klopft. Jetzt ist die Wahrheit raus! Mamas Traum von unserem neuen Zuhause ist zerstört. Sie ist ganz umsonst nach Ibiza geflogen. Wäre ich gleich so mutig gewesen, ihr zu sagen, dass ich bei ihrem Sommer-Sonne-Palmen-Traum nicht mitmachen will, wären wir einfach in Berlin geblieben. Außerdem vermisse ich Jana richtig!

Gerade als ich von der Mauer aufstehe, um zu Peters Familie zu rennen, klingelt mein Telefon in der Jacke. Mein Magen krampft sich zusammen. Die Ziegen meckern aufgeregt. Das ist garantiert Mama! Oh, Shit! Die ist jetzt bestimmt richtig sauer. Würg! Von wegen: »Kannst du mir mal bitte erklären, was diese seltsame SMS soll?!« So ist es eben, wenn man seine ehrliche Meinung offen kundtut. Dann muss man leider auch mit der Wut und Enttäuschung der anderen klarkommen. Aber es ist nicht Mama! Sondern eine fremde Nummer, die ich nicht kenne. Ich gehe dran und halte mir das Telefon mit zittriger Hand ans Ohr. »Hallo?«

»Hey, Isla, hier ist Jana ...«

Jana?! Seit wann nennt Jana mich Isla? Hä? Normalerweise bin ich für sie Isi!?

»Hallo Jana!«, sage ich genauso steif. Aber auch nur, weil ich so irritiert bin und ich diese Telefonnummer gar nicht kenne.

»Nicht wundern«, sagt sie. »Ich rufe vom Handy einer Freundin an. Ich bin gerade bei ihr und mein Akku ist leer und du hattest ja gestern schon ein paar Mal angerufen. Also ...«

»Ah, okay«, sage ich und es fühlt sich an, als sei ich komplett blöd im Kopf und würde unsere Sprache nicht mehr beherrschen. Ich schaffe es gerade mal eben so zu fragen: »Äh, von welcher Freundin?«

»Von ... von Fee-Marie?!«

Fee-Marie! Ich lasse mich auf die Mauer zurückplumpsen. Die Ziegen meckern erschrocken und machen ein paar Bocksprünge zur Seite. Mein Herz rast so heftig, dass ich denke, dass es gleich explodiert. Ich habe es gewusst! Ich habe es gewusst, dass das passiert! Keine Ahnung, warum! Aber es war so was von klar!

»Ich … ich wollte nur mal hören, wie es dir so geht?«, stottert Jana. »Ist es toll in den Bergen?«

»Geht so«, sage ich knapp und bin froh, dass diese Ziegenherde bei mir ist.

»Bist du schon Heidi begegnet?« Ich höre, wie Fee-Marie im Hintergrund kichert. Ich weiß jetzt überhaupt nicht mehr, was ich antworten soll. Jana klingt ganz anders als sonst. Wie eine Fremde. Ich habe wirklich Probleme, meine beste Freundin zu erkennen. Ich fühle mich total verraten.

Sie ruft: »Hallo? Bist du noch da?«

»Ja«, presse ich hervor und gucke in den dunklen Stall hinein, durch dessen kleine Fenster das gelbliche Laternenlicht sickert. Eine Ziege legt sogar ihren Kopf auf meine Knie.

»Warum sagst du nichts?« Jana klingt leicht genervt, so, als würde sie es in Wahrheit überhaupt nicht interessieren, warum ich nichts sage. Sondern einfach nur nerven. Damit sie mich aber nicht für komplett bekloppt hält, reiße ich mich zusammen und sage: »Mir geht's gut. Danke. Und Heidi habe ich noch nicht getroffen. Dafür Peter …«

Jana japst los: »Sie hat Heidi nicht getroffen, aber Peter!«

Ich höre Fee-Marie lachen. »Hahaha.«

»Scheint ja echt spannend zu sein, bei dir in den Bergen. Hat dieser Peter auch immer ein paar Ziegen dabei?«

»Nein.« Ich atme tief ein und aus und fühle, wie mir die Tränen in die Augen steigen. »Die überwintern gerade noch beim Bauern im Stall.«

»Dann grüß mal deinen Ziegen-Peter«, ruft jetzt Fee-Marie ins Telefon.

Die beiden scheinen sich ja blendend zu verstehen. Habe ich es nicht gesagt, dass genau das passieren würde, wenn ich nicht da bin? Ich wusste es einfach. Ich wusste, dass diese Fee-Marie die Gunst der Stunde nutzen würde, um ganz schnell Janas beste Freundin zu werden. Das wird sich allerdings ändern, sobald ich wieder da bin. Schließlich haben wir noch unsere Reise zu Janas Oma auf den Bauernhof. Und außerdem wandere ich ja nun vielleicht gar nicht mehr nach Ibiza aus!

»Äh, Isla, was ich dir noch sagen wollte«, stottert Jana jetzt wieder am anderen Ende der Leitung. Wobei sie versucht, ihre Stimme möglichst cool klingen zu lassen.

»Ja, was denn?«, frage ich und habe einen riesigen Kloß im Hals. So, dass ich kaum Luft bekomme.

»Ich, also meine Eltern meinten, ich soll dir sagen, dass unsere Fahrt zu meiner Oma in den Osterferien leider doch nicht klappt.«

»Aha. Und warum nicht?«

»Das ist jetzt eventuell blöd für dich, aber ich würde lieber Fee-Marie mitnehmen.«

»Okay. Aber das war doch fest abgemacht?!« Ich kraule die Ziege ein bisschen nervös hinter den Ohren.

»Sorry! Ist das jetzt sehr schlimm?«, fragt Jana und im Hintergrund höre ich schon, wie die bescheuerte Fee-Marie leise fragt: »Was sagt sie?«

Ich sage gar nichts. Ich lege einfach auf. Aber auch nur, damit ich nicht aus lauter Höflichkeit sage, dass es mir überhaupt nichts ausmacht. Genau wie ich zu Mama aus Rücksichtnahme nicht gesagt habe, dass mir ihr Ibiza-Lebenstraum total gegen den Strich geht. Damit ist jetzt Schluss, dass ich den Leuten dauernd vormache, dass mir alles nichts ausmacht. Ich werde genau jetzt damit anfangen, den Leuten zu sagen, dass mir ihre seltsamen Pläne oder Planänderungen sehr wohl etwas ausmachen. Meine Finger müssen sich nur erst wieder entkrampfen, dann werde ich Jana ebenfalls eine deutliche SMS hinterherschreiben. So deutlich, dass sie heulen muss. Nämlich, dass ich es bereue, ihr jemals vertraut zu haben. Irgendwas, was richtig, richtig wehtut! Und um das klarzustellen: Ich kann auf den Bauernhof von ihrer Oma gut verzichten! Ich hocke nämlich bereits im Ziegenstall!

»Bist du wahnsinnig, einfach abzuhauen?« Peter und Viola kommen durch die Stalltür gerast. Die Ziegen und Lämmer fangen aufgeregt an zu meckern und drängen erschrocken zurück.

Peter ruft: »Wir haben dich überall gesucht! Hast du dein Handy ausgeschaltet? Da ist immer nur die Mailbox dran gegangen! Weißt du, was meine Eltern sich für Sorgen machen?«

»Ich hab telefoniert«, quetsche ich hervor. Und: »Ich wollte gerade zu euch kommen.«

Aber das interessiert Peter überhaupt nicht. Er ruft: »Obwohl mein Vater eigentlich meiner Mama zu Hause helfen müsste, die Kleinen zu baden, ist er mit dem Auto jetzt rauf zu deinem Opa!«

Viola sagt glücklicherweise gar nichts. Sie guckt mich nur im Schimmer des Laternenlichts mitleidig an, so, als wüsste sie, dass ich es gerade nicht leicht habe.

Mir laufen die Tränen runter. Ich flüstere: »Das tut mir leid.«

»Es tut dir leid?«, macht Peter mich nach. »Mein Vater bringt dich sowieso schon jeden Abend hoch und holt dich jeden Morgen ab. Dadurch hat meine Mama doppelt so viel zu tun wie sonst!«

Das ist so schrecklich. Ich will das alles nicht mehr hören. Ich weiß, dass Peter mit allem recht hat und es wäre echt vernünftiger gewesen, nicht plötzlich zu verschwinden. Aber ich konnte vorhin einfach nicht mehr. Ich will niemandem zur Last fallen und ich tue doch schon alles, damit das nicht passiert. Aber sobald ich nicht alles nach Vorgabe mache, regen sich gleich alle über mich auf. Genau wie Opa, als ich das Brot vergessen hatte! Was soll ich denn machen?

»Meine Eltern werden ein ernstes Wörtchen mit dir reden.« Peter stiert mich wütend an.

Und Viola sagt leise zu Peter: »Beruhig dich mal wieder. Isla hat es längst verstanden!«

Am liebsten würde ich weglaufen. Einfach in die Berge hinein. Und wenn ich dort erfriere, wären mich wenigstens alle los. Ich würde niemanden mehr stören und ich hätte auch endlich meine Ruhe! Man sagt doch immer: Ruhe in Frieden! Mal ein bisschen in Frieden ruhen, das wäre schön!

Ich quetsche mich zwischen den Ziegen in Richtung Gatter und drücke es mit Schwung auf. Viola und Peter gehen hinter mir her, raus aus dem Stall in die frühlingshafte Abendluft. Peter motzt immer weiter. Ich bin wirklich kurz davor, einfach abzuhauen. So, wie mein Opa damals, als er Ärger mit meiner Mama hatte und sie wegen ihm fast im Bach ertrunken wäre. Plötzlich kann ich sehr gut verstehen, warum Menschen abhauen. Weil ihnen alles zu viel wird. Weil sie niemandem was tun wollten und trotzdem Ärger kriegen. Ich hasse Ärger! Peter kriegt sich auch nicht wieder ein. »Und wegen dir muss ich zweimal die Woche meine Geschwister bei meiner Tante abholen! Das hat nämlich sonst auch mein Vater gemacht! Weißt du, wie peinlich das ist, mit denen durchs Dorf zu eiern?«

Ich drehe mich zu Peter um und sage: »Ich hab es verstanden. Du kannst aufhören zu reden.«

Jetzt starre ich ihn richtig, richtig wütend an. In mir ist nur noch Wut. Er hebt die Hände. »Alles klar. Ist ja schon gut.«

Ich drehe mich wieder um und laufe los. In meinen klobigen Stiefeln. Die immer noch überall reiben und drücken. Das ist mir so was von egal! Ich werde immer schneller und schneller, schließlich sprinte ich die letzten hundert Meter auf dem Gehweg, direkt auf Peters Haus zu, wo Joseph gerade mit seinem Auto den Berg hinunterkommt. Die Scheinwerfer strahlen mich an. Ich befürchte, dass er auch gleich noch mit mir schimpft. Aber ich werde es überstehen. Ich halte neben seinem Auto an und warte, bis er ausgestiegen ist. Bevor Joseph etwas sagen kann, sage ich schnell: »Es tut mir leid. Ich wollte euch keine Mühe machen.«

Joseph ist überhaupt nicht sauer. Er guckt mich einfach nur total besorgt an: »Ist alles in Ordnung? Wo warst du denn?«

»Ich ... war beim Bauern im Ziegenstall, weil ...«

»Ist ja kein Problem. Wir haben uns nur Sorgen gemacht. Schließlich haben wir deiner Mutter versprochen, dass wir alle gut auf dich aufpassen!« Er legt den Arm um mich und zieht mich kurz an seine rote Bergretter-Jacke.

Ich nicke. »Es tut mir leid.«

Peter und Viola bleiben auf den Treppenstufen vor dem Haus stehen und gucken stumm in meine Richtung.

Joseph klopft mir aufmunternd auf den Rücken: »Na, dann steig' mal ein. Ich fahre dich schnell rauf zu deinem Opa. Der macht sich nämlich auch schon Sorgen.«

Und zu Peter sagt er: »Helft ihr Mama eben mit den Kleinen? Ich bin in einer Dreiviertelstunde zurück.«

Peter stöhnt: »Oh nee!« Aber Viola stupst ihn an und meint: »Los, ist doch lustig!«

Die beiden haben sich echt gesucht und gefunden, und ich sitze alleine bei meinem Opa in der Hütte und warte darauf, dass meine Mutter zurückkommt. Und wenn ich wieder in Berlin bin, darf ich Jana und Fee-Marie bei ihrer neuen, dicken Freundschaft zusehen. Weil wir ja nach meiner gepfefferten SMS womöglich nicht mehr nach Ibiza gehen. Vielleicht sollte ich meine Nachricht an Mama schnellstmöglich zurücknehmen und sagen, dass mir doch nichts lieber wäre, als unverzüglich und für immer auszuwandern!

Ich steige auf der Beifahrerseite ein und schnalle mich an. Peters Vater steigt auf der anderen Seite ein und klatscht die

Tür zu. »Na, dann wollen wir mal.« Er startet den Motor und dann fahren wir langsam durch die Dunkelheit, die Berge hinauf, auf denen der Schnee immer weniger wird. Nur undeutlich sind die schwarzen Umrisse der hohen Tannen zu erkennen, die wie zu große Zwerge die Hänge hinauf stehen.

Joseph räuspert sich: »Willst du ein bisschen Radio hören?«

Ich schüttle den Kopf. »Nein danke.«

»Willst du erzählen, was los ist?«

Ich zucke mit den Schultern. »Weiß nicht.«

Joseph rollt langsam die Straße hinauf. »Also, was genau ist passiert? Habt ihr euch gestritten?«

»Meinst du, Peter und ich?« Ich schüttle den Kopf. »Eigentlich nicht. Er war nur sauer, dass ich einfach verschwunden bin.«

»Und warum bist du einfach verschwunden?« Joseph guckt angestrengt aus der Windschutzscheibe. Vermutlich, damit es mir leichter fällt, mich zu offenbaren.

»Keine Ahnung. Weil Peter plötzlich nur noch mit Viola geredet hat und Viola nur noch mit Peter und die mich gar nicht mehr beachtet haben?«

»Aha. Verstehe.« Joseph sieht mich kurz an und lächelt. »Das Gefühl kenne ich. Als deine Mutter bei einer Schulfete plötzlich mit Tommy Beerli zusammengekommen ist, ging es mir genauso.«

»Echt?« Ich mache große Augen. Bei einer Schulfete? Hat man das damals noch gesagt? Heute sagt man Schulparty.

»Oh ja!« Joseph lacht. »Bis dahin waren deine Mutter und ich die dicksten Freunde. Wir haben alles zusammen gemacht. Seit der ersten Klasse. Und dann – zack! – von einem auf den anderen Tag war ich nicht mehr die Nummer Eins. Deine Mutter hing nur noch mit Tommy zusammen und hatte keine Zeit mehr für mich.«

»Und dann?«

»Nichts und dann. Ich habe mich allein gefühlt und das Schlimme war, dass ich mir die Romanze der beiden Verliebten jeden Tag in der Schule ansehen durfte.«

Na super! Das sind ja tolle Aussichten! Vielen Dank, lieber Joseph! Deine deprimierende Story hat mir richtig viel Mut gemacht! Im Klartext bedeutet das jetzt wohl, dass ich ab morgen in der Schule das dritte Rad am Wagen sein werde und die Nachmittage nicht mehr bei Peter verbringen kann, weil er wegen Viola keine Zeit mehr für mich haben wird. Schätze, ab morgen schnitzen die beiden in seinem Zimmer die Dinos! Wow! Das ging ja richtig schnell! Meine Mutter ist nicht mal eine Woche auf Ibiza und schon habe ich nicht nur Jana als Freundin verloren, sondern Peter und Viola auch. Ich stehe komplett alleine da! Der Einzige, der mir bleibt, ist mein Opa mit seinem Käsebrot! Juhu!

Joseph sieht mich erschrocken von der Seite an: »He! Damit wollte ich nicht sagen, dass dich jetzt das gleiche Schicksal erwartet, wie mich!«

Ich nicke und starre aus der Windschutzscheibe in die Nacht hinaus. »Schon klar!«

»Wirklich nicht!« Joseph stottert: »Ich ... ich meinte nur, dass ... dass auch ich dieses Einsamkeitsgefühl kenne und ... und es auch irgendwann wieder vorbeigeht ...«

Ja! Spätestens, wenn man verheiratet ist, vollende ich in Gedanken Josephs Gestotter. Fantastisch! Jetzt bin ich gleich wieder fröhlich! Ich bin ja nur elf Jahre alt. Vielleicht kann ich ja schon in sieben Jahren heiraten! Wenn Joseph jetzt auch noch so was sagt wie: »Sieh, was aus mir geworden ist: ein fünffacher Vater und Bergretter mit der tollsten Frau der Welt«, haue ich mit der Faust gegen die Fensterscheibe.

Aber er sagt nichts. Er merkt wohl selbst, dass sein niederschmetterndes Beispiel mit meiner Mutter und Herrn Beerli nicht so ganz optimal war. Wir zuckeln schweigend den Berg hinauf, bis wir an der Stelle ankommen, von der wir immer zu Fuß aus weitermüssen.

Joseph schaltet den Motor ab und meint: »Ist ja nicht mehr lange!«

Kurz denke ich, er meint, bis ich verheiratet bin. Aber dann sagt er noch: »Deine Mutter ist ja in einer Woche wieder da.«

»Jep.« Ich lächle, damit Joseph kein blödes Gefühl hat. Schließlich will er mich nur trösten. Er weiß ja nicht, dass ich inzwischen auch zu Hause keine Freundin mehr habe.

Ich sage möglichst heiter: »Danke fürs Herfahren. Und Entschuldigung noch mal, dass ich euch solche Mühe gemacht habe!«

Und Joseph meint: »Immer gerne!«

Wobei er sicher sein kann, dass ich ihm und seiner Frau nie wieder solche Scherereien machen werde, weil ich ab jetzt alles im Alleingang durchziehen werde. Ab morgen werde ich mit dem Schlitten zur Schule brettern – funktioniert abwärts bestimmt auch ohne Schnee. Und nachmittags kraxle ich alleine wieder mühevoll bergauf. Wozu sonst habe ich die unzerstörbaren Bergsteigerstiefel von Familie Beerli? Ich brauche von niemandem mehr Hilfe. Ich mache jetzt alleine weiter.

Wir stoßen die Wagentüren auf und steigen aus. Schweigend arbeiten wir uns die schmale Steigung hinauf, die ohne Schnee ziemlich matschig ist. Überall gluckern und plätschern die feinen Rinnsale aus Schmelzwasser, die von oben den Berg hinunterkommen.

Auf halber Wegstrecke drehe ich mich zu Joseph um und sage: »Ich glaube, du kannst wieder los. Sind ja nur noch ein paar Meter.«

»Bist du sicher?« Joseph sieht nicht so richtig überzeugt aus. Aber ich zeige hoch zur Hütte, hinter deren Fenstern das Licht brennt.

»Was soll passieren? In fünf Minuten bin ich oben.«

»Na gut! Sei aber vorsichtig und bleib immer auf dem Weg! Dein Opa wartet schon auf dich!«

Ich mache das Daumenzeichen, das ich mir so ein bisschen vom alten Herrn Beerli angewöhnt habe, und beginne meinen ganz persönlichen Aufstieg. Und ich muss sagen: Es ist schön, mal ganz alleine diesen schmalen Pfad hinaufzusteigen. In meinen Stiefeln. Ich höre meinen Atem. Ich fühle die Anstrengung. Die Luft und die Weite. Ich fühle die Berge und die Tannen. Und ich fühle mich. Wie noch nie in meinem Leben.

Psycho-Stress

Ich habe Fieber. Ich liege in meinem Bett auf Opas Heuboden und zittere. Mir ist kalt. Furchtbar kalt. Dabei ist es draußen, zumindest tagsüber, gar nicht mehr so kalt und außerdem heizt Opa schon seit heute Morgen ordentlich den Ofen ein. Aus dem Schuppen hat er eine ganze Menge Feuerholz geholt. Ich habe die Tür klappen gehört und ich habe gehört, wie er vor Anstrengung geschnauft und die Holzscheite neben dem Ofen aufgestapelt hat. Es bringt nichts. Die Wärme kommt nicht bis zu mir unters Dach. Dafür ist jetzt mein Opa bei mir und stopft die Decke fest um mich und legt noch eine Wolldecke drauf. Ich rolle mich unter den Decken zusammen und denke die ganze Zeit an den Schneesturm, das Iglo und die Arktis. Aber dieses Mal nicht mit Absicht. Sondern, weil mir so kalt ist, als würde ich direkt zu Eis erstarren. Ich schwöre es, ich habe noch nie so gezittert.

Meine Zähne klappern aufeinander und ich kann kaum sprechen, als mein Opa mich fragt: »Möchtest du ein bisschen heißen Tee trinken, mein Kind?« Er setzt sich zu mir auf die Bettkante und fühlt meine Stirn.

»N-n-n-ein«, bibbere ich und rolle mich noch enger zusammen. Ich habe Angst, dass ich erfriere, wenn ich mich auch nur minimal unter der Bettdecke bewege oder mich aufsetze. Mein Opa stopft die Decken noch fester um mich. Dann streicht er zur Beruhigung über meinen Rücken.

»Du hast Schüttelfrost. Bestimmt hast du dich draußen erkältet, als du gestern allein durchs Dorf gelaufen bist. War dir kalt?«

»N-n-n-ein«, bibbere ich wieder. »Ich war ja im Stall bei den Ziegen.« Die Sonne kommt wie glühende Lava durch die roten Vorhänge und ich mache die Augen wieder zu. Mein Kopf platzt gleich. Alles tut mir weh. Ich schätze, ich werde für immer liegen bleiben.

Ich merke, wie mein Opa aufsteht, ich höre seine Schritte auf dem Holzfußboden und wie er die knarrende Stiege nach unten klettert. In der Stube macht er die Schranktüren auf und zu. Ich schlafe ein und als ich wieder aufwache, sind die Vorhänge vor dem Fenster zurückgezogen. Dahinter ist blauer Himmel, über den rosige Wölkchen ziehen. Und mein Opa sitzt bei mir auf der Bettkante in seiner Strickjacke und mit Schürze. Er guckt mich durch seine Brillengläser an.

»Geht es dir besser? Möchtest du etwas trinken?«

»Ja«, krächze ich, weil mein Mund so trocken ist. Da ich ausnahmsweise gerade mal keinen Schüttelfrost habe, hilft mir mein Opa, mich hinzusetzen und stopft mir gleich ein paar dicke Kissen in den Rücken. Als ich einigermaßen aufrecht sitze, holt er den Becher vom Nachttisch und reicht ihn mir.

»Hier. Kannst du ihn selber festhalten?«

Ich greife danach, als sei ich mindestens hundertachtzig Jahre alt. Total tatterig. »Ja, danke.«

Ich nippe an dem Tee, der wohl schon einige Zeit da stand. Es tut gut, wie der Tee sich kühl in meinem Mund ausbreitet. Ich sage noch mal kaum hörbar: »Danke, Opa.«

»Gern geschehen, mein Kind.« Er nimmt mir wieder den Becher ab und ich sinke schlapp in meine Kissen. Jetzt erst sehe ich, dass Opa Herrn Bär auf dem Schoß liegen hat. »Gut, dass du krank bist. Jetzt bekommt Herr Bär endlich neue Pfoten!«

Mein Opa näht total konzentriert kleine, zurechtgeschnittene Filzlappen auf Herrn Bärs kaputte Pfoten. Einen sorgfältigen Stich neben den anderen. Von ihm hat Mama also ihr handwerkliches Geschick! Eindeutig! Als Opa damit fertig ist, schneidet er den Faden ab und bettet Herrn Bär direkt neben mich aufs Kissen. »Bitte schön! Dein reparierter Freund!«

»Danke, Opa!«, sage ich noch mal und lege meinen Arm um den winzigen Herrn Bär. So, als sei er wirklich mein bester Kumpel. Wer auch sonst?! Ich frage müde: »Ist es nicht witzig, dass Mama als Kind einen kleinen Herrn Bär hatte und später als Mädchen einen großen Herrn Beerli?«

»Stimmt! Das ist mir noch gar nicht aufgefallen!« Mein Opa lacht. »Ob das Zufall ist?«

Ich lache auch ein bisschen. Dann bin ich schon wieder ganz schwach und mache die Augen zu. Ich möchte nur schlafen. Immer weiter schlafen. Vielleicht bin ich krank geworden, weil ich es mir gestern so gewünscht habe, in Frieden zu ruhen. Kann doch sein.

Ich murmle: »Eigentlich wollte ich heute mit dem Schlitten nach unten in die Schule fahren, damit Joseph mich nicht holen muss. Hättest du es mir erlaubt?« Ich hebe leicht den Kopf und blinzle, um Opas Gesichtsausdruck zu sehen. Er sieht ziemlich erschrocken aus. Aber er muss auch ein bisschen lachen.

»Mit dem Schlitten? Auf keinen Fall.«

»Warum nicht?«

»Weil kaum noch Schnee liegt.«

»Macht doch nichts«, sage ich und mache die Augen wieder zu. »Ich kann ja mit den Kufen übers Gras rutschen.« Und dann ab in so eine Felsspalte oder wie das heißt.

Opa lacht schon wieder. Als fände er mich witzig oder so. »Das klingt ja abenteuerlich! Joseph soll dich ruhig weiter abholen, bis deine Mutter wieder da ist.«

»Meinst du, sie kommt wieder?«

»Ja, warum denn nicht?«

»Weil sie damals auch nicht wiedergekommen ist.«

»Weil sie jung war. Aber jetzt hat sie doch dich.«

»Ich reiche ihr nicht«, flüstere ich. »Sie will etwas Besonderes.«

»Du bist etwas ganz Besonderes«, sagt mein Opa und streicht über meine Haare. »Mach dir keine Sorgen. Natürlich wird deine Mutter wiederkommen.«

»Aber ich habe ihr gestern eine richtig wütende Nachricht mit dem Handy geschrieben ...«

»Ach so?«

»Ich weiß gar nicht, was sie darauf geantwortet hat«, sage ich. »Hier oben habe ich ja kein Netz.«

»Dann guckst du in deinem Telefon nach, sobald du wieder auf den Beinen bist.«

»Ja!«, hauche ich und dämmere schon wieder fast weg. Weil ich nicht darüber nachdenken will, was Mama mir auf meine Nachricht geantwortet haben könnte. Oder ob sie mir überhaupt geantwortet hat. Ich will über gar nichts mehr nachdenken. Ich will einfach nur, dass die Zeit vergeht und ich Mama endlich sagen kann, dass ich doch nach Ibiza will. Weil ich in Berlin und hier in den Bergen nichts mehr verloren habe.

Ich bin mir nicht sicher, wie viele Tage vergangen sind. Jedenfalls liege ich noch immer im Bett. Mein Opa hat mir Tee und – ausnahmsweise! – Suppe gebracht. Und klein geschnittenes Brot und Käse. Vorhin war sogar der Doktor aus dem Dorf da und hat mein Herz abgehört, weil Opa langsam angefangen hat, sich wirklich echte Sorgen um mich zu machen. Er meinte mit so einem beunruhigten Unterton in der Stimme: »Ein Kind in deinem Alter darf nicht so lange so schwach sein.«

Ich habe gehört, wie er unten in der Stube mit dem Doktor geredet hat. Mein Opa meinte: »Es ist die Sehnsucht nach ihrer Mutter, hab ich recht?«

Leider konnte ich nicht mehr verstehen, was der schlaue Herr Doktor daraufhin gesagt hat. In jedem Fall ist mein Opa anschließend sofort ins Dorf runtergestiegen und kam erst ein paar Stunden später mit Joseph und Peter im Auto wieder hochgefahren. Joseph ist unten bei Opa in der Stube. Peter ist gleich zu mir heraufgekrabbelt. So, wie am ersten Tag, an dem ich hier auf der Bettkante mit Herrn Bär saß und mich gefragt habe, was genau ich hier eigentlich mache? Ist das schon zwei Wochen her? Vielleicht schon länger? Ich weiß es nicht. Ich habe so viel geschlafen, dass ich mich nicht mehr erinnern kann, wie oft es während meiner seltsamen Krankheit Nacht und wieder Tag geworden ist.

Jetzt steht Peter vor mir. In rotem Kapuzenpulli, grünen Socken und seinem sommersprossigen Gesicht. Er guckt mich mitfühlend an. Was mich etwas wundert. Ich dachte ja, er ist sauer auf mich und will sowieso nur noch Zeit mit seiner »neuen« Freundin Viola verbringen. Da war ich wohl etwas vorschnell mit meinen düsteren Zukunftsvisionen.

»He, Grummelbacke!« Er tritt direkt neben mein Bett und guckt auf mich herunter. Ich richte mich ein bisschen auf. Peter hilft mir sogar und arrangiert fürsorglich die Kissen neu. »Geht's so?«

Ich sage: »Danke! Das ist sehr lieb von dir.«

»Ja, schon gut. Flipp nicht aus!« Peter grinst und setzt sich zu mir auf die Bettkante. »Dein Opa sagt, dir geht es nicht so gut? Was ist los?«

»Ich weiß es nicht. Ich habe einfach nur die ganze Zeit Fieber und Schüttelfrost.«

»Das ist der Stress.« Peter faltet die Hände im Schoß und sieht mich ernst an. So, als sei auch er ein schlauer Doktor.

»Welcher Stress?«, frage ich und wundere mich ein bisschen, weil ich ja seit Tagen im Bett liege und nichts mache. Stress war für mich, als Mama mich hier einfach abgeliefert hat oder als Peter mich gezwungen hat, in fünf Minuten schwimmen zu lernen.

»Na, der Psycho-Stress.« Peter macht ein irritiertes Gesicht. So, als müsste ich wissen, was er meint.

»Welcher Psycho-Stress?« Gleich wird mir ein bisschen warm. In den ganzen letzten Tagen habe ich mich nicht mehr so angeregt unterhalten. Das kostet Kraft.

Peter seufzt: »Na, der Psycho-Stress, weil deine Mutter dich einfach hiergelassen hat und jetzt auf Ibiza euer neues Leben vorbereitet. Ich denke, du willst das alles nicht. Dadurch entsteht Psycho-Stress, sagt jedenfalls meine Mutter.«

»Aha?« Das kann natürlich sein. Ich dachte aber eher, dass man von Psycho-Stress weint oder durchdreht. Ich wusste nicht, dass man davon auch einfach Fieber kriegen kann.

Peter schüttelt deprimiert den Kopf und wirkt, als gäbe es kaum noch Hoffnung für mich. Er hebt die Hände und sagt: »Ich habe es dir gleich gesagt: Du musst deiner Mutter verklickern, dass du nicht nach Ibiza willst!«

»Hä? Wann hast du das denn gesagt?« Ich kann mich beim besten Willen nicht mehr erinnern, wann das gewesen sein soll ...

Er zuckt mit den Schultern: »Keine Ahnung, wann das war. Irgendwann halt. Als wir uns mal darüber unterhalten haben.«

»Aha.« Wenn Peter meint? Ich könnte schwören, dass wir uns niemals darüber unterhalten haben. Scheinbar ist Peter doch sensibler, als man vermuten könnte.

Er wirft mir strenge Blicke zu. »Dann mach es wenigstens jetzt!«

»Das habe ich ja«, rufe ich leise.

»Echt?! Wann denn?« Peter macht riesige Augen.

»Na, als ich mich neulich nach dem Kino in den Ziegenstall gesetzt habe. Da habe ich meiner Mutter eine Nachricht geschrieben, dass ich bei ihrem Auswander-Plan nicht mitmache.«

»Und was hat sie darauf geantwortet?« Mein guter, bester Freund klingt richtig anteilnehmend. Er tätschelt mir sogar kurz die Hand.

»Das weiß ich ja nicht! Weil ich hier oben keinen Empfang habe.« Jetzt muss ich leider heulen. Weil schon wieder alles irgendwie so aussichtslos und kompliziert erscheint. Mir laufen die Tränen über die Wangen und Peter reicht mir schnell ein kariertes Stofftaschentuch. Keine Ahnung, woher er das so schnell gezaubert hat.

»Wo ist dein Handy?«, fragt er plötzlich und steht von der Bettkante auf. Er schaut sich im Zimmer um. »Da drüben? In deiner Hosentasche?« Er geht schnurstracks hin und wühlt wie selbstverständlich in meinen Hosentaschen herum. »Hier ist es nicht!«

Ich wische mir mit dem Taschentuch über die Augen. Was aber auch nichts bringt. Ich muss immer weiter heulen. Offenbar hat sich so einiges angestaut. »Nee, ich glaube, es ist unten in meiner Jackentasche.«

Peter lässt die Hose einfach auf die Dielen plumpsen und geht Richtung Dachluke: »Okay. Warte hier! Ich bin gleich wieder da.«

Ich nicke und schniefe: »Geht klar.« Wo soll ich auch hin?

Ich höre, wie Peter eilig die Stiege runterkrabbelt und unten mit Joseph und meinem Opa aufgeregt redet. Kurz darauf steht er auch schon wieder vor mir. Mit meinem Handy in der Hand. »Okay, Grummelbacke! Wie ist dein Code zum Entsperren?«

»Wieso?«

»Frag nicht so blöd! Wie ist dein Code?«

»Viermal die Eins.«

»Was ist das denn für ein bekloppter Code?« Peter schüttelt grinsend den Kopf. »Den kann ja jedes Baby knacken!«

»Warum hast du ihn dann nicht geknackt?« Ich grinse auch ein bisschen.

Peter kichert jetzt richtig. So, als fände auch er mich lustig. »Der Witz war gut, mein Freund.«

Ich hebe minimal die Hand. »Keine Ursache!« Es ist wie am Anfang zwischen uns, bevor Viola und Peter sich als Dino-Experten-Pärchen zusammengetan haben. Aber vielleicht bleibt es zwischen uns ja auch weiterhin so, obwohl Peter und Viola sich als Dino-Experten-Team zusammen getan haben.

Peter gibt den Code ein und erklärt: »Pass auf, mein Vater und ich fahren jetzt mit deinem Handy den Berg runter, bis wir Verbindung haben. Dann checke ich, ob von deiner Mutter eine SMS reinkommt. Anschließend bringe ich dir das Handy wieder hoch, du schreibst ihr eine SMS zurück und ich nehme das Handy wieder mit runter und schicke sie ab. So könnt ihr alles klären.« Peter zwinkert verschwörerisch, mit so einem James-Bond-007-Grinsen. »Na, was meinst du, Grummelbacke? Ist das eine Top-Aktion?«

Ich lächle so ein bisschen schief: »Das würdest du für mich machen?«

»Logisch!« Peter dreht sich um und geht wieder Richtung Luke. Als er gerade runterklettern will, frage ich mit leicht pochendem Herzen: »Kommst du auch wirklich gleich wieder?«

»Was denkst du denn?!«

»Danke, Peter!«

Peter verschwindet nach unten. Es klappt die Hüttentür und dann höre ich von draußen vor der Hütte Peters und Josephs Stimmen, die sich langsam entfernen und schließlich verebben. Weil ich mit einem Mal hellwach bin – vor Aufregung, ob Mama mir geantwortet hat – schiebe ich meine Beine über die Bettkante und stehe auf. Wacklig stehe ich barfuß und in Opas Leinenhemd auf den Holzdielen. Uiuiui! Um mich dreht sich alles. Bevor ich aus den Latschen kippe, wanke ich schnell rüber zum Tisch und halte mich an der Stuhllehne fest. Mein lieber Schwan. In meinem ganzen Körper kribbelt es. Ich sehe nur noch Sternchen. Echt abgefahrenes Gefühl. Ich versuche, ruhig zu atmen, bis sich mein Kreislauf wieder etwas stabilisiert hat.

Dann gucke ich aus dem Fenster und draußen hat sich alles verändert! Kein Schnee mehr! Es wird Frühling! Die Wiesen sind mit einer dünnen Grasschicht überzogen und überall blühen winzige Krokusse. Die ganzen Berge sind voller weißer Krokusse. Tausend, Millionen Krokusse! Nur ganz oben sind die Bergspitzen noch mit Schnee bedeckt, der sich in schmalen weißen Bändern zwischen den Tannen bis ins Tal hinunterschlängelt. Die Sonne steht hoch oben am Himmel und immer wieder schieben sich fluffige Wolken davor, sodass sich Licht und Schatten munter abwechseln. Weiter unten sehe ich schon ein paar hellbraune Kühe auf der Wiese. Ich höre ihre Glocken bis zu uns heraufläuten.

»Deine Mutter müsste übermorgen wieder da sein. Falls du dich das fragst.« Opa taucht neben mir auf. Seine Strickjacke hat er gegen ein kariertes Hemd eingetauscht. Außerdem hat er schon ziemlich Farbe im Gesicht bekommen. Wodurch seine Augen noch mehr strahlen. Er stellt mir einen Teller mit klein geschnittenem Käsebrot auf den Tisch. »Hier, iss etwas.«

Ich setze mich an den Tisch, an dem Mama als kleines Mädchen früher immer gesessen hat, stecke mir ein Stück Brot in den Mund und kaue gemächlich. Als ich es runtergeschluckt habe, sage ich heiser: »Danke, dass du Peter geholt hast.«

»Gerne. Aber es war ganz und gar unnötig«, sagt mein Opa und setzt sich zu mir. »Er wollte sowieso gerade mit Joseph heraufkommen, um nach dir zu sehen.«

»Echt?« Ich kann mir ein glückliches Grinsen nicht verkneifen.

»Was denkst du denn! Er ist doch dein Freund!«

»Ein Freund!«, sage ich leise und esse noch ein Stück Käsebrot. Mit einem Mal weiß ich, dass ich mich auf Peter für immer werde verlassen können. Und als ich alle Käsebrotstücke aufgegessen habe, klopft es schon wieder unten an der Tür. Mein Opa klettert hinunter und macht auf. Kurz darauf ist Peter bei mir oben und hält mir mein Telefon hin.

»Alles klar, Grummelbacke! Deine Mutter hat geantwortet.«

Mein Herz explodiert. »Jah?« Ich greife nach dem Handy, aber Peter hebt den Arm schnell hoch. »Na! Na! Na! Nicht so voreilig, junge Dame! Wie heißt das Zauberwort?«

»Bitte!«, keuche ich. Mein Herz galoppiert und stolpert und hüpft und ich kriege kaum Luft.

»Na, geht doch!« Peter grinst und reicht mir das Telefon. Dieser Junge kann echt stressen! Er kriegt es wirklich hin, jede fürchterliche Situation noch unerträglicher zu machen.

Trotzdem bin ich ihm natürlich so was von dankbar. Ich atme also einmal tief durch und quetsche hervor: »Danke!«

»Ja, ja! Quatsch nicht rum! Guck lieber nach, was sie schreibt!«

Ich setze mich auf und meine Hände zittern, als ich den Code zum Entsperren eingebe, wobei ich mich drei Mal vertippe. Ich habe solche Angst, was Mama mir geantwortet hat. Ich will nicht, dass sie mir böse ist. Ich will nur, dass sie endlich wieder da ist. Ich vermisse sie so schrecklich. Ich mache ihre Nachricht auf und lese.

Peter schnappt sich solange Herrn Bär und macht mit ihm ein paar Turnübungen, sodass Opa ihn vermutlich gleich wieder reparieren muss. Aber darum kann ich mich nicht auch noch kümmern. Peter fragt: »Und? Was schreibt sie?«

Ich lasse das Handy sinken und habe das Gefühl, dass ich gerade wie ein alter Keks zerbrösele. Ich heule. »Ich soll mal ein bisschen weltoffener sein!«

Wir haben die Verantwortung

Ich sitze neben meinem Opa auf der Holzbank vor der Hütte. Wir schnitzen Holzlöffel und jetzt ist es schon richtig warm, wenn die Sonne hinter den Wolken hervorkommt. Ich habe sogar ein bisschen Sonnenbrand auf der Stirn. Von Mama haben wir seit vier Wochen nichts mehr gehört. Sie meldet sich einfach nicht mehr. Dabei war Opa schon fünfmal unten im Dorf und hat versucht, sie anzurufen. Aber sie geht nicht ans Telefon. Obwohl es tutet und Opa ihr jedes Mal auf die Mailbox spricht, dass sie sich dringend melden und zu uns zurückkommen soll. Aber nichts. Als hätte sich Mama in Luft aufgelöst. Ich mache mir echt richtig schlimme Sorgen, dass ich Mama nie wieder sehe. Ich finde es gemein, sich nicht mehr zu melden. Das tut weh. So weh, dass ich es kaum aushalte. Schließlich ist Mama meine Mama. Ich verstehe nicht, warum sie das tut. Bin ich ihr egal? Hat sie mich gar nicht mehr lieb? Ich habe deswegen schon sehr viel geweint. Besonders nachts, in das Fell von Herrn Bär. Aber es bringt nichts. Opa versucht mich zu trösten und sagt immer: »Sie wird sich melden!« Dabei sehe ich ihm genau an, dass er richtig sauer auf Mama ist. So sauer, dass er sich beherrschen muss, nicht ganz schlimme Dinge zu sagen. Darum rede ich besser nicht mehr von der Sache. Opa und ich wissen beide, was wir davon halten.

Also tun wir alles, um uns abzulenken. Neulich haben wir sogar in Opas altem Holzfass Butter gestampft. Wir habe auch schon Ziegenkäse gemacht. Oder wir schnitzen. Gleich bin ich mit meinem Löffel fertig. Vorhin, direkt nach dem Aufstehen, war ich bei Schwänli und Bärli im Stall, die jetzt wieder bei uns oben sind. Ich habe sie gemolken und ihnen ein bisschen Salz zum Auflecken gebracht. Das Salz lecken die mit ihren kleinen rauen Zungen direkt aus meiner Hand. Ich hatte ja keine Ahnung, dass Ziegen so süß sind. Ziegen sind echt meine Lieblingstiere. Außerdem kommen gleich auch noch Peter und Viola mit den ganzen anderen Ziegen und dem kleinen Herkules aus dem Dorf hoch, damit wir sie gemeinsam hinauf auf die Weide bringen. Da frisst die Meute bis zum Abend die ganzen Kräuter ab. Danach bringen wir sie wieder runter ins Dorf. Dreimal haben wir das Ganze schon gemacht. Letztes Mal allerdings ohne Viola, weil sie ihrer Mutter bei der »Ich-Einfach unverbesserlich«-Premiere an der Popcorn-Maschine helfen musste. Aber ansonsten sind Peter und Viola einigermaßen unzertrennlich. Weswegen wir nach der Schule meistens zu dritt bei Peter im Zimmer auf dem Teppich hocken und schnitzen.

Bis es mir irgendwann zu eng wird da drinnen, ich runter zu seiner Mutter verschwinde und ihr mit Theresa helfe. Ich darf die kleine Maus inzwischen sogar wickeln oder ihr das

Fläschchen geben. Peters Mutter ist so richtig froh und dankbar, dass ich ihr im Haushalt ein wenig zur Hand gehe, weil ja Pauline gerade ihren Schulabschluss macht und sie außerdem nicht so richtig gut kochen kann. Und das ist noch untertrieben. Pauline brennt echt ständig was an. Neulich war zum Beispiel das ganze Haus voller Qualm, nachdem sie Rösti gebraten hatte. Das mal nur nebenbei.

Ich wiederum finde es mehr als entspannend, Peters Mutter zu helfen. Vorgestern hat sie mir gezeigt, wie man Serviettenknödel macht. Ich liebe Serviettenknödel! Und dann haben wir zusammen die Kleinen gebadet und Emmi die krausen Locken gewaschen, was ein Mensch alleine gar nicht bewältigen kann. Peters Mama musste sie wie ein Brett über das Waschbecken halten, damit ich schnell ihre Haare einseifen konnte. Dabei hat Emmi eine Viertelstunde lang durchgeschrien. Danach durfte sie mit Ludwig zur Ablenkung so eine Kindersendung auf Netflix gucken, damit ich ihr überhaupt die Haare kämmen konnte.

Ich lege mein Messer beiseite und halte meinen Holzlöffel hoch gegen den blauen Himmel. Ich sage: »Der ist für Theresas ersten Brei.«

»Da wird sie sich aber freuen.« Mein Opa lächelt. »So einen besonderen Löffel bekommt nicht jeder.«

»Aber morgen musst du mich unbedingt daran erinnern, dass ich für Ludwig ein Meerschweinchen schnitze. Er fragt mich schon die ganze Zeit, wann er es endlich kriegt.«

»Ein Meerschweinchen?« Mein Opa pustet gegen seinen Löffel, damit die restlichen feinen Späne wegfliegen und legt ihn neben meinen auf die Bank. »Wieso ausgerechnet ein Meerschweinchen?«

»Als ich das erste Mal bei Peter war und mir in die Hand geschnitten habe, habe ich Ludwig versprochen, dass ich ihm eins schnitze, weil er sich eigentlich ein echtes wünscht.«

»Gut. Dann erinnere ich dich morgen daran.« Mein Opa steht auf. »Jetzt muss ich aber rein und noch den Proviant für euch fertig machen.«

Mein Opa verschwindet in der Hütte und ich sehe den grünen Berg hinunter, der mit grauen Felssteinen gesprenkelt ist. Von unten herauf höre ich die Glöckchen der Zicklein bimmeln. Schnell springe ich auf und laufe die kühle Wiese hinunter. Ich sehe, wie Peter und Viola den schmalen Pfad heraufkommen und miteinander reden. Also eigentlich redet nur Viola. Und zwar ziemlich laut, weil sie so außer Atem ist. Dabei gestikuliert sie wie immer wild herum, während sie Peter hinterherstiefelt, der mit einem Stock die Ziegen vor sich hertreibt.

Sie keucht: »Das war so peinlich! Ich meine, ich habe da einfach die ganze Ladung von diesen Maiskörnern in die Popcorn-Maschine gekippt, weil ich dachte, da muss so viel rein. Bis der ganze Topf voll ist. Ich hab da gar nicht weiter drüber nachgedacht. Dann habe ich die Maschine angemacht und plötzlich war dieser ganze Glaskasten voll und das Ding hat immer weiter geploppt. Aber das Blöde ist, dass du die Maschine nur ausmachen kannst, wenn du den Glaskasten aufmachst, weil intelligenterweise da drinnen der Schalter ist. Also habe ich die Glastür aufgemacht und mir ist das ganze

Popcorn entgegengekommen. Das halbe Kino war voller Popcorn!«

Peter ist fast bei mir angekommen, als er sich zu Viola umdreht: »Warum hast du nicht einfach den Stecker gezogen?«

»Gute Frage!« Viola bleibt neben ihm stehen und schnappt nach Luft. »Weil ich nicht wusste, dass das Gerät elektrisch ist?!«

»Tja, Mädchen und Technik!« Peter lacht und zieht Viola an einem der Zöpfe, die sie sich zur Feier des Tages geflochten hat.

»Aua!« Sie gibt Peter einen leichten Schubs und das ist echt typisch für die beiden. Dauernd müssen die sich schubsen oder knuffen. Ganz ehrlich! Das wäre mir echt zu anstrengend. Um mich herum laufen die Ziegen, sie drücken sich dicht an meinen Beinen vorbei. Mit der Hand streiche ich über ihr weiches Fell und dann nehme ich Herkules auf den Arm und gebe ihm ein Küsschen auf die rosa Schnauze. »Na, du kleiner Sonnenschein!«

Peter zeigt mit seinem Stock auf mich. »Bist du startklar?«

»Jep.« Ich setze Herkules wieder auf seinen krummen Beinchen ab. »Mein Opa macht nur noch unseren Proviant fertig.«

»Ist fertig!« Opa steht schon wieder neben mir und reicht mir einen alten Rucksack mit Lederschnallen, in dem vermutlich ein halbes Riesenbrot und ein halber Käse liegen und zwei Wasserflaschen. Ich setze den Rucksack auf. »Danke, Opa.«

Er drückt mich kurz an sein kariertes Hemd. Dann lässt er mich wieder los und sagt zu Peter: »Pass gut auf die beiden Mädchen auf!«

Peter nickt. »Kein Problem, solange die auf mich hören!«

»Danke für den Proviant!«, ruft Viola. Und: »Bis später!«

Wir gehen am Stall vorbei, holen Schwänli und Bärli ab und dann beginnt unser abenteuerlicher Aufstieg. Auf den ich mich schon seit gestern Nachmittag freue. Ich meine, eigentlich bin ich jetzt nicht so die große Wanderin. Aber inzwischen sind meine Bergstiefel ziemlich gut eingelaufen und ich muss sagen: Ich finde sie mittlerweile richtig toll!

Wir steigen immer höher und die Sonne brennt jetzt richtig vom Himmel runter, sodass Viola ihren Rucksack im Schatten von einer riesigen Tanne absetzt, die Sonnenmilch rausholt und Peter und mich zwingt, uns damit einzucremen. »Und den Nacken nicht vergessen!«

Peter meint allerdings: »So einen Quatsch brauche ich nicht!«

Aber Viola meint: »Bitte, wenn du Hautkrebs kriegen willst!«

»Wieso soll ich Hautkrebs kriegen?« Peter tippt sich an die Stirn.

»Weil das meine Mama sagt. Sie sagt, dass die Haut nie vergisst, wenn sie zu viel Sonne abgekriegt hat.«

»So was Dummes! Die Sonne scheint seit Jahrmillionen! Warum soll sich unsere Haut plötzlich merken, wie viel Sonne sie abgekriegt hat? Hat die ein Gehirn oder was?«

»Weil wir jetzt das Ozonloch haben! Das ist so groß wie halb Amerika!«

»Wow! Soll ich heulen?«

Viola schmiert sich ordentlich mit dem weißen Zeug ein.

»Deswegen haben die Eisbären nichts mehr zu essen und verhungern, du Idiot!«

Ihre Augen funkeln. So in Fahrt habe ich sie noch nie erlebt, weil sie sonst eigentlich immer gute Laune hat. Ihre Augenbrauen sind richtig tief ins Gesicht gezogen.

»Was interessieren mich die Eisbären?« Peter haut mit seinem Stock auf einen Felsbrocken. »Braucht man die?«

Viola guckt mich verständnislos an und schüttelt den Kopf. »Kannst du dem jungen Mann mal bitte sagen, wozu man Eisbären braucht?«

Ich sehe Viola hilflos an. Ganz ehrlich, ich weiß nicht, wozu man Eisbären braucht. Aber das kann ich ja jetzt schlecht sagen, weil ich ja auch nicht will, dass die Eisbären verhungern.

Ich stottere: »Also ... ich denke, sie gehören einfach dazu. Oder?«

Viola holt tief Luft: »Na gut, ich kann euch auch nicht sagen, wozu man Eisbären braucht. Aber sie sind schön und ich fände es schade, wenn sie aussterben, nur weil wir das Ozonloch verzapft haben und dadurch die Arktis schmilzt.«

»Heul doch!«, sagt Peter und geht weiter den steilen Hang hinauf, hinüber zum Tannenwald. »Unsere Gletscher schmelzen auch.«

»Und wir sind alle dafür verantwortlich!«, ruft Viola hinter ihm her.

Ich weiß jetzt nicht genau, wie wir ausgerechnet von ihrer Sonnenmilch zu den Eisbären gekommen sind, aber ich nehme ihr die Flasche ab und reibe mich ebenfalls mit der Creme ein. Weil meine Haut in jedem Fall schon rot ist. Dann gebe ich ihr die Flasche zurück und sage: »Ich möchte auch nicht, dass die Eisbären aussterben.«

Viola packt die Sonnenmilch wieder weg und setzt sich mit Schwung den Rucksack auf. Sie nickt und sagt noch mal mit ernster Miene: »Wir haben die Verantwortung!«

Ich nicke auch und dann steigen wir schweigend hinter Peter und den Ziegen den Hang hinauf, bis wir im Schatten der hohen schwarzen Tannen verschwinden. Ich weiß nicht so richtig, was ich gegen das Aussterben der Eisbären machen kann. Vielleicht frage ich Opa danach, wenn wir wieder zu Hause sind. Wir gehen ein ganzes Stück durch den Wald. Überall zwischen den Stämmen bimmeln die Glöckchen der Ziegen, die Vögel zwitschern über und in den Zweigen, bis wir weiter höher wieder aus dem Wald heraustreten. Die Sonne steht jetzt direkt über uns und als wir endlich die Weide erreichen und hinunter in die tiefe, schmale Schlucht blicken, liegt da überall noch Schnee, obwohl es hier oben schon ziemlich heiß ist. Rundherum wachsen eine Menge knallblauer Blümchen. Es sieht fast aus, als würden lauter kleine, blaue Kissen auf der grünen Wiese liegen.

Wir ziehen unsere Stiefel aus, laufen barfuß über das weiche Gras und setzen uns auf einen riesigen, von der Sonne aufgewärmten Felsbrocken, während die Ziegen kleine, fröhliche Bocksprünge machen und mit ihren Schnäuzchen das Gras rupfen. Über uns kreist ein Adler, bis er genug davon hat und mit seinen Schwingen über die Tannenwipfel verschwindet. Von den weiter unten liegenden Weiden tönen die Herdenglocken herauf und ich packe schon mal unseren Proviant aus und lege den Käse, das Brot und Opas rotes Taschenmesser vor mich hin.

»Was du immer redest!«, sagt Peter plötzlich und schüttelt grinsend den Kopf.

»Was denn?« Viola guckt ihn bockig an und säbelt mit dem Taschenmesser kraftvoll ein Stück vom Brot ab, was ziemlich gefährlich aussieht. Wenn sie abrutscht, hat sie das Messer definitiv im Bauch stecken. So viel kann ich sagen.

»Dass du jetzt die Eisbären retten willst. Ich meine, die Dinosaurier sind auch ausgestorben. Kam ein Meteorit angeflogen. Hat die halbe Welt in Brand gesetzt. Puff. Das war's. So ist das eben.«

»Ach ja?« Viola wirft ihm einen düsteren Blick zu. »Hast du nicht neulich erst gejammert, dass du am liebsten jeden einzelnen Tyrannosaurus aus den Baumstämmen retten willst? Ist das nicht viel durchgeknallter?«

Peter lacht hysterisch, so als sei ihm das jetzt richtig peinlich. Dazu haut er mit seinem Stock ein paar Male mit Wucht auf den Felsen. »Hab ich überhaupt nicht gesagt!«

»Ach nein?«, sagen Viola und ich wie aus einem Mund und gucken uns bestätigend an. »Klar hast du das gesagt! Eigentlich erzählst du uns das jedes Mal, wenn wir schnitzen!«

»Ihr seid so bescheuert!« Peter lacht immer noch. Und dann nach kurzer Pause: »Ich meine, okay, ich befreie die Dinosaurier aus den Holzklötzen, aber ich will sie nicht retten. So ein Quatsch! Niemand kann die retten, die dem Tod geweiht sind. Was soll man machen?«

Jetzt wissen wir alle nichts mehr zu sagen. Wir gucken in

den Himmel, der so blau und wolkenlos ist. Wahrscheinlich stellen wir uns alle drei gerade vor, wie plötzlich mitten aus dem Universum ein riesiger Feuermeteorit auf uns zugeschossen kommt und – zack! – das war's. Mit uns und den ganzen kleinen Zicklein, den Bergen, Tannen, blauen Blümchen und mit Mama auf ihrer spanischen Palmeninsel.

Viola reicht mir eine Brotscheibe und meint: »Also, mein Papa sagt, dass die NASA riesige Teleskope hat, mit denen sie die ganze Zeit die Himmelskörper in der Galaxie beobachtet und berechnet, wann demnächst ein Meteorit vorbeigeflogen kommt. Und er sagt, da muss ich mir keine Sorgen machen. So, wie es aussieht, kommt in den nächsten tausend Jahren keiner auf uns zu. Außerdem baut die NASA ein Meteoriten-Abwehr-Zentrum.«

»Alles klar!« Peter guckt Viola fasziniert an. »Du machst dir echt richtig viele Gedanken über Fantasie-Gefahren, oder?«

»Du nicht?« Viola rutscht mit dem Taschenmesser ab und sticht es sich tatsächlich mitten in den Bauch. »Aua!« Glücklicherweise hat sie aber so ein Sweatshirt mit einem rot glitzernden Pailletten-Herz an, sodass nichts passiert.

Ich grinse: »Das Herz ist dein persönliches Gefahren-Abwehr-Zentrum.«

»Sehr tiefsinnig!«, kichert Peter und nimmt Viola das Klappmesser und das Brot aus der Hand. »Lass mich mal besser.«

Als er mit dem Brotschneiden fertig ist, schneidet er jedem von uns noch dicke Käsescheiben ab, von denen wir den Ziegen immer kleine Stückchen hinschmeißen, sodass gleich mehrere mit zwei Sätzen zu uns auf den Felsbrocken heraufgesprungen kommen und sich mit ihren dicken Bäuchen um uns herumdrängen und ordentlich meckern. Mä-hä-hä. Mä-hä-hä! Viola, Peter und ich müssen so lachen, dass uns die Brotkrümel zur Nase wieder rausfliegen.

»Das war ja ganz schlau!«, ruft Viola, als wir so von Ziegen umringt sind, dass wir ständig ihre Schnauzen und Hinterteile im Gesicht haben. Ich rapple mich schnell mit meinem Brot auf, als eine Ziege auch noch versucht, mit ihrer weißen Schnauze an meinem Brot zu knabbern und springe hinunter auf die Wiese. Viola und Peter folgen mir und wir rennen einfach ein bisschen wie die Irren über die Wiese, machen Bocksprünge über die herumliegenden Felssteine, und meckern wie die Ziegen: »Mä-hä-hä! Mä-hä-hä!«

Es ist ein wirklich witziger Nachmittag, am dem wir allen Ziegen neue Namen geben. Je nachdem, wie sie aussehen. Die älteste Ziege nennen wir »Die Alte«. Das kleine gefleckte Zicklein nennen wir »Flecki« und den grauen Ziegenbock mit dem langen, zerzausten Bart nennen wir »Bärt«. Das schneeweiße, kleinste Zicklein nennen wir »Schnucki«. Zum Schluss binden Viola und ich noch wunderschöne Blumenkränze, die wir den Ziegen und uns um den Hals hängen. Als Viola Peter auch noch einen von den Blumenkränzen überstülpen will, rennt er weg und versteckt sich hinter einem Busch. Aber wir kriegen ihn und Viola schmeißt sich auf ihn und setzt sich auf seinen Bauch! »Los! Häng dir den Blumenkranz um!«

»Bist du wahnsinnig! Ich bin doch kein Mädchen!«

»Was hast du eigentlich gegen Mädchen?« Viola ist echt

stark. Sie schafft es tatsächlich, Peters Arme festzuhalten und mit den Knien zu fixieren. So, wie das sonst nur Finn-Lukas in unserer Klasse kann.

»Die heulen die ganze Zeit!«, ruft Peter und muss lachen, weil er nicht fassen kann, dass Viola es schafft, ihn festzuhalten.

»Ach ja?«

Ich bleibe ein Stück weiter stehen, weil ich irgendwie das Gefühl habe, das ist jetzt eher eine Sache zwischen Viola und Peter.

Viola ruft: »Wann hast du mich denn schon mal heulen sehen?«

»Dauernd!« Peter lacht und strampelt mit den Beinen.

Viola hält ihn noch mehr fest und kitzelt ihn unter den Armen mit den Knien. »Pass auf, dass du nicht gleich heulst!«

»Geh runter!« Plötzlich wird Peter wütend. Mit einem Schubs hat er Viola von sich runtergeworfen und springt auf die Beine. Er hat richtig dunkle Augenringe. »Mach das nie wieder!«, brüllt er.

Ich weiß, was Viola jetzt am liebsten sagen würde. Nämlich: »Siehst du, du heulst!« Aber das spart sie sich. Trotzdem ist ihrem Gesicht anzusehen, dass sie Peter beweisen wollte, dass Mädchen auch nicht öfter heulen als Jungs. Oder Jungs genauso oft heulen wie Mädchen. Diese Viola hat wirklich Kampfgeist. Das muss ich sagen.

Das kriegen die schon hin!

»Warum ist es auf einmal so dunkel?«, frage ich und gucke rauf in den Himmel, der gar nicht mehr wolkenlos und blau ist. Plötzlich ziehen sich dicke schwarze Wolken über uns zusammen. Wir liegen alle auf dem Rücken im Gras und bevor Peter überhaupt antworten kann, fegt schon ein heftiger Wind über uns hinweg und der erste dicke Regentropfen klatscht auf meine Stirn. Dann noch einer auf meine Nase. Ich rufe in den Wind: »Es regnet!«

Schnell springen wir auf und sammeln unseren Proviant in den Rucksack. Mit einem Mal ist die Sonne weg und der Himmel ist schwarzgrün. Es stürmt und immer mehr Tropfen prasseln auf uns herunter.

»Treibt die Ziegen zusammen!«, kommandiert Peter und rennt los auf die dunkle Wiese. Er brüllt und fuchtelt mit den Armen, um die Ziegen zusammenzutreiben. Ich habe so was noch nie gemacht. Viola sieht ebenfalls einigermaßen ratlos aus. Wir schultern unsere Rucksäcke und rennen dann auch auf die Wiese und fuchteln mit den Armen und schreien, sodass die Ziegen vermutlich beinahe einen Herzinfarkt kriegen. Sie blöken und meckern und ihre Glöckchen bimmeln aufgeregt. Wir treiben sie den Hang hinunter und Peter zählt, ob auch alle vollzählig sind. Er zählt immer wieder und rennt aufgeregt neben der Herde hin und her. Schließlich brüllt er in das stürmische Getöse hinein: »Eine fehlt! Eine fehlt! Es sind nur zwölf!«

»Welche denn?«, rufe ich und versuche mich zu erinnern, welchen Ziegen wir welche Namen gegeben haben. Weit hinten, hinter den Felsen geht ein weißer Blitz runter.

»Schnucki!«, schluchzt Viola und ihr entsetzter Ruf wird von einem Donnergrollen erstickt. Die Regentropfen prasseln nur so herunter. »Schnucki fehlt!«

Unsere Haare kleben uns am Kopf. Unsere Kleider sind vom Regen durchtränkt. Wir können kaum etwas sehen. Viola und ich fassen uns an den nassen Händen. Das Gras wird immer rutschiger und es ist eisig kalt. Neben uns stürzt der Bach wild den Abhang hinunter. Die Ziegen jammern und blöken und Peter kommt zu uns gelaufen und brüllt: »Weiter unten ist ein Felsvorsprung. Rennt da mit den Ziegen hin. Ich suche Schnucki!«

Er drückt Viola seinen Stock in die Hand und verschwindet im dichten Regen. Es wird immer dunkler und eisiger um uns herum. Viola und ich lassen uns nicht los. Wir versuchen, alle Ziegen im Auge zu behalten, die mit ihren Hufen den matschigen Abhang hinunterrutschen. Wir verschwinden unter den Tannen, wo dicke Tropfen von den wogenden Ästen fallen. Und der Wind pfeift. Es riecht nach Wald und Erde. Ich fühle Violas kalte Hand in meiner und bin froh, dass wir zusammen sind. Ich rufe: »Meinst du, Peter findet Schnucki?«

»Ich weiß es nicht!«, ruft Viola zurück. »Weißt du, wo der Felsvorsprung ist?«

»Nein!«, rufe ich und sehe zwischen all dem Regen verschwommene weiße, hüpfende Flecken. Überall Ziegen. »Wir müssen sie zusammenhalten, sonst stürzt noch eine in die Schlucht.«

»Das kriegen die schon hin!« Viola wischt sich mit dem roten Sweatshirt-Ärmel über das nasse Gesicht. »Hauptsache, wir finden den Felsvorsprung und Peter kommt gleich nach.«

Wir laufen weiter unter den Tannen hindurch, bis wir tatsächlich an einen Felsvorsprung kommen, unter dem sich eine kleine Höhle befindet. Die Ziegen haben sich schon darunter versammelt, als würden sie den Felsvorsprung kennen. Viola und ich pressen uns dicht an die Felsmauer und ich zähle die Ziegen. »Es sind zwölf, oder?« Ich sehe Viola unsicher an, die gleich noch mal zählt.

»Ja, zwölf.«

Die Ziegen drängen sich dicht zusammen. Ihre warmen Körper drücken sich an unsere klitschnassen Hosenbeine. Meine Zähne klappern aufeinander, während der Regen nur so strömt und es immer wieder zwischen den Felsen weiß aufblitzt, gefolgt von ohrenbetäubendem Donnergrollen.

»Mir ist so kalt«, bibbert Viola. Sie schlingt die Arme um ihren Körper und ich mache das Gleiche. Wir zittern und erschaudern ununterbrochen, bis wir beinahe lachen müssen.

Ich frage: »S-s-s-sollen wir lieber nach Peter suchen? Nicht, dass ihm etwas passiert ist.«

»Ich w-w-w-weiß nicht«, bibbert Viola zurück. »Er kennt sich hier doch gut aus, oder nicht?«

Wir gucken beide hinaus in den dichten Regen. Ich wünsche mir so sehr, dass Peter jetzt mit Schnucki kommt und alles gut ist. Ich sage: »Wenn er in fünf Minuten nicht da ist, gehe ich los und suche ihn.«

»Wo willst du ihn denn suchen? Du weißt ja gar nicht, wo er hingelaufen ist. Er kann überall sein.« Viola sieht richtig unglücklich aus und eine Träne kullert über ihr nasses Gesicht. Sie weint: »Peter hat recht. Mädchen heulen öfter.«

Und dann müssen wir schon wieder lachen.

»Was gibt's da zu lachen?« Plötzlich taucht Peter hinter den Felsen auf. Vollkommen durchnässt. Außer Atem. Mit Schnucki auf dem Arm. Er lässt sie los und sie springt mit ihren wackeligen Beinchen mitten zwischen die Ziegen. Mä-hä-hä. Peter hebt dramatisch die Hände: »Ich renne hier herum, riskiere mein Leben und ihr steht im Trockenen und reißt Witze!«

Viola wischt sich schnell über die Augen und sagt mit einem glücklichen Lächeln: »Tröste dich, wir sind auch nass!«

Peter kommt zu uns und dann stehen wir, genau wie die Ziegen, dicht gedrängt an der Felswand und warten den Regen ab.

»Ich bin froh, dass du da bist und Schnucki gefunden hast!«, murmelt Viola und kickt Peter mit der Schulter an. »Wo war sie denn?«

»Da bei den Felssteinen, im Gebüsch. Ich habe sie fast nicht gesehen.« Peter guckt so ein bisschen muffelig vor sich hin.

Jetzt stupse ich ihn von der anderen Seite an: »Was ist los? Warum bist du so grummelig? Ist doch alles gut gegangen.«

»Überhaupt nicht! In einer Stunde muss ich eigentlich bei meiner Tante sein und ihr helfen, zehn Kilo Kartoffeln zu schälen«, sagt Peter und wirkt dabei richtig aufgewühlt.

Es blitzt und als das gewaltige Donnergrollen vorbei ist, fragt Viola: »Wieso musst du deiner Tante helfen, zehn Kilo Kartoffeln zu schälen?«

»Weil meine Tante heute Abend ihr alljährliches großes Rösti-Essen für die Familie veranstaltet und meine Mutter meint, dass ich ihr mal ein bisschen helfen soll, weil Pauline und ich immer so viel von den Rösti essen. Und wenn ich meiner Tante nicht helfe, darf ich dieses Mal nicht so viel davon essen. Was total bekloppt wäre, weil meine Tante wirklich die besten Rösti der Welt macht. Die sind so goldbraun und ...«

Viola nickt und grinst mich an: »Goldbraun, ja?«

»Ja! Goldbraun!« Peter macht ein sehr ernstes Gesicht. »Ich sterbe, wenn ich nicht genug davon kriege!«

»Kannst du denn überhaupt Kartoffeln schälen?«, frage ich mit so einem leicht ironischen Unterton und kriege augenblicklich einen richtig empörten Blick von Peter zugeworfen.

»Was soll jetzt daran so schwer sein? Das ist wie Schnitzen. Kannst du etwa keine Kartoffeln schälen?«

»Ich dachte ja nur, weil ...«

»Weil ich ein Junge bin?«

Ich zucke mit den Schultern und meine Wangen fühlen sich plötzlich ganz heiß an. Das ist mir jetzt richtig peinlich. Zum Glück meint Viola schnell so total fröhlich: »Na ja, Mädchen heulen eben und Jungs können keine Kartoffeln schälen.« Sie grinst breit, um zu signalisieren, dass wir hier unterm Felsvorsprung alle nur Scherze machen und über ihr Gesicht huscht der erste Sonnenstrahl, der sich durch die dunkle Wolkendecke schiebt. Der Regen lässt nach, als hätte jemand die himmlische Sprinkleranlage abgedreht, und der Himmel wird immer heller. Die Ziegen meckern und machen zaghafte Schritte unter dem Felsvorsprung hervor.

Ich frage verwundert: »War es das schon wieder mit dem Gewitter? Das ging aber schnell.«

»So ist das in den Bergen. Das Wetter ändert sich schlagartig.« Peter geht hoch erhobenen Hauptes an mir vorbei, schwingt betont locker seinen Stock und treibt die Ziegen den Hang hinunter. Viola und ich folgen ihm. Die Sonne breitet sich wieder strahlend und heiß über uns aus und ich frage: »Müssen wir uns jetzt noch mal mit Sonnenmilch eincremen?«

»Nee.« Viola grinst. »Das Zeug ist wasserfest.«

»Warum haben wir uns nicht gleich ganz damit übergossen?«, lache ich. Unsere Kleider kleben nass an unseren Körpern und jeder Schritt ist doppelt so anstrengend. Dafür ist der Blick auf die umliegenden Felsen, deren Spitzen noch mit Schnee bedeckt sind und jetzt in der Sonne hell erstrahlen, so unglaublich schön. So schön, wie ich es noch gar nicht richtig mitbekommen habe. Die Vögel singen und tirilieren um uns herum. Weiter oben auf einem Felsen entdecken wir einen Steinbock mit seinen gewaltigen Hörnern und ich sage zu Viola in die frische Luft hinein: »In den Bergen ist es wirklich schön.«

Ich kann fast gar nicht glauben, dass ich es bin, die hier mit Peter und Viola hinter einer weißen Ziegenherde den Berg hinunterläuft. Alles fühlt sich irgendwie so frei an. Als sei das Leben grenzenlos. Vielleicht liegt es an dem strahlend blauen Firmament, wie es in diesem Schlaflied heißt, dass Mama mir früher immer vorgesungen hat. Und mit dieser Schönheit vermisse ich Mama noch viel heftiger und je mehr ich hier in den Bergen erlebe, desto unwahrscheinlicher erscheint es mir, dass ich sie je wiedersehen werde. Jetzt hat sich auch noch das Gewitter zwischen uns geschoben.

»Ist alles okay?« Nachdem wir ein Stück gegangen sind, dreht Viola sich zu mir um. »Du sagst ja gar nichts mehr.«

»Ich hab nur gerade an meine Mutter gedacht«, sage ich und gucke auf den Boden, damit ich nicht über einen der Felssteine stolpere, die sich von unten durch die Grasdecke bohren.

»Hat sie sich immer noch nicht gemeldet?«

»Sie wird sich nie wieder melden.«

»Ach Blödsinn!« Mehr sagt Viola nicht. Was soll sie auch sagen? Peter steht schon tiefer unten am Hang, nicht weit entfernt von der Hütte von meinem Opa. Die Ziegen grasen und er pfeift und ruft: »Los! Beeilt euch mal! Ich muss zu meiner Tante! Sonst sind die Kartoffeln geschält, bevor ich da bin! Und was das für mich bedeutet, wisst ihr ja! Zu wenig Rösti für mich!«

»Der Typ macht immer Stress!«, stöhnt Viola.

Bevor ich noch etwas sagen kann, rutsche ich mit meinen Stiefeln auf dem glitschigen nassen Gras aus und schlittere auf dem Hosenboden ein Stück den Abhang hinunter. »Aua!«

Ich höre Viola hinter mir lachen: »Warte! Ich komme!«

Eilig kraxelt sie hinter mir her und hilft mir wieder auf die Beine: »Das sah so lustig aus!«

Und Peter lacht von unten: »Ihr seid solche Spackos!« Als wir endlich bei ihm ankommen und auf die Hütte von meinem Opa zugehen, klopft er mir noch ein bisschen Erde von der Hose.

Und dann kommt auch schon Opa aus der Tür und winkt erleichtert, so, als hätte er schon die ganze Zeit nach uns Ausschau gehalten. »Da seid ihr ja! Euch hat ja ein ganz schönes Unwetter erwischt. Fast wäre ich los, um nach euch zu suchen!«

»Wozu?« Peter schwingt seinen Stock. »Ich war doch dabei!«

Mein Opa lacht: »Das habe ich mir dann auch gesagt. Habt ihr euch unter dem Felsvorsprung untergestellt, unterhalb der Tannen?«

»Ja!«, rufe ich. »Wir sind trotzdem total nass geworden. Das Gewitter ging so schnell los!«

»Dann lauf mal hurtig rein und zieh dir etwas Trockenes an und gib Viola auch etwas. Vielleicht hast du für Peter ja noch eine trockene Jogginghose.«

Peter hebt abwehrend die Hand. »Nein danke! Nicht nötig! Lieber lass ich meine Beine abfaulen, bevor ich eine rosa Jogginghose anziehe.«

»Dann nicht!« Viola nimmt mich an der Hand und wir treten über die Schwelle in die warme Hütte. Viola ist schon die steile Treppe nach oben unterwegs, als mein Blick auf einen aufgerissenen Brief fällt, der auf dem Holztisch liegt. Ohne zu überlegen gehe ich näher ran. Mein Herz klopft. Es ist, als könnte ich spüren, dass der Brief von Mama ist. Ich merke, wie meine Augen vor lauter Anspannung immer größer werden. Ist der Brief wirklich von Mama? Mein Herz wummert so richtig heftig. Ich kann kaum noch atmen. Meine Hände machen einfach, was sie wollen. Sie nehmen den Briefumschlag und zerren den gefalteten Zettel heraus. Keine Ahnung, ob ich den Brief lesen darf, weil er ja an Opa adressiert ist. Ich erkenne Mamas Handschrift! Der Brief ist von Mama! Gerade als ich ihn auseinanderklappen will, greift von hinten mein Opa danach und nimmt ihn mir weg.

»He!« Ich drehe mich empört um. »Ich will den Brief lesen!«

»Warte!« Mein Opa sieht mich ernst an.

»Warum?« Meine Stimme klingt quäkig. Mein Hals fühlt sich wie zugeschnürt an. »Steht da was Schlimmes drin? Ist Mama etwas passiert?« Ich hample so richtig vor Opa herum. Meine Arme und Beine schlackern, weil ich solche Angst habe.

Mein Opa legt seine Hand auf meine Schulter. »Beruhige dich. Es ist nichts Schlimmes passiert.«

»Aber warum darf ich den Brief dann nicht lesen?«, heule ich und zapple immer weiter rum. »Ich halte das nicht mehr aus.«

»Können wir los?« Peter taucht in der Tür auf. »Ich muss zu meiner Tante, Kartoffeln ...«

»Einen Moment noch, Peter«, sagt mein Opa. Im Augenwinkel sehe ich Viola unschlüssig an der Leiter stehen. Sie fragt: »Soll ich mir oben einfach was zum Anziehen nehmen?«

»Ja«, heule ich. »In der Kommode ist alles.«

Viola steigt die Treppe hinauf und Peter stöhnt und verschwindet wieder nach draußen in die Sonne. »Ihr seid schuld, wenn ich nicht genug Rösti abkriege!«

Mein Opa sagt: »Setz dich, Isla.«

Ich schüttle den Kopf: »Was ist?«

»Deine Mutter hat geschrieben.«

»Ja-ha! Ich weiß.« Ich muss mir wirklich große Mühe geben, nicht durchzudrehen vor lauter Anspannung. »Und was schreibt sie?«

»Dass sie uns erst jetzt die Wahrheit sagen kann ...«

»Welche Wahrheit?«, unterbreche ich meinen Opa und werde schon wieder von so einem Zappelanfall durchgeschüttelt.

Mein Opa holt tief Luft: »Warum sie sich so lange nicht gemeldet hat.«

»Und warum hat sie sich so lange nicht gemeldet?« Ich kriege kaum noch Luft. »Weil sie lieber so tun wollte, als hätte sie kein Kind? Das weiß ich schon!«

»Nein, sie hat auf Ibiza angefangen, nach deinem Vater zu suchen.« Mein Opa guckt mich an. Mit so einem ganz komischen Gesichtsausdruck.

In meinem Kopf rauscht es. Ich quetsche atemlos hervor: »Nach meinem Vater?«

»Ja! Nach deinem Vater. Und offenbar hat sie ihn endlich gefunden. Zumindest seine Adresse, wo er inzwischen lebt. Was leider nicht auf Ibiza ist …«

»Was heißt das?«

»Sie will zu ihm fliegen und ihm sagen, dass es dich gibt.«

Mit einem Mal steht die Welt still. Alles ist still. In Opas Hütte bewegt sich nichts mehr. Ich atme nicht mehr. Ich gucke nur meinen Opa an, der mich abwartend ansieht. Als er minimal seine Augenbrauen hebt, drehe ich mich in meinen nassen Klamotten um und renne, an Peter vorbei, aus der Hütte. Ich renne einfach weiter. Immer weiter den feuchten Grashang hinunter. Mir reicht es! Ich bin elf Jahre alt! Das ist eindeutig zu viel für mich! So viele Veränderungen erträgt kein Mensch! Ich lebe eigentlich in Berlin. Bis vor Kurzem hatte ich eine beste Freundin! Ein Zuhause! Eine Mama! Und einen Regenschirm! Jetzt bin ich klitschnass, weil ich in den Alpen Ziegen hüte. Ich wohne in einer kleinen Holzhütte! Meine Mama ist einfach so nach Ibiza verschwunden und plötzlich soll ich auch noch irgendwo auf der Welt einen Vater haben? Das ist Wahnsinn! Wer hat gesagt, dass mir das alles nicht irgendwann zu viel wird? Eins kann ich aber mit großer Gewissheit sagen: Jetzt habe ich wirklich Psycho-Stress! Aber ganz gewaltig!

Hinter mir höre ich Viola und Peter atemlos rufen: »Isla! Warte auf uns! Wo willst du denn hin?«

Keine Ahnung! Einfach rennen und Dampf ablassen! Denn sonst platze ich oder werfe mit Felsbrocken um mich!

Peter und Viola laufen hinter mir her, gefolgt von den meckernden Ziegen. »Warte doch mal!«

Als ich noch ein paar Meter gerannt bin, stoppe ich und drehe mich um. Weil ich ja gar nicht weiß, wo ich alleine hinlaufen soll und weil ich ja eigentlich froh bin, dass meine Freunde bei mir sind. Vielleicht wissen die ja, was ich zu meinem neuen Papa denken soll. Sie halten neben mir an und Viola nimmt mich in den Arm. Die Ziegen drängen sich um unsere Beine und sogar Peter klopft mir auf die Schulter und meint: »Das ist echt der Schocker!«

Der Lebenswille ist unbezwingbar

»Ich will überhaupt keinen Vater haben!«, sage ich, als ich mit Viola und Peter den gewundenen Pfad zwischen den Wiesen hinunter ins Dorf marschiere. Ich habe mich entschieden, Peter noch bis zu seiner Tante zu begleiten. Ich brauche Luft und Himmel über mir. Danach klettere ich wieder rauf zu Opa. Außerdem will ich wissen, was Viola und Peter von der Sache mit meinem Papa halten. Bevor Opa wieder irgendwelche komischen Ansichten zu Mama und ihrer Unvernunft zum Besten gibt, die mich zusätzlich verwirren. Vor meinen Freunden und mir erheben sich mächtig die mit Tannen bewaldeten Berge, über uns der regenverhangene Himmel. Hinter dem die Sonne scheint und alles in märchenhaft weiches Licht hüllt. Die Ziegen begleiten uns mit ihrem Glöckchenklang und eigentlich ist es ein formvollendeter Tag – mit Gewitter, Sonnencreme und Blumenkränzen. Und einem Brief von Mama – dem wunderbaren Zeichen, dass sie zumindest noch lebt und an mich denkt!

»Wieso willst du keinen Vater haben?«, fragt Viola und kommt direkt neben mich gelaufen.

»Ich weiß nicht«, sage ich und habe einen gewaltigen Kloß im Hals. »Wer weiß, was das für einer ist?«

»Niemand kann sich seinen Vater aussuchen!«, bemerkt Peter und drängt eine Ziege zur Seite, um auch neben uns zu gehen. »Ich meine, wie soll das funktionieren? Schließlich ist man ja noch nicht geboren, um ein Wörtchen mitzureden.«

»Sehr intelligent, Peter!« Viola grinst. Mir ist allerdings überhaupt nicht nach Scherzen zumute.

Ich sage: »Ihr habt gut reden. Als ihr geboren wurdet, war euer Papa sofort zur Stelle und hat euch im Arm gewiegt und euch die Windeln gewechselt. Das heißt, ihr konntet euch vom ersten Moment an ihn gewöhnen und musstet euch gar nicht fragen, ob er der Richtige ist.«

»Also, ich frage mich ständig, ob mein Papa der Richtige ist«, kichert Viola. »Immer wenn er mit mir schimpft, dass unsere Katze auf unseren Wohnzimmerteppich gemacht hat. Weil ich angeblich wieder die Tür habe offen stehen lassen. Dabei macht das immer meine kleine Schwester, aber na ja ...«

»Trotzdem, Isla hat recht«, unterbricht Peter Violas Redefluss. »Ich meine, stell dir mal vor, du kriegst morgen einen Brief, in dem steht, dass du eigentlich einen anderen Vater hast. Da würdest du auch erst mal so richtig die Krise kriegen.«

»Stimmt.« Viola nickt. »Ich hätte auch Angst, dass er mir total fremd ist oder mich blöd findet.«

»Danke, Leute«, sage ich. »Danke, dass ihr mich so versteht.«

»Ganz ehrlich?! Es ist ein Albtraum«, sagt Peter und legt

überraschenderweise kurz den Arm um mich. »Ich meine, du musstest echt ziemlich viel wegstecken in letzter Zeit. Pass auf, dass du nicht wieder Psycho-Stress kriegst!«

»Hab ich schon!«

»Dann atme tief durch.«

Wir kommen beim Bauern an und Peter lenkt die Ziegen mit seinem Stock und Pfiffen Richtung Stall. Mit einem Mal klingt er total vernünftig, so, als würde er sich echt viele Gedanken um mich machen. Er meint: »Nimm dir die Sache besser nicht so zu Herzen. Du weißt ja nicht mal, ob du deinen Vater überhaupt je kennenlernen wirst.«

»Klar lernt Isla ihren Vater kennen! Wieso sollte ihre Mama sonst nach ihm gesucht haben? Denk mal nach!« Viola gibt Schnucki einen leichten Klaps aufs Hinterteil, damit sie nicht die Grasbüschelchen rund um den Stall abzupft, sondern im Stall verschwindet.

»Weil er nicht will?!«, höre ich Peter im dunklen Stall sagen.

Ich bleibe in der Sonne stehen, während Viola und Peter die Ziegen im Stall unterbringen, aus dem leicht staubige Luft von dem Körnerfutter und dem Heu kommt. Mein Herz pocht. Ich glaube, ich kriege gerade richtig Psycho-Stress! Mein Magen fühlt sich an, als hätte ich einen Felsbrocken verschluckt. Vielleicht werde ich gleich ohnmächtig. Kann doch sein. Vorsichtshalber setze ich mich auf den Rand vom Brunnen, der direkt vor dem Bauernhaus steht. Ich tue echt alles, um meine Gedanken zu sortieren. Aber das klappt nicht. Weil ich vor lauter Aufregung richtig irre im Kopf bin. Ich denke immer nur: »Mama!« Oder: »Wer ist mein Vater?« Oder: »Wo auf der

Welt hat Mama ihn gefunden?« Oder: »Wann kommt Mama endlich wieder?« Oder: »Bringt sie meinen Vater mit?« Oder: »Will er mich überhaupt kennenlernen?«

»He! Aufwachen!« Viola stupst mich von der Seite an und setzt sich neben mich auf den Brunnenrand. »Du siehst total weggetreten aus.«

Ich nicke. »Bin ich auch. Meinst du, mein Vater will mich gar nicht kennenlernen?«

»Natürlich will er dich kennenlernen!« Viola lächelt aufmunternd. »Du bist die beste Tochter, die man sich wünschen kann.«

»Kann aber auch sein, dass der dich total umerziehen will«, meint Peter, der nun auch aus dem Stall kommt und vor uns stehen bleibt. »Weil er alles an dir komisch findet. Wie so ein Stiefvater eben. Kannst dich in der Schule ja mal mit dem armen Andi unterhalten. Der hat einen richtig bekloppten Stiefvater. Der verbietet ihm echt alles! Und seine Mutter traut sich nicht, Andi zu helfen. Der hat so richtig Pech im Leben.«

»Was?« Mir bricht der Schweiß aus. Ich zittere am ganzen Körper.

Peter geht bereits wieder den Weg hinunter. »Kommt ihr? Meine Tante hat schon eine WhatsApp geschrieben, wo ich bleibe!«

Ich krächze: »Ich kann nicht.«

Viola guckt hilflos und meint: »Das hat Peter doch nur so gesagt. Außerdem ist es der Stiefvater von Andi. Hast du den mal gesehen? Der sieht aus wie ein Urmensch, das ist ein großer Unterschied!«

Ich schüttle den Kopf. »Ich glaube, Peter hat recht. Mein Vater ist bestimmt total seltsam. Darum hat meine Mutter ihn damals auch gleich wieder verlassen.«

»Tja.« Peter hebt die Hände. »Aber warum hat sie ihn denn dann gesucht, wenn er so ein Lappen ist?«

»Weil meine Mutter wusste, dass ich wissen will, wer mein Vater ist«, keuche ich und tue alles, um jetzt nicht aus den Latschen zu kippen. Ich atme tief die frische Bergluft ein. Aber jetzt, wo Mama ihn gefunden hat, bin ich mir da plötzlich nicht mehr so sicher.

Viola fasst nach meiner kalten Hand. »Ich bin mir sicher, alles wird gut. Alte Bergsteigerregel.« Sie zwinkert mir zu.

»Ehrlich?«

»Klar. Nur nicht aufgeben. Auch wenn du kopfüber in einer Lawine steckst.«

Viola hat recht. Es ist besser, nie die Hoffnung aufzugeben. Ich sage zu Viola: »Du bist echt eine Kämpfernatur.«

»Stimmt«, sagt Viola und plätschert mit ihrer Hand so ein bisschen im Brunnenwasser. »Ich bin nämlich ein Frühchen.«

»Was ist das denn?« Peter guckt sie irritiert an. »Klingt total verrückt.«

»Ich kam zehn Wochen zu früh auf die Welt und wog etwas mehr als eine Mehlpackung. Meine Chancen standen eins zu hundert, dass ich es packe«, erklärt Viola stolz.

»Oha!«, staune ich.

Und Viola ergänzt: »Wenn ich es gepackt habe, wirst du es auch packen. Der Lebenswille ist unbezwingbar, sagt mein Vater.«

»Sagt meiner auch«, meint Peter. »Wenn er es nicht glauben würde, könnte er gleich seinen Job als Bergretter in die Tonne treten. Zu Silvester haben die zum Beispiel ein Lawinenopfer erst nach drei Stunden unter einem Schneeberg gefunden. Kopfüber. Aber lebend.«

»Siehst du!« Viola zieht mich vom Brunnenrand hoch in den Stand. »Hab ich es nicht gesagt? Nur nicht aufgeben. Auch wenn du kopfüber in einer Lawine steckst! Also: Aktivier auch du deinen Lebenswillen. Deine Mutter hat nur deinen Vater gefunden.«

Mama, sei stark!

Ein paar Tage später sitze ich gemütlich mit Opa unten am Dorfrand, auf so einer Hotelterrasse unter einem Sonnenschirm und wir essen Eis. Wir gucken ein bisschen auf die mit Tannen bewaldeten Berge, auf deren Spitzen immer noch der Schnee liegt. Dabei ist schon Mitte Mai und ich laufe längst im T-Shirt herum und bin für meine Verhältnisse schon richtig braun geworden. Viola und Peter lachen sich trotzdem immer schlapp über mich, wenn wir Sonnenbräune-Vergleich machen und nennen mich »Käse!«. Was kann ich dafür, wenn ich im Vergleich zu ihnen so bleich bleibe. Ich habe eben helle Haut!

Was mich dafür aber richtig freut: Dass Opa mich heute von der Schule abgeholt hat und wir jetzt gemeinsam das Eis essen. Schließlich ist Opa ja eigentlich nicht so der Typ, der sich mal genüsslich etwas gönnt. Schon gar nicht mitten unter den Dorfbewohnern, von denen er ja annimmt, dass sie ihn total schräg finden. Aber seitdem ich schon so lange da bin, ist Opa das irgendwie mehr oder weniger egal geworden. Weil er ziemlich stolz darauf ist, dass wir uns so gut verstehen. Und das soll jeder sehen!

Plötzlich klingelt mein Telefon. Ich gucke aufs Display und denke, es ist Peter, der wissen will, welche Hausaufgaben wir noch mal auf hatten. So läuft das nämlich inzwischen jeden Nachmittag, wenn Viola und ich nicht bei ihm sind. Aber auf meinem Display leuchtet MAMA auf!

»MAMA!«, rufe ich.

Vor Schreck fällt mir das Telefon ins Gras. Mit zittriger Hand hebe ich es auf und stoße mir dabei die Stirn an der Tischkante. »Hallo? Mama?«, frage ich atemlos.

»Stoppersöckchen, bist du es?«

»Ja?« Ich zittere am ganzen Körper. »Wo bist du? Wann kommst du?«

»Entschuldige, dass ich dich so lange nicht angerufen habe!«, ruft Mama fröhlich, so als hätte sie sich höchstens ein paar Stunden nicht gemeldet. Dabei hat sie ganze fünf Wochen nicht angerufen! Fünf Wochen! In denen ich sogar das Meerschweinchen für Ludwig geschnitzt habe. Plus drei kleine Meerschweinbabys! Hätte Mama uns nicht zwischenzeitlich geschrieben, dass sie noch am Leben ist und meinen Vater gefunden hat, wäre ich definitiv davon ausgegangen, dass sie tot ist.

Und genau das sage ich ihr mit brüchiger Stimme: »Ich dachte, du bist tot.«

»Tot?« Mama lacht, als sei das total witzig.

Aber ich sage nur mit unterdrückter Wut und Tränen in den Augen: »Lach nicht!«

Sofort hört sie auf zu lachen und im Augenwinkel sehe ich, wie Opa ärgerlich den Kopf schüttelt, weil wir beide es total daneben finden, dass Mama so lange nicht mehr angerufen hat und auch nicht mehr zu erreichen war. Und sie gar nicht versteht, wie furchtbar das für uns war!

Ich sage: »Opa hat ganz oft auf deine Mailbox gesprochen. Das war schlimm für uns!«

»Aber Stoppersöckchen! Ich … ich musste mich erst mal sammeln, nachdem du mir plötzlich diese Nachricht geschrieben hast, dass du nicht mit nach Ibiza willst«, erklärt Mama und will mir damit wohl die Schuld an ihrem Verhalten geben. Aber da mache ich nicht mit.

Ich sage: »So ein Käse! Das wäre der Zeitpunkt gewesen, zurückzukommen, anstatt unterzutauchen!«

»Aber ich bin gar nicht abgetaucht. Ich musste nur erst mal einen neuen Plan für uns machen. Und …«

»Ist mir egal!« Ich merke, wie ich so richtig sauer werde. Ich stehe von meinem Stuhl auf und marschiere quer über die Wiese zu dem weißen Fahnenmast, an dem leuchtend rot die Schweizer Flagge mit dem weißen Kreuz weht. Um Dampf abzulassen, trete ich mit Wucht gegen den Mast. Bei der Aktion beobachten mich natürlich einige der Hotelgäste, die rundherum an den Tischen gemütlich ihr Eis löffeln oder ein Stück Käsekuchen verdrücken. Aber das interessiert mich kein bisschen. Ich bin so richtig geladen! Da ist der Tritt gegen den Fahnenmast noch echt harmlos. Ich bin so sauer, dass ich ihn glatt rausreißen könnte.

»Durch deine Nachricht habe ich gemerkt, dass ich dir etwas schuldig bin«, sagt Mama plötzlich mit ganz ernster Stimme.

»Und was, bitte schön?«

»Ein richtiges Zuhause«

»Hab ich in Berlin.«

»Ja, aber auch eine richtige Familie.«

»Aha.«

»Darum habe ich angefangen, nach deinem Vater zu forschen. Ich habe alle Leute von früher aufgesucht und gefragt, ob sie wissen, wo er jetzt lebt. Das hat gedauert.«

»Und warum hast du das nicht einfach gesagt?«

»Weil du enttäuscht gewesen wärest, wenn mein Plan nicht funktioniert hätte. Und ich wollte dich nicht enttäuschen.«

»Opa sagt, dein Plan hat funktioniert.«

»Ja, mein süßes Stoppersöckchen. Ich habe deinen Vater gefunden.« Und mit einem Mal klingt die Stimme meiner Mutter wie die einer echten Mutter. Ich weiß nicht, ob klar ist, was ich damit meine. Es gibt so eine ganz spezielle Mutterstimme. Die klingt, als sei die eigene Mama noch mächtiger als Gott. So voll und klar. Total unerschütterlich.

Aber weil ich mich nicht so schnell besänftigen lassen will, sage ich bockig: »Toll.«

Und Mama gleich voller Sorge: »Freust du dich nicht?«

»Geht so.« Ich trete noch mal gegen den Fahnenmast. Allerdings nur ein bisschen.

»Aber du hast mich doch immer wieder nach deinem Vater gefragt?«

»Kann sein. Aber du wolltest mir ja nie darauf antworten und darum habe ich die Hoffnung aufgegeben. Das war schon schwer genug.«

Danach ist Stille. Mama sagt gar nichts mehr. Bis ich irgendwann so ein leises Schluchzen auf der anderen Seite der Leitung höre. Mama weint. »Ich kann nichts richtig machen, was?«

»Doch!«, sage ich ein wenig freundlicher, weil mir Mama plötzlich ein ganz klein wenig leidtut. Schließlich hat sie elf Jahre nach meiner Geburt meinen Vater gesucht und gefunden.

»Ich wollte all meine Fehler wiedergutmachen, Stoppersöckchen und jetzt habe ich alles nur noch schlimmer gemacht, was?«

»Nein, hast du nicht«, tröste ich Mama. Und schon bin ich wieder die, die meine Mutter aufbauen muss und so tut, als sei alles top gelaufen. Aber für mich ist gar nicht alles top gelaufen. Darum bemerke ich: »Es wäre schön gewesen, wenn du mir mal zwischendrin eine SMS geschrieben hättest, dass du noch lebst. Ich dachte, ich bin jetzt eine Vollwaise!«

»Klar, verstehe.« Mama schluchzt immer weiter und weil sie sich nicht wieder einkriegt, sage ich schließlich: »Mama, sei stark!«

»Das will ich doch auch sein.«

»Dann wein nicht.«

»Okay, mein Stoppersöckchen.« Mama schnieft und weil mir das mit Mamas Gefühlsausbruch alles zu viel wird, gehe ich mit dem Telefon zu Opa und drücke es ihm einfach in die Hand, damit er die Sache regelt. Schließlich ist er ihr Vater.

Jetzt sitze ich neben ihm unter dem Sonnenschirm und lausche, was er zu Mama sagt. Nicht viel, denn er hört ihr eigentlich die ganze Zeit nur zu. Mamas Stimme klingt ganz aufgewühlt. Jedenfalls die Fetzen, die meine Ohren auffangen können. Opa nickt ab und zu und sagt: »Verstehe.« Oder: »Ich werde es ihr sagen.« Oder: »Aha. Aha.« Dabei klingt er zu meiner Verwunderung gar nicht so enttäuscht oder ärgerlich, wie ich es erwartet hätte. Sondern eher mitfühlend und liebevoll. Was mich jetzt schon ein wenig überrascht. Schließlich war Opa bisher derjenige, der sämtliche Aktionen von Mama echt richtig daneben fand. Scheint so, als hätte sie irgendwas Überzeugendes am Telefon zu ihm gesagt, sodass er jetzt mächtig stolz auf seine Tochter ist.

Endlich legt Opa auf und gibt mir das Handy zurück. Er sieht mich ganz lange an. Sein Gesicht ist total regungslos. Ich weiß nicht, was er denkt. Schließlich klopft er mir mit der Hand aufs Knie und sagt: »Du hast eine tolle Mutter!«

»Aha.«

»Sie hat Großes vollbracht.«

»Äh ...«

Opa lächelt glücklich. »Deine Mutter kommt morgen zurück.«

»Morgen? Ganz sicher?« Nicht erst übermorgen, nächste Woche oder in einem Jahr?! Ich springe von meinem Sitz auf. »Hierher?« In meinem ganzen Körper britzelt es. In den Armen, Beinen, überall! »Zu uns?« Es fühlt sich so an, als sei ich so eine geschüttelte Sprudelflasche. Sehr spezielles Gefühl. Ich umarme meinen Opa, renne quer über die Wiese, dreimal um den Fahnenmast herum, mache einen Radschlag, wie zuletzt auf dem Schwebebalken beim Turnen in Berlin. Dann noch einen Radschlag. Und noch einen. Dann renne ich wieder auf Opa zu und jogge neben seinem Stuhl auf der Stelle, um die überschüssige Energie loszuwerden. »Wann? Wann? Wann?«, rufe ich. »Wann kommt Mama?«

»Am Nachmittag.« Opa lacht. »Du freust dich ja so!«

»Mama kommt wieder!«, jubele ich und gleichzeitig heule ich. Und ich muss sagen, ich heule definitiv häufiger als Peter. Aber auch als Viola. »Holt Joseph sie ab?«

»Nein, sie kommt mit einem Mietauto vom Flughafen hergefahren.«

»Mit einem Mietauto? Aber sie kann doch gar nicht Autofahren!« Ich hüpfe auf und ab. »Mama ist die schlechteste Autofahrerin der Welt!«

»Sie fährt nicht. Dein Vater fährt.«

»Mein Vater fährt?« Meine Augen gehen mir über. Ich merke, dass sie mindestens so groß wie zwei beleuchtete Erdkugeln sind. »Mein Vater kommt mit?«, quieke ich und habe das Gefühl, dass ich gleich durchdrehe.

»Ja, deine Mama bringt ihn gleich mit.« Opa lacht jetzt richtig schallend. Als sei er sehr zufrieden mit den Entwicklungen.

Und obwohl ich seit Mamas Brief irgendwie damit gerechnet habe, dass das vielleicht alles genau so passieren könnte, bin ich jetzt echt von den Socken. Ich bin so richtig von den Socken. Als sei ich gerade aus dem All ganz neu und spektakulär auf die Welt geschossen worden. Als würde die Sonne noch heller scheinen als je zuvor. Ich höre das Vogelgezwitscher überlaut. Das Gras ist grüner als grün. Der Himmel blauer als blau. Der Wind weicher als weich. Die Berge schöner als schön. Und ich lebendiger als lebendig. Alles wirkt so ... so wunder-wunderschön!

»Und was sagt Mama?«, japse ich. »Hat sie gesagt, ob mein Vater nett ist?« Oder ist er ein Spießer, wie sie öfter mal behauptet hat.

Opa hält mich am Handgelenk fest und lacht: »Setz dich besser. Du kippst mir sonst noch um!«

Ich setze mich auf meinen Stuhl, wobei meine Knie auf und ab hüpfen und frage wieder: »Sag doch mal, Opa! Ist er nett? Hat Mama was gesagt?«

»Sie sagt, du wirst ihn bestimmt gerne mögen. Er sieht dir wohl auch ein wenig ähnlich.«

»Mir?« Ich lasse mich in meinem Stuhl zurückfallen und schließe die Augen. Alles dreht sich um mich herum. Ich fühle Opas Hand auf meinem Arm. Das ist gut, sonst hätte ich das Gefühl, ich fliege weg. Auf und davon. So unwirklich ist das alles.

Die Bedienung vom Hotel kommt und fragt, ob wir vielleicht noch etwas bestellen wollen. Ganz weit weg klingt ihre Stimme. Ich blinzle. Sie hat ein schwarzes Kleid an und eine weiße Schürze und ist bestimmt sechzig Jahre alt. Trotzdem kommt sie mir gerade vor, wie ein lieblicher Engel. Alle Leute, die mit uns auf der Hotelterrasse unter den Sonnenschirmen sitzen, kommen mir vor wie liebliche Engel. Weil ich so glücklich bin. So unendlich glücklich. So gut ging es mir schon lange nicht mehr. Ich glaube, ich hatte wirklich starkes, fast tödliches Heimweh. Nach meiner Mutter. Doch in diesem Augenblick werde ich wieder richtig gesund. Mit einem Schlag!

Und vielleicht hatte ich auch Heimweh nach meinem Vater. Wer weiß. Ich werde es sehen, wenn er morgen den Berg zu uns hochgefahren kommt. Nachdem Opa unsere Eisrechnung bezahlt hat, frage ich: »Und wie heißt mein Vater? Hat Mama das auch gesagt?«

Opa steckt seine Geldbörse weg und tut so ein bisschen unbeteiligt. »Er soll Islay heißen.«

»Islay?«, rufe ich. »Islay? Wie Isla?« Ja, ist denn das zu fassen? Seit elf Jahren laufe ich in der Weltgeschichte herum und weiß nicht, dass irgendwo mein Vater mit fast identischem Namen herumrennt! Ich hatte ja keine Ahnung, dass es noch jemand mit so einem seltsamen Namen gibt. Wahrscheinlich habe ich meinen Namen gar nicht der hundertjährigen Madonna und ihrem Song zu verdanken, sondern meinem Vater! Allerdings klingt der Name Islay nicht gerade katalanisch, wenn ich ehrlich bin. Ich frage: »Und hat Mama was gesagt, woher Islay kommt – also mein Vater?«

»Aus Schottland.«

»Aus Schottland?« Das ist zu viel für mich. »Ist er so ein Typ, der die ganze Zeit mit Dudelsack und im Schottenrock herumläuft?«

»Kann schon sein.« Mein Opa lacht wieder so richtig schallend, dass es im Tal widerhallt.

»Ist Mama etwa extra nach Schottland geflogen, um ihn zu suchen?«

»Ja, mein Kind. Das ist sie.«

»Oha.«

Ich nicke und dann lege ich meinen Kopf in Opas Schoß. Weil mein Kopf so schwer ist, dass ich ihn nicht mehr alleine tragen kann. Opa streicht mir das Haar aus der Stirn und sagt: »Ich bin mir sicher, es wird alles gut.«

Was für ein schöner Tag!

Es ist früher Abend, als Opa und ich in unseren Wanderstiefeln das Dorf mit einem neuen Brotlaib und einem neuen Riesenkäse verlassen. Andächtig steigen wir den gewundenen Pfad den Berg hinauf. Bis zu Opas Hütte. In den letzten Wochen bin ich diesen Pfad schon viele Male hinaufgestiegen. Mit Peter und Viola und den Ziegen. Manchmal sogar allein. Dabei sind meine Beine immer kräftiger geworden und mein Schritt immer schwungvoller. Opa und ich kommen an Weiden vorbei, auf denen die hellbraunen Kühe im milchigen Dunst genüsslich grasen. Wir schauen über blühende Blumenwiesen, über die sich die letzten Sonnenstrahlen legen.

Alles hat sich verändert. Vom tiefen Schnee bis hin zu diesem weiten, saftigen Grün.

Nichts ist mir mehr fremd. Alles ist mir vertraut. Die Wolken. Die Bergrücken, die sich wie große schwarze Schatten gegen den sattblauen Himmel abheben. Die Luft. Die Kuhglocken. Das Meckern der Ziegen. Die zerklüfteten Felsen. Das Zwitschern der Vögel. Und die Murmeltiere, die neugierig hinter den Steinen hervorlugen.

Die Alpen sind zu meiner Heimat geworden. Fast ist es so, als würde ich hierhin gehören. Aber nur fast. Denn Mama fehlt. Und auch ein bisschen mein Vater.

Ich greife nach Opas Hand und sage: »Opa, die Berge sind so schön!«

Mein Opa drückt meine Hand ganz fest und sagt: »Du bist mein liebes Kind.«

Unter unseren Sohlen knirscht der sandige Kies, und ich kann gar nicht tief genug einatmen, die Augen gar nicht weit genug öffnen, kann gar nicht genug von dieser Schönheit aufsaugen, damit ich all das ewig in mir abspeichern kann. Für den Fall, dass ich hier schon bald weg muss. Ich sage zu Opa: »Irgendwie kann ich mich gar nicht mehr richtig an Berlin erinnern.«

»Hast du denn kein Heimweh nach eurer Wohnung? Und deinen Freunden?«

»Ich hab keine Freundin mehr in Berlin. Jana ist jetzt mit Fee-Marie befreundet.«

»Könnt ihr denn nicht alle miteinander befreundet sein, wenn du wieder in Berlin bist?« Mein Opa hält meine Hand ganz fest und wir machen große, kräftige Schritte, weil wir noch ein ziemliches Stück bis zur Hütte vor uns haben.

Ich schüttle den Kopf. »Ich glaube, dafür ist zu viel passiert.«

»Ich verstehe.« Opa atmet schwer.

»Jana könnte gar nicht verstehen, wovon ich rede, wenn ich ihr von den Bergen erzähle.«

»Ja, da kannst du recht haben.«

»Irgendwie würde ich mich fremd fühlen und dann bestimmt traurig werden, weil ich mit niemandem meine Berge teilen kann.«

Jetzt lacht Opa wieder sein schönes, heiteres Lachen. »Du bist eben ein richtiges Schweizer Maitli geworden.«

»Und ich werde Peter und Viola vermissen. Und Peters Familie und Herrn Beerli und meine ganze Klasse.« Der Pfad wird immer steiler. Bergsteigen und reden ist eine ziemliche Herausforderung. Darum sagt Opa auch immer: »Beim Wandern darf man nicht reden. Da muss man schauen und die Herrlichkeit der Natur in sich aufnehmen.«

Aber gerade kann ich nicht schauen und schweigen. Dafür geht mir viel zu viel im Kopf rum. Eigentlich sagt Opa auch immer: »Nicht denken beim Wandern! Einfach nur genießen!« Vielleicht kann Opa das. Ich brauche noch ein bisschen Übung.

Ich frage: »Meinst du, Mama will gleich wieder von hier verschwinden?«

Mein Opa macht immer größere Schritte. Ich schätze, damit ich endlich so außer Atem komme, dass ich nicht mehr reden kann. Er hält meine Hand fest, zieht mich hinter sich her und sagt: »Das weiß ich nicht.«

Ich keuche hinter meinem Opa her und frage tapfer weiter, obwohl meine Lungen gleich explodieren. »Und was meinst du, wohin sie dann will? Nach Ibiza? Oder nach Berlin? Oder ... nach Schottland?«

»Da müssen wir uns wohl bis morgen gedulden.« Mein Opa geht zügig weiter. Die Kiesel rollen unter unseren Sohlen. Er ist ziemlich gut trainiert für sein Alter, das muss ich sagen! Als ich meinen Blick wieder hebe, legt sich das Abendrot wie ein feuerrotes Tuch über die Felshänge und schneebedeckten Gipfel. Es ist, als würden die Alpen glühen!

»Ich kann aber nicht bis morgen warten! Ich habe schon so viel gewartet«, jammere ich.

»Jah!«, keucht Opa. »Das stimmt.«

Das war's von meinem Opa. Ich brauche nicht mehr weiterzufragen, weil er nichts mehr sagen wird. Das kenne ich schon von Opa. Wenn er will, dass ich still werde, antwortet er einfach nicht mehr. Aber das meint er nicht böse. Er will nur, dass ich ruhig bin. Damit ich meine Kraft spüre. Er sagt immer: »In der Ruhe liegt die Kraft.«

Und es ist wahr! Ich habe das schon ein paar Mal ausprobiert. Ich werde jetzt also auch ein bisschen ruhiger und plötzlich ist da nur noch so eine tiefe Stille. In mir und um mich herum. Besser kann ich es nicht beschreiben. Aber es fühlt sich stark und friedlich an. Als sei die Landschaft in mir. Mit all den unvergänglichen Bergen und Tälern und den Wiesen und Blumen.

Nach dem Abendbrot helfe ich Opa, den Tisch abzuräumen und das Geschirr abzuwaschen. Ich bin müde und ich will gleich schlafen, damit die Zeit ganz schnell vorbeigeht. Denn jetzt ist meine Sehnsucht nach Mama so groß, dass ich sie kaum noch aushalte. Morgen Nachmittag ist Mama da! Nur noch eine Nacht und die Schule liegen zwischen uns. Und zwischen mir und meinem ... Papa.

Ich sage: »Gute Nacht, Opa. Ich geh schlafen.«

»Schlaf gut, mein Kind und träum was Schönes.«

Ich stelle mich auf die Zehenspitzen und gebe Opa einen Kuss auf die Wange. Er streicht mir übers Haar und kurz habe ich das Gefühl, er macht sich gerade auch ein paar Sorgen. Jedenfalls sieht er ein wenig bekümmert aus. Obwohl er lächelt. Aber ich weiß jetzt schon, dass ich ihn nicht zu fragen brauche, was los ist. Das wird er mir sowieso nicht sagen. Vielleicht hat er Angst, wie es ohne mich sein wird? Ich umarme ihn noch einmal ganz fest und steige dann die Stiege nach oben auf meinen Heuboden, wo mein Bett steht. Mein kleiner Tisch und mein Stuhl und das Bücherbord. Ich ziehe mich bis auf die Unterwäsche aus und kuschle mich zu Herrn Bär ins Bett. Unter meine Decke, die so weich und frisch ist, wie geschlagene Sahne.

Draußen, über den Tannenwipfeln höre ich den Schrei eines Raubvogels. Vielleicht ein Wanderfalke oder Steinadler. Ich weiß es nicht. Mit Vogelrufen kennt Peter sich viel besser aus.

Als ich aufwache, scheint die Morgensonne direkt zu mir aufs Bett und in mein Gesicht. Gestern Abend habe ich vergessen, den Vorhang zuzumachen. Ich blinzle ins helle Licht hinein.

»Guten Morgen, Stoppersöckchen!«

Mama sitzt auf meiner Bettkante! Träume ich? Sofort richte ich mich auf und reibe mir die Augen.

»Mama?«

Sie greift nach meiner Hand und rutscht ganz dicht zu mir heran. »Hast du gut geschlafen?«

»Ja«, sage ich und schlinge meine Arme um Mama. Und Mama schlingt ihre Arme um mich. Wir halten uns ganz, ganz fest. Mama duftet noch genauso, wie sie immer geduftet hat. Dabei hat sie irgendein neues, rot kariertes Kleid mit Faltenrock an, das ich noch nicht kenne. Ich drücke mein Gesicht an ihren sonnengebräunten Hals und ich schluchze und weine und Mama streicht mir immer wieder über den Rücken und sagt: »Ich habe dich so vermisst, meine kleine, unerschütterliche Insel.«

Da muss ich noch mehr weinen und ich verstehe überhaupt nicht, warum Mama schon da ist. Ich schluchze: »Ich dachte, du kommst erst heute Nachmittag.«

»Das hat Opa doch nur so gesagt, weil wir dich überraschen wollten. Ich und ... und Islay.«

Ich mache mich minimal von Mama los und wische mir mit dem Handrücken die dicksten Tränen weg. Mama reicht mir aber gleich ein großes kariertes Stofftaschentuch. Keine Ahnung, wo sie das so schnell herhat. Ich schnäuze mich und wische mir über die Augen, die schon richtig brennen. Ich sage: »Ich hab dich noch viel doller vermisst.«

Dann schlingen Mama und ich wieder unsere Arme umeinander und von unten höre ich plötzlich Stimmen. Die von Opa und eine andere Männerstimme, die ziemlich englisch klingt. Ich frage leise: »Ist das mein ...«

»Ja, der verrückte Kerl ist dein Papa.« Mama lächelt und jetzt hat sie auch ordentlich Tränen in den Augen. »Komm, steh auf und sag ihm Hallo.«

Das ist jetzt wirklich einigermaßen schräg, wenn nicht sogar superschräg! Ich bin ohne Vater ins Bett gegangen und stehe mit Vater wieder auf. Gestern war ich noch ein Kind mit alleinerziehender Mutter, heute habe ich plötzlich Eltern! Wie soll ich das verkraften? Wie soll ich das verstehen? Ich schiebe meine nackten Beine über die Bettkante und stehe auf. Mama geht rüber zum Stuhl, wo meine Klamotten liegen und reicht mir meine kurze Hose und das T-Shirt. Schnell ziehe ich mich an und Mama sagt: »Du bist ja richtig braun geworden!«

»Ja, oder?«, sage ich und wir machen gleich Sonnenbräune-Vergleich, bei dem Mama natürlich gewinnt. Sie lächelt. »Ich war ja auch unter Palmen auf der blöden Insel Ibiza! Aber gegen deinen Vater wirst du mit Sicherheit gewinnen.«

Mama nimmt mich an der Hand und wir gehen barfuß über die Holzdielen zur Luke. Ich sage mit zittriger Stimme: »Du hast ein schönes Kleid an, Mama.«

»Gefällt es dir?« Kurz vor der Dachluke dreht sich Mama in ihrem rot karierten Kleid, sodass der Rock fliegt. Sie lacht: »Ist echt schottisch! Wie dein Vater!«

Wir drücken uns noch einmal und dann klettere ich hinter Mama rückwärts die Leiter hinunter und muss aufpassen, dass ich nicht vor Aufregung neben die Sprossen trete. Mein Herz klopft so was von heftig! Soll ich meinen Vater umarmen? Schließlich haben wir uns lange nicht gesehen. Haben wir uns überhaupt schon mal gesehen?

Meine Füße setzen unten auf dem Boden auf. Ich lasse die Leiter los. Bevor ich mich umdrehe, höre ich Mama sagen: »Islay, das ist deine Tochter Isla. Unser schönes, besonderes Kind.«

Ich drehe mich um und neben Opa, in der Mitte des Raums, steht ein Mann mit etwas längerem Haar und rötlichem Bart. Er kommt direkt auf mich zu, streckt lachend seine starken Arme aus, hebt mich hoch, quetscht mich an seine Brust, die in einem rot karierten Hemd steckt, und drückt mich so fest an sich, dass ich kurz glaube, meine Lunge platzt. Dieser Islay drückt mich immer weiter und sagt mit so inbrünstiger Stimme: »It's a braw day!« Immer wieder: »It's a braw day!«

Wenn ich jetzt noch wüsste, was das heißt?

Islay setzt mich wieder ab und legt seine kräftigen Hände auf meine Schultern. Dabei bekommt er feuchte Augen und einen seligen Blick. Leute, eins kann ich euch versichern: Ich mag den Mann! Er sieht total nett aus. Und ich merke, er mag mich! Er schüttelt so ein bisschen verzaubert den Kopf und sagt mit echt schottischem Akzent: »Was für ein schöner Tag!«

Ja, das finde ich irgendwie auch.

»Mo nighean!«, meint er und schüttelt immer weiter ungläubig den Kopf.

»Das heißt: meine Tochter!«, sagt Mama über Isleys breite Schulter. Keine Ahnung, woher Mama jetzt diese seltsame Sprache spricht. Vielleicht haben sie im Flugzeug die wichtigsten Ausdrücke gelernt. Kann doch sein! Ich nicke und sage: »Hallo, Papa.«

Und in dem Moment muss ich schon wieder so heulen, dass mich mein Papa festhalten muss. Er drückt mich an sich und dann heulen wir beide. Es ist richtig dramatisch und richtig schlimm. Ich muss jetzt noch heftiger heulen, weil mir auffällt, dass ich zum ersten Mal in meinem Leben »Hallo, Papa« gesagt habe und das heißt, dass ich meinen Papa elf Jahre lang vermisst habe! Elf lange Jahre! Mein ganzes Leben! Das soll mir mal einer nachmachen! Die sieben Wochen, die ich Mama vermisst habe, waren schon schlimm, aber elf Jahre! Das ist der blanke Horror! Wenigstens musste mein Papa dasselbe durchstehen. Er ist auch ziemlich gerührt und drückt mich schon wieder so fest. Als wir endlich genug geweint haben, machen wir uns los und mein Papa guckt mich stolz an. Er sagt mit diesem schottischen Akzent: »Hey, du bist viel brauner als ich.«

Und dann halten wir unsere Unterarme aneinander und machen Sonnenbräune-Vergleich. Und ich gewinne!

Außerdem von Alexa Hennig von Lange erschienen:
Wie eine Nuss mein Leben auf den Kopf stellte

Hennig von Lange, Alexa:
Mein Sommer als Heidi
ISBN 978 3 522 18468 7

Gesamtgestaltung: formlabor unter Verwendung eines Motivs von
www.shutterstock.com (© NextMars, © PHILIPIMAGE, © Jeka)
Einbandtypografie: formlabor
Innentypografie: Bettina Wahl
unter Verwendung einer Illustration von Fotolia / JiSign
Reproduktion: HKS artmedia GmbH, Leinfelden-Echterdingen
Druck und Bindung: GGP Media GmbH, Pößneck

FSC
www.fsc.org
MIX
Papier aus verantwortungsvollen Quellen
FSC® C014496

SPANNEND, WITZIG UND ABENTEUERLICH

Alexa Hennig von Lange

Wie eine Nuss mein Leben auf den Kopf stellte

240 Seiten · Gebunden · ISBN 978-3-522-18441-0

Als Lisa erfährt, dass aus dem verlassenen Herrenhaus ein Waisenhaus werden soll, lässt sie der Gedanke daran nicht mehr los. Ein Haus ohne Eltern – das klingt nach Freiheit! Ehe sie sich's versieht, findet sie sich auf der Krankenstation des Waisenhauses wieder. Alles nur wegen einer einzigen Nuss, von der sie lieber die Finger gelassen hätte! Plötzlich will Lisa nur noch nach Hause. Aber sich wieder rausschleichen aus der neuen Welt, ist viel schwerer als hineinzukommen. Denn diese Welt hält mehr für Lisa bereit, als sie jemals für möglich gehalten hätte.

THIENEMANN
Wir schreiben Geschichten!

www.thienemann-esslinger.de